Où es-tu ?

Marc Levy

Où es-tu ?

Roman

Cette édition de *Où es-tu ?*
est publiée par les Éditions de la Seine
avec l'aimable autorisation des Éditions Robert Laffont.

Seuls l'amour et l'amitié comblent la solitude de nos jours. Le bonheur n'est pas le droit de chacun, c'est un combat de tous les jours. Je crois qu'il faut savoir le vivre lorsqu'il se présente à nous.

Orson WELLES

À Louis
À M.

I

Il est né le 14 septembre 1974 à 8 heures du matin par 15° 30′ de latitude nord et 65° de longitude ouest, ce qui situait son berceau sur une petite île au large des côtes honduriennes. Personne n'avait prêté attention à cette naissance, la 734e inscrite sur le registre. Les deux premiers jours de sa vie, il se développa dans la plus grande indifférence. Ses paramètres vitaux étaient stables et ne justifiaient pas que l'on se penche de façon particulière sur le cours de son évolution. Il subit le même traitement que tous les nouveau-nés de son genre ; ses constantes étaient relevées toutes les six heures selon la procédure en usage. Mais le 16 septembre à 14 heures les résultats des analyses attirèrent l'attention d'une équipe de scientifiques guadeloupéens. On s'interrogea sur sa croissance qui paraissait sortir de la norme. Dans la soirée, le responsable de l'équipe chargée de sa surveillance ne put masquer son inquiétude et contacta aussitôt ses confrères américains. Quelque chose d'important était en train de se produire, la métamorphose de ce bébé nécessitait que l'humanité entière s'en préoccupe. Fruit de l'union du froid et du chaud, son dangereux caractère commençait à se manifester. Si sa petite sœur Elaine, née en avril de la même année, n'avait vécu que onze jours, ne réussissant pas à acquérir suffisamment de force, lui grandissait au contraire à une vitesse alarmante et atteignait déjà, à deux jours, une taille inquiétante. Au troisième soir de sa vie, il chercha à se mouvoir dans tous les sens. Il tournait sur lui-même, montrant de plus en plus de vitalité, ne semblant pas se décider à aller dans une direction précise.

C'est à 2 heures du matin dans la nuit du 16 au 17 septembre, alors qu'il surveillait son berceau à la seule lumière d'un néon qui grésillait, penché sur une table recouverte de feuilles d'examens, de colonnes de chiffres et de tracés qui ressemblaient à s'y méprendre à des électrocardiogrammes, que le professeur Huc décida que son évolution exigeait qu'on le baptise au plus vite, comme pour chasser le mal qui se préparait. Compte tenu de ses mutations stupéfiantes, il y avait très peu de chances qu'il en reste là. Son prénom avait été choisi avant même sa conception : il s'appellerait Fifi. Il entra dans l'histoire le 17 septembre 1974 à 8 heures du matin, en franchissant la vitesse de 120 km/h. Il était alors officiellement qualifié par les météorologues du CDO* de Pointe-à-Pitre et par leurs collègues du NHC** de Miami d'ouragan de classe 1 selon l'échelle de Saffir Simpson. Au cours des jours qui suivirent, il devait changer de classe, passant très rapidement en seconde au grand désarroi de tous les professeurs qui l'étudiaient. À 14 heures Fifi développait des vents de 138 km/h, le soir même ils frisaient les 150 km/h. Mais la plus grande inquiétude provenait de sa position qui avait

* Centre des ouragans.
** National Hurricane Center.

dangereusement changé, il se situait désormais par 16° 30′ de latitude nord et 81° 70′ de longitude ouest. L'avis d'alerte maximum fut alors lancé. Le 18 septembre à 2 heures du matin, il s'approchait des rivages du Honduras, balayant la côte septentrionale de rafales qui soufflaient à près de 240 km/h.

1.

Aéroport de Newark. Le taxi vient de la déposer le long du trottoir et s'enfuit dans le tumulte des véhicules qui gravitent autour des satellites ; elle le regarde disparaître au loin. Son énorme baluchon vert déposé à ses pieds pèse presque plus lourd qu'elle. Elle le soulève, grimace et le maintient sur ses épaules. Elle franchit les portes automatiques du terminal 1, traverse le hall et descend quelques marches. À sa droite un autre escalier s'élève en spirale ; malgré le fardeau qui pèse sur son dos elle grimpe les marches et s'engage d'un pas déterminé dans le couloir. Elle s'immobilise le long de la devanture d'un bar baigné d'une lumière orangée et regarde au travers de la vitre. Accoudés au comptoir en formica une dizaine d'hommes sirotent leurs bières en commentant haut et fort les résultats des matchs qui défilent sur l'écran d'une télévision accrochée au-dessus de leurs têtes. Poussant la porte en bois au large oculus, elle entre, regarde bien au-delà des tables rouges et vertes.

Elle le voit, assis au fond contre la paroi de verre qui surplombe le tarmac. Un journal plié sur la table, il a posé son menton sur sa main droite et laisse errer la gauche qui dessine au crayon un visage sur la nappe en papier.

Ses yeux, qu'elle ne peut encore voir, sont perdus dans le vague d'un bitume strié de bandes jaunes où les avions roulent au pas, allant chercher leur envol un peu plus loin. Elle hésite, emprunte la travée de droite qui la conduira à lui sans qu'il l'aperçoive. Elle dépasse l'armoire réfrigérante qui ronronne, s'approche d'un pas vif qu'elle sait garder feutré. Arrivée à sa hauteur, elle pose une main sur les cheveux du jeune homme qui l'attend et les ébouriffe tendrement. Sur le papier nid-d'abeilles, c'est son portrait qu'il esquissait.

– Je t'ai fait attendre ? demande-t-elle.

– Non, tu es presque à l'heure, c'est maintenant que tu vas me faire attendre.

– Tu es là depuis longtemps ?

– Je n'en ai pas la moindre idée. Qu'est-ce que tu es jolie ! Assieds-toi.

Elle sourit et regarde sa montre.

– Je décolle dans une heure.

– Je vais tout faire pour que tu le rates, pour que tu ne le prennes jamais !

– Alors je décolle d'ici dans deux minutes ! dit-elle en s'asseyant.

– Bon, c'est promis, j'arrête. Je t'ai apporté quelque chose.

Il dépose une pochette en plastique noir qu'il pousse vers elle du bout de son index. Elle incline la tête, sa façon à elle de dire : « Qu'est-ce que c'est ? » Et comme il comprend la moindre expression de son visage, le seul mouvement de ses yeux répond : « Ouvre, tu verras. » C'est un petit album de photos.

Il commence à tourner les pages. Sur la première, en noir et blanc, deux bébés de deux ans se regardent debout, face à face, ils se tiennent mutuellement par les épaules.

– C'est la plus vieille photo de nous deux que j'aie pu retrouver, dit-il.

Il tourne un feuillet, poursuivant son commentaire :

– Celle-ci c'est toi et moi, un Noël dont j'ai oublié la date, mais nous n'avions pas encore dix ans. Je crois que c'est l'année où je t'ai donné ma médaille de baptême.

Susan plonge la main entre ses seins pour en tirer la petite chaîne et son pendentif à l'effigie de sainte Thérèse, qui ne la quitte jamais. Quelques pages encore, elle l'interrompt et décrit à son tour :

– Celle-ci c'est nos treize ans, c'est dans le jardin chez tes parents, je viens de t'embrasser, c'est notre premier baiser, tu m'as dit : « C'est dégueulasse » quand j'ai voulu mettre ma langue ; et celle-ci c'est deux ans après, là c'est moi qui ai trouvé ça dégoûtant quand tu as voulu qu'on dorme ensemble.

Au verso Philip reprend la parole et pointe une autre image.

– Et un an plus tard à la fin de cette soirée, si je m'en souviens bien, tu ne trouvais plus ça dégoûtant du tout.

Chaque feuillet de celluloïd marque un temps de leur enfance complice. Elle l'arrête.

– Tu as sauté six mois, il n'y a pas de photo de l'enterrement de mes parents ? Pourtant je crois que c'est là où je t'ai trouvé le plus sexy !

– Arrête avec cet humour débile, Susan .

– Je ne plaisantais pas. C'est la première fois que je t'ai senti plus fort que moi, ça me rassurait vraiment. Tu sais, je n'oublierai jamais...

– Arrête avec ça.

– ... que c'est toi qui es allé rechercher l'alliance de maman pendant la veillée...

– Bon, peut-on changer de sujet ?

– Je crois que c'est toi qui me rappelles tous les ans à leur mémoire, tu as toujours été tellement attentionné, présent et prévenant chaque année, pendant la semaine anniversaire de l'accident.

– On passe à autre chose maintenant ?

– Allez, continue de nous faire vieillir, tourne les pages.

Il la regarde, immobile, il y a de l'ombre dans ses yeux. Elle lui adresse un sourire et reprend :

– Je savais que c'était égoïste de ma part de te laisser m'accompagner à cet avion.

– Susan, pourquoi fais-tu ça ?

– Parce que « ça » c'est aller au bout de mes rêves. Je ne veux pas finir comme mes parents, Philip. Je les ai vus passer leur existence à payer des traites, et pourquoi ? Pour finir tous les deux contre un arbre, dans la belle bagnole qu'ils venaient d'acheter. Toute leur vie a fait deux secondes aux infos du soir, que j'ai regardées sur la belle télé qui n'était même pas encore payée. Je ne juge rien ni personne Philip, mais moi je veux autre chose, et m'occuper des autres est une vraie raison de me sentir en vie.

Il la regarde, perdu, admirant sa détermination. Depuis l'accident elle n'est plus tout à fait la même, comme si les années s'étaient bousculées aux portes des réveillons, telles des cartes à jouer que l'on jette par deux pour distribuer plus vite. Susan ne paraissait déjà plus ses vingt et un ans sauf quand elle souriait, ce qui lui arrivait très souvent. Son cycle de Junior College achevé, et son diplôme d'Associate of Arts en poche, elle s'était engagée dans le Peace Corps, cette association humanitaire qui envoyait les jeunes porter assistance à l'étranger.

Dans moins d'une heure elle partira deux longues années durant pour le Honduras. À quelques milliers de kilomètres de New York elle passera de l'autre côté du miroir du monde.

***

Dans la baie de Puerto Castilla comme dans celle de Puerto Cortes, ceux qui avaient décidé de dormir à la belle étoile y renoncèrent. Le vent s'était levé en fin d'après-midi et soufflait déjà fort. Ils ne s'alarmèrent pas. Ce n'était ni la première ni la dernière fois qu'une tempête tropicale s'annonçait, le pays était habitué aux pluies, fréquentes en cette saison. Le jour sembla se coucher plus tôt, les oiseaux décampèrent à tire-d'aile, signe de mauvais augure. Vers minuit le sable se souleva, formant un nuage à quelques centimètres du sol. Les vagues se mirent à gonfler très rapidement, et déjà les cris que lançaient les uns et les autres pour que l'on renforce les amarres des bateaux ne s'entendaient plus.

Au rythme des éclairs qui lacéraient le ciel, l'écume bouillonnante à l'aplomb des pontons les faisait vaciller dangereusement. Bousculées par la houle, les embarcations s'entrechoquaient dans les raclements de leurs bois. À 2 h 15 le cargo *San Andrea*, long de 35 mètres, fut projeté contre les récifs et sombra en huit minutes, son flanc déchiré sur toute la longueur. Au même moment, à El Golason, le petit aéroport de La Ceiba, le DC3 gris argenté parqué devant un hangar décolla soudainement et atterrit aussitôt au pied de ce qui faisait office de tour de contrôle ;

il n'y avait aucun pilote à bord. Les deux hélices se plièrent et l'empennage se brisa en deux. Quelques minutes plus tard le camion-citerne se coucha sur le côté et commença à glisser, une gerbe d'étincelles embrasa le carburant.

***

Philip posa sa main sur celle de Susan, la retourna et en caressa la paume.

– Tu vas tellement me manquer, Susan.

– Toi aussi... drôlement tu sais !

– Je suis fier de toi, même si je te déteste de me planter ici comme ça.

– Arrête-toi là, on s'est promis qu'il n'y aurait pas de larmes.

– Ne demande pas l'impossible !

Penchés l'un sur l'autre ils partageaient la tristesse d'une séparation et l'émotion heureuse d'une complicité de dix-neuf ans, ce qui représentait presque toute leur existence.

– Tu me donneras des nouvelles ? demanda-t-il avec un air de petit garçon.

– Non !

– Tu vas m'écrire ?

– Tu crois que je peux avoir une glace ?

Il se retourna et héla le serveur. Lorsque celui-ci s'approcha, il lui commanda deux boules vanille recouvertes de chocolat chaud saupoudré d'amandes effilées, le tout copieusement arrosé de caramel liquide, c'est dans cet ordonnancement précis qu'elle aimait ce dessert, de loin son favori. Susan le fixa droit dans les yeux.

– Et toi ?

– Moi je t'écrirai dès que j'aurai ton adresse là-bas.

– Non, toi tu as choisi ce que tu vas faire ?

– Deux années à Cooper Union* et puis je tenterai de faire carrière dans une grande agence de publicité.

– Donc tu n'as pas changé d'avis. Remarque c'est idiot ce que je dis, tu ne changes jamais d'avis.

– Parce que toi il t'arrive d'en changer ?

– Philip, tu ne serais pas venu avec moi si je te l'avais proposé, parce que ce n'est pas ta vie. Et moi je ne reste pas ici parce que ce n'est pas la mienne, alors arrête de faire cette tête.

Susan léchait sa cuillère avec gourmandise, de temps à autre elle la remplissait pour l'approcher de la bouche de Philip qui se laissait faire, docile. Elle gratta le fond du mazagran, cherchant à y collecter les dernières effiloches d'amandes collées aux parois de la coupe. La grande horloge accrochée au mur d'en face marquait les 5 heures de cet après-midi d'automne. S'ensuivit une minute d'un étrange silence ; elle décolla son nez, qu'elle avait écrasé sur la vitre, se pencha par-dessus la table pour passer ses deux bras autour du cou de Philip et lui souffla au creux de l'oreille :

– J'ai la trouille tu sais.

Philip la repoussa un peu pour mieux la regarder

– Moi aussi.

***

À 3 heures du matin, à Puerto Lempira, une première vague de 9 mètres pulvérisa la digue sur son passage, charriant des tonnes de terre et de roches vers le port qui fut littéralement déchiqueté. La grue métallique se plia sous la

* École des beaux-arts à New York.

force du vent, sa flèche tomba en sectionnant le pont du porte-conteneurs *Rio Platano* qui s'enfonça dans les eaux tourmentées. Sa proue seule surgissait par instants, entre deux vagues, hérissée vers le ciel ; elle disparut plus tard dans la nuit pour ne jamais réapparaître. Dans cette région où il pleut chaque année plus de 3 mètres d'eau, ceux qui avaient survécu aux premiers assauts de Fifi et qui tentèrent de se réfugier à l'intérieur des terres disparurent emportés par les rivières débordantes qui, réveillées dans la nuit, quittèrent brutalement leur lit, emportant tout sur leur passage. Toutes les agglomérations de la vallée disparurent, noyées par les flots bouillonnants chargés de segments d'arbres aux pointes tranchantes, de débris de ponts, de routes et de maisons. Dans la région de Limon, les villages accrochés aux montagnes d'Amapala, de Piedra Blanca, de Biscuampo Grande, de La Jigua et de Capiro glissèrent avec les terrains qui dévalèrent les flancs vers les vallées déjà inondées. Les quelques survivants accrochés aux arbres qui avaient résisté périrent dans les heures qui suivirent. À 2 h 25, la troisième vague frappa de plein fouet le département au nom prémonitoire d'Atlantida, sa côte fut fauchée par une lame dont la hauteur dépassa 11 mètres. Des millions de tonnes d'eau se ruèrent vers La Ceiba et vers Tela, se frayant un passage dans leurs ruelles étroites qui en les enserrant leur donnaient plus de puissance encore. Les maisons au bord de l'eau furent les premières à vaciller avant de se disloquer, leurs soubassements de terre s'étaient rapidement désagrégés. Les toits de tôle ondulée se soulevaient avant d'être rabattus violemment au sol, coupant en deux les premières victimes de ce massacre naturel.

***

Les yeux de Philip avaient glissé vers ses seins en pomme dont les rondeurs devenaient provocantes. Susan le remarqua, ouvrit un bouton de son chemiser et en ressortit la petite médaille dorée.

– Mais je ne risque rien, j'ai ton porte-bonheur que je ne quitte jamais. Elle m'a déjà sauvée, c'est grâce à elle que je ne suis pas montée dans la voiture avec eux.

– Tu me l'as dit cent fois Susan, ne parle pas de ça juste avant de prendre cet avion, tu veux bien ?

– En tout cas, dit-elle en replaçant la médaille sur sa peau, avec elle rien ne peut m'arriver.

C'était un cadeau de communion. Un été ils avaient voulu devenir frère et sœur de sang. Le projet avait fait l'objet d'une étude approfondie. Livres sur les Indiens empruntés à la bibliothèque et lus studieusement sur les bancs de la cour de récréation, la conclusion de leurs recherches ne laissait aucun doute quant à la méthode à employer. Il fallait échanger du sang, donc se couper quelque part. Susan avait subtilisé le couteau de chasse de son père dans son bureau et ils s'étaient cachés tous les deux dans la cabane de Philip. Il avait tendu son doigt en essayant de fermer les yeux, mais il avait ressenti un vertige à l'approche de la lame. Comme elle ne se sentait pas très à l'aise non plus, ils s'étaient tous deux replongés dans les manuels « apaches » pour y trouver une solution au problème posé : « *L'offrande d'un objet sacré témoigne de l'attachement éternel de deux âmes* », assurait la page 236 du recueil.

Vérification faite de la signification du mot « offrande », cette seconde méthode fut préférée, et adoptée d'un commun accord. Au cours d'une cérémonie solennelle, où quelques poèmes iroquois et sioux furent prononcés, Philip passa sa médaille de baptême autour du cou de Susan. Elle ne la quitta plus et ne céda jamais à sa mère qui voulait qu'elle l'ôte au moins pour dormir.

Susan sourit, faisant saillir ses pommettes.

– Tu peux porter mon sac ? Il pèse une tonne, je voudrais aller me changer, je vais crever de chaud en arrivant là-bas.

– Mais tu es en chemise !

Elle s'était déjà levée et l'entraînait par le bras, indiquant d'un geste au barman de leur garder la table. Ce dernier acquiesça d'un hochement de la tête, la salle était presque vide. Philip déposa le baluchon à la porte des sanitaires, Susan se posta face à lui :

– Tu entres ? Je t'ai dit que c'était lourd.

– Je veux bien, mais cet endroit est en principe réservé aux femmes ?

– Et alors ? Tu as peur de venir m'épier aux toilettes maintenant ? Cela te semble plus compliqué que de la cloison voisine au lycée ou plus subtil que de la lucarne de la salle de bains de ta maison ? Entre !

Elle le tira à elle, ne lui laissant d'autre alternative que de la suivre ; il fut soulagé qu'il n'y ait qu'une seule cabine. Elle prit appui sur son épaule, ôta sa chaussure gauche et visa l'ampoule accrochée au plafond. Elle atteignit son but au premier lancer, le bulbe éclata d'un son sec. Dans la pénombre contrariée du seul néon accroché au-dessus du miroir, elle s'adossa au lavabo, l'enlaça et colla ses lèvres aux siennes. Au premier souffle d'un baiser sans rival, elle fit glisser sa bouche au creux de son oreille, la chaleur de sa voix chuchotante y posait d'indécis frissons qui finirent par descendre le long de son échine.

– Moi, j'avais ta médaille collée contre mes seins avant même qu'ils se mettent à pousser, je veux que ta peau soit le gardien de leur souvenir pour plus de temps encore. Je m'en vais mais je veux te hanter pendant toute mon absence, pour que tu ne sois à aucune autre.

– Tu es complètement mégalo !

La demi-lune verte du loquet vira au rouge.

– Tais-toi et continue, dit-elle, je veux voir si tu as fait des progrès.

Bien plus tard, ils ressortirent tous deux pour regagner la table sous les regards inquisiteurs du barman qui essuyait ses verres.

Philip reprit la main de Susan dans la sienne, mais il lui sembla qu'elle était déjà ailleurs.

***

Plus au nord, à l'entrée de la vallée de Sula, les flots devenus épais pulvérisèrent tout sur leur passage dans un grondement assourdissant. Voitures, bétail, décombres apparaissaient sporadiquement au cœur des tourbillons de boues mouvantes d'où surgissait par moments un horrible chaos de membres déchiquetés. Rien ne résista, pylônes électriques, camions, ponts, usines se soulevaient de terre, fatalement entraînés par ce mélange de forces irrésistibles. En quelques heures, la vallée fut transformée en lac. Longtemps après, les anciens du pays raconteraient que c'était la beauté du paysage qui avait incité Fifi à rester deux jours sur place ; deux journées qui provoquèrent la mort de dix mille hommes, femmes et enfants, laissant près de six cent mille personnes sans abri et sans nourriture. En quarante-huit heures ce petit pays grand comme l'État de New York, coincé entre le Nicaragua, le Guatemala et le Salvador, fut ravagé par une force équivalente à celle de trois bombes atomiques.

*
* *

– Susan, tu vas rester combien de temps là-bas ?

– Il faut vraiment qu'on y aille, j'embarque, tu préfères rester là ?

Il se leva sans répondre, laissa un dollar sur la table. En s'engageant dans le couloir elle colla son visage au hublot de la porte et posa son regard sur les chaises vides où ils s'étaient assis. Et dans une ultime lutte contre l'émotion de l'instant, elle se mit à parler aussi vite qu'elle le pouvait.

– Voilà, dans deux ans quand je reviendrai, tu m'attendras ici, nous nous y retrouverons un peu comme en cachette. Je te raconterai tout ce que j'ai fait et toi aussi tu me raconteras tout ce que tu as fait, et nous nous assiérons à cette même table parce qu'elle sera à nous ; et si je suis devenue une Florence Nightingale des temps modernes et toi un grand peintre, ils mettront un jour une petite plaque en cuivre avec nos deux noms.

À la porte d'embarquement elle lui expliqua qu'elle ne se retournerait pas, elle ne voulait pas voir sa mine triste et préférait emporter son sourire ; elle ne voulait pas non plus penser à l'absence de ses parents, c'est ce qui avait poussé ceux de Philip à ne pas venir à l'aéroport. Il la prit dans ses bras et chuchota : « Prends soin de toi. » Elle écrasa sa tête contre son torse pour lui voler aussi un peu de son odeur et lui laisser un peu plus de la sienne encore. Elle remit son billet à l'hôtesse, embrassa Philip une dernière fois, inspira à pleins poumons et gonfla ses joues pour lui laisser comme dernière image cette mimique de clown. Elle dévala les marches qui conduisaient à la piste, courut le long du chemin balisé par les agents au sol, gravit l'échelle et s'engouffra dans l'appareil.

Philip retourna vers le bar et reprit place à la même table. Sur l'aire de stationnement, les moteurs du Douglas se mirent à tousser, crachant l'un après l'autre des volutes de fumée grise. Les pales des deux hélices exécutèrent un tour dans la direction opposée à celles des aiguilles d'une montre, puis firent deux lentes rotations en sens inverse avant de devenir invisibles. L'avion pivota pour remonter la piste, qu'il longea lentement. À l'extrémité du tarmac, il s'arrêta quelques minutes et s'aligna pour le décollage. Les roues qui recouvraient les marquages blancs au sol s'immobilisèrent de nouveau, faisant fléchir le train d'atterrissage. Sur les bas-côtés, les herbes hautes que l'avion semblait saluer se courbaient. La vitre du bar vibra à la montée en puissance des moteurs, les ailerons firent un dernier au revoir aux spectateurs et le bimoteur se mit à rouler. Gagnant de la vitesse, il passa bientôt à sa hauteur et Philip vit la queue se soulever, puis les roues quitter le sol. Le DC3 s'éleva rapidement, vira sur son aile droite et disparut au loin derrière la fine couche de nuages.

Il resta quelques instants les yeux rivés vers le ciel, puis détourna son regard pour le porter vers la chaise où elle s'était assise quelques instants plus tôt. Un immense sentiment de solitude l'envahit. Il se leva et quitta les lieux les mains dans les poches.

2.

25 septembre 1974, à bord de cet avion...

Mon Philip,

Je crois que je n'ai pas réussi à te cacher cette trouille qui me nouait le ventre tout à l'heure. Je viens de voir disparaître le terrain d'aviation. J'ai eu le vertige jusqu'à ce que les nuages me cachent la terre, maintenant cela va beaucoup mieux. Je suis déçue, nous n'avons pas pu voir Manhattan, mais sous moi le ciel vient de se découvrir et je peux presque compter les crêtes des vagues, elles sont toutes petites, on dirait des moutons. J'ai même suivi un gros bateau qui fait route vers toi. Tu vas bientôt avoir du beau temps.

Je ne sais pas si mon écriture est lisible, nous sommes très secoués dans cette cabine. C'est un long voyage qui m'attend, je serai à Miami dans six heures, après une escale à Washington, puis nous changerons d'appareil pour voler vers Tegucigalpa. Rien que le nom semble magique. Je pense à toi, tu dois être en chemin vers la maison ; embrasse fort tes parents pour moi, je t'écrirai pour te raconter ce périple, toi aussi prends soin de toi mon Philip...

Susan,

Je viens de rentrer, papa et maman ne m'ont posé aucune question, je crois qu'à ma tête ils ont compris. Je m'en veux pour tout à l'heure, j'aurais dû respecter ta joie et ton envie de t'éloigner d'ici, c'est toi qui as raison, je ne sais pas si j'aurais eu le courage de partir si tu me l'avais proposé. Mais tu ne l'as pas fait et je crois que c'est mieux ainsi. Je ne sais pas bien ce que cette dernière phrase veut dire. Les soirées seront longues sans toi. J'adresserai cette première lettre au bureau du Peace Corps à Washington, qui te la fera suivre.

Tu me manques déjà beaucoup trop.

Philip

... je reprends mon papier et mon crayon, il y a une lumière incroyable, tu n'as jamais vu cela et moi non plus d'ailleurs. Ici au-dessus des nuages je suis en train d'assister à un vrai coucher de soleil, mais, vu d'en haut, c'est absolument dingue, j'en crève que tu ne sois pas là pour voir ce que je vois, j'ai oublié de te dire quelque chose de très important tout à l'heure je crois que tu vas rudement me manquer.

Susan

15 octobre 1974, Susan,

Déjà trois semaines depuis ton départ, je n'ai toujours pas reçu ta première lettre, j'imagine qu'elle voyage quelque part entre toi et moi. Nos proches me demandent souvent de tes nouvelles, si je ne reçois rien très vite je vais devoir inventer...

Ce 15 octobre, Philip,

L'arrivée a été chaotique. Nous sommes restés bloqués quatre jours à l'escale de Miami, nous attendions deux conteneurs de vivres et la réouverture de l'aéroport de La Ceiba où nous devions faire une halte. Je voulais en profiter pour aller visiter un peu la ville mais j'ai dû rêver. Avec les autres membres de mon unité, nous avons été parqués dans un hangar. Trois repas par jour, deux douches et un lit de camp, des cours intensifs d'espagnol et de secourisme, cela ressemblait à l'armée, mais sans le sergent-major. Le DC3 nous a finalement accompagnés jusqu'à Tegucigalpa, de là un hélicoptère de l'armée nous a conduits à Ramon Villesla Morales, le petit aérodrome de San Pedro Sula. C'est incroyable, Philip, vu du ciel le pays a l'air d'avoir été bombardé. Des kilomètres de terres entièrement dévastées, des débris de maisons, des ponts aux tabliers brisés et des cimetières de fortune presque partout. En volant à basse altitude nous avons vu des bras tendus vers le ciel émerger d'océans de boue, des carcasses d'animaux par centaines, ventres à l'air. Il règne une odeur pestilentielle. Les routes sont arrachées, elles ressemblent à des rubans défaits sur des cartons éventrés. Les arbres déracinés se sont couchés les uns sur les autres. Rien n'a pu survivre sous ces forêts de Mikado. Des pans de montagnes se sont totalement effondrés, rayant des cartes les villages qui y étaient accrochés. Personne ne pourra compter les morts mais ils sont des milliers. Qui connaîtra le nombre réel des cadavres ensevelis ? Comment les rescapés trouveront-ils la force de survivre à tant de désespoir ? Nous devrions être des centaines à leur porter secours et nous n'étions que seize dans cet hélicoptère.

Dis-moi Philip, dis-moi pourquoi nos grandes nations

envoient les hommes par légions pour faire la guerre, mais ne sont pas capables d'en envoyer quelques poignées pour sauver des enfants ? Combien de temps passera-t-il avant que nous apprenions cette évidence ? Philip, à toi je peux témoigner de cet étrange sentiment, je suis là au milieu de tous ces morts, et je sens comme jamais que je suis en vie. Quelque chose a changé, pour moi vivre n'est plus un droit, c'est devenu un privilège. Je t'aime fort mon Philip.

Susan

25 octobre, Susan,

Des reportages qui rapportent l'horreur où tu te trouves ont été publiés cette semaine dans la presse, au moment même où je recevais ta première lettre. Les journaux parlent de dix mille morts. Je pense à toi chaque seconde en imaginant ce que tu vis. Je parle de toi à chacun et tous me parlent de toi. Dans le Montclair Times *d'hier un journaliste a fait un papier sur l'aide humanitaire que notre pays a envoyée là-bas, il termine son article en te nommant, je l'ai découpé et je le joins dans cette enveloppe. Tout le monde me demande de tes nouvelles, ce qui ne facilite pas ton absence pour moi. Qu'est-ce que tu me manques ! Les cours ont repris, je cherche un logement à proximité de la faculté, j'ai posé une candidature pour un atelier d'artiste à retaper dans un petit immeuble de trois étages sur Broome Street. Le quartier aussi est en piteux état, mais le studio est grand et les loyers ici sont vraiment abordables, et puis tu imagines, vivre à Manhattan ! Quand tu reviendras, nous serons à quelques blocs seulement du Film Forum, te souviens-tu ? C'est à peine croyable, dans la vitrine du bar en face, il y a un petit drapeau hondurien ; en t'attendant ici, je passerai tous les jours devant, c'est un signe. Fais attention à toi. Tu me manques.*

Philip

Les lettres de Susan lui parvenaient au rythme d'une par semaine, il y répondait le soir même. Il arrivait que deux correspondances se croisent, et certaines réponses lui arrivaient avant même que les questions soient posées. Sous le vingtième parallèle, les populations s'étaient armées de courage, et le pays tentait de se réorganiser dans des conditions catastrophiques. Susan et ses compagnons avaient établi un premier camp de réfugiés. Ils s'étaient installés dans la vallée de Sula, entre les montagnes de San Idelfonso et de Cabaceras de Naco. Le mois de janvier préludait à une vaste campagne de vaccination. À l'aide d'un antique camion Susan parcourait les routes, en profitant pour distribuer des vivres, des sacs de semences et des médicaments. Quand elle n'était pas au volant du vieux Dodge, elle consacrait son temps à l'organisation du campement de base. Le premier baraquement qu'ils édifièrent fit office de dispensaire, le suivant de bureau administratif. Dix maisons de terre et de briques abritaient déjà trente familles. À la fin du mois de février, le petit hameau de Susan, distribué sur trois rues, se composait de deux bâtiments, vingt et une masures, et deux cents habitants dont les deux tiers avaient de nouveau un toit sur la tête. Les autres dormaient sous des tentes. Sur ce qui était déjà redevenu la place principale, les fondations d'une école commençaient à s'élever. Chaque matin après avoir avalé une galette de maïs, elle se rendait au dépôt, un hangar en bois achevé à Noël, chargeait son camion et partait faire sa tournée. Lorsque le moteur toussait sous les tours de manivelle de Juan, toute la cabine tremblait, il lui fallait lâcher le volant, tant les vibrations lui démangeaient les mains, et attendre que les cylindres se réchauffent pour que les pistons acceptent de monter en régime.

Juan n'avait pas tout à fait dix-huit ans. Il était né à Puerto Cortes et ne se souvenait plus du visage de ses parents. À neuf ans il débardait sur le port, à onze ans et demi il hissait les filets sur un bateau de pêche. À treize, il était arrivé seul dans la vallée, où désormais tout le monde le connaissait. L'adolescent aux allures d'homme avait repéré celle qu'il appelait la « Señora Blanca » dès qu'elle était descendue du car de Sula. Il lui avait aussitôt emboîté le pas. Susan l'avait d'abord pris pour un mendiant, mais il était bien trop fier pour cela. Juan vivait de trocs, échangeant quelques menues besognes contre un peu de nourriture ou un abri les soirs de grandes pluies. Il avait ainsi réparé des toitures, repeint des clôtures, bouchonné des chevaux, escorté des troupeaux, transporté toutes sortes de sacs sur ses épaules, vidé des granges. Qu'il s'agisse de mettre en route le Dodge bleu pâle, d'y charger des caisses, de grimper à l'arrière pour l'aider dans ses tournées, Juan guettait la mimique de Susan qui signifierait « J'ai besoin d'un coup de main ». Depuis le mois de novembre, elle préparait chaque matin deux galettes de maïs qu'elle complétait parfois d'une barre de chocolat, qu'ils partageaient avant de prendre la route. Même en étant optimiste, la terre ne donnerait pas de légumes avant une saison pleine, et les routes coupées ne permettaient plus que les produits frais circulent à travers le pays. Il fallait se contenter des vivres dits de subsistance que les habitants des villages considéraient comme des festins de Dieu. Sur les chemins d'une campagne dévastée la présence de Juan allongé sous la bâche à l'arrière rassurait Susan, mais le silence régnait sur leur route aux croisements toujours en deuil.

8 janvier 1975, Philip,

Première fin d'année loin de toi, loin de chez nous, loin de tout. Un moment étrange où tout se mélange dans ma tête : un sentiment de solitude qui m'envahit, parfois allégé par la joie de vivre tant de choses singulières. Ce moment de minuit que nous passions ensemble depuis quelques années à nous offrir des cadeaux, je l'ai vécu au milieu de gens démunis de tout. Les enfants d'ici se battraient juste pour les emballages, un simple bout de ficelle a son usage. Et pourtant tu aurais dû voir ce parfum de fête qui envahissait les rues. Les hommes tiraient en l'air de vieilles cartouches pour célébrer l'espoir qui les fait survivre. Les femmes ont dansé dans la rue, entraînant leurs gamins dans des rondes délirantes de bonheur, et moi j'étais abasourdie. Je me souviens de cette nostalgie qui nous envahissait à l'approche de la fin de l'année, je me souviens de ces heures que j'ai passées à essayer de te refiler mes cafards, parce que tout ne tournait pas très rond autour de mon nombril. Ici ils sont tous en deuil, veufs ou orphelins, et ils s'accrochent à la vie avec une dignité hallucinante. Dieu que ce peuple est beau dans sa détresse. Mon cadeau de Noël c'est Juan qui me l'a fait, et quel cadeau ! C'est ma première maison, elle sera très belle, je vais pouvoir emménager dans quelques semaines. Juan attend la fin du mois, les pluies cesseront et il m'a dit qu'il pourrait alors peindre la façade. Il faut que je te la décrive. Il a monté les soubassements avec de la terre qu'il mélange à de la paille et à des cailloux, il a ensuite élevé les murets avec des briques. Avec les gens du village qui l'aident, il est allé récupérer des fenêtres dans des décombres, pour en placer une de chaque côté d'une belle porte bleue. Le sol de l'unique pièce est encore en terre. À gauche il y aura une cheminée adossée à l'un des murs avec à côté une bassine en pierre, voilà pour le coin cuisine. Pour la douche, il mettra une citerne sur la toiture plate. En tirant sur une chaîne j'aurai de l'eau froide ou tiède selon le moment de la journée. Décrite comme cela ma salle de bains ne paraît pas terrible et ma maison spartiate, mais je sais qu'elle sera pleine de vie. Je ferai mon bureau dans le coin salon, c'est la partie où Juan veut poser le plancher dès qu'il aura trouvé de quoi le fabriquer. Une échelle grimpe à la mezzanine, j'y mettrai mon matelas. Bon assez, à toi de m'écrire, raconte-moi comment tu as passé les fêtes, comment va ta vie. Tu me manques toujours. Il pleut des baisers au-dessus de ton lit.

Ta Susan

29 janvier 1975, Susan,

Je n'ai pas reçu tes vœux ! Enfin pas encore. J'espère que le dessin que je te joins ne souffrira pas trop du voyage. Tu dois te demander ce que représente cette perspective d'une rue au petit matin, eh bien j'ai une grande nouvelle à t'annoncer, l'atelier dans Broome Street, ça y est, j'y suis, et je t'écris en regardant la rue déserte de SoHo par ma fenêtre, c'est la vue que je t'ai dessinée. Tu ne peux pas savoir à quel point cela me change d'avoir quitté Montclair, comme si j'avais perdu mes repères et en même temps je sais que cela me fera beaucoup de bien.

Je me lève tôt et je pars prendre mon petit déjeuner au café Reggio, c'est un petit détour, mais j'aime tellement la lumière matinale de ces ruelles aux gros pavés irréguliers, les trottoirs déformés avec leurs grandes plaques de fonte incrustées de billes de verre, les façades dentelées d'escaliers métalliques, et puis tu adores cet endroit. Tu sais, je crois que je t'écrirais n'importe quoi pour que de temps en temps tu penses à moi, pour que tu me répondes et me parles de toi. Je n'imaginais pas que tu me manquerais tant Susan, je m'accroche à mes cours et je me dis tous les jours que le temps sans toi est trop long, que je devrais sauter dans un avion et venir te rejoindre, même si je sais comme tu me l'as dit souvent que ce n'est pas ma vie. Mais loin de toi je me demande ce que c'est ma vie.

Voilà, si cette lettre ne finit pas dans ma poubelle c'est que le bourbon que je viens de siffler aura fait son effet, que je me serai interdit de me relire demain matin ou bien que j'aurai dès cette nuit été nourrir la boîte aux lettres plantée à l'angle de ma rue. Quand je pars de chez moi à l'aube, je la regarde du coin de l'œil en traversant comme si c'était elle qui me délivrerait une lettre de toi un peu plus tard dans la journée, un courrier que je trouverais au retour de la fac. J'ai parfois l'impression qu'elle me sourit et qu'elle me nargue, flegmatique. Il fait un froid de loup. Je t'embrasse.

Philip

27 février 1975, Philip,

Une courte lettre. Pardon de ne pas t'écrire plus souvent, je suis débordée de boulot en ce moment et, quand je rentre, je n'ai plus la force d'écrire, à peine celle d'atteindre mon matelas pour dormir quelques heures. Février s'achève, trois semaines sans pluie, cela relève du miracle. Les premières poussières succèdent à la boue. Nous avons pu enfin nous mettre vraiment à l'ouvrage et j'ai l'impression de voir nos premiers efforts récompensés : la vie reprend le dessus.

C'est la première fois que je suis assise à mon bureau, j'ai accroché ton dessin au-dessus de la cheminée, comme cela nous avons la même vue. Je suis bien contente que tu aies emménagé dans Manhattan. Comment va ta vie à l'université, tu dois être entouré d'étudiantes qui succombent à tes charmes ? Profite mon vieux, mais ne les rends pas trop malheureuses. Tendres baisers.

Susan

4 avril 1975, Susan,

Les lumières des fêtes se sont éteintes depuis longtemps et les pages de février sont déjà derrière nous. Il y a deux semaines la neige est tombée, paralysant la ville trois jours durant, dans une panique indescriptible. Plus aucune voiture n'arrivait à circuler, les taxis zigzaguaient comme des luges sur la Cinquième, les pompiers n'ont pu arrêter un incendie dans TriBeCa, l'eau avait gelé. Et puis l'horreur, trois clochards sont morts de froid dans Central Park, dont une femme de trente ans. On l'a retrouvée assise, gelée sur un banc. On ne parle plus que de cela, aux journaux télévisés du soir et du matin. Personne ne comprend pourquoi la municipalité n'ouvre pas des abris quand les grands froids arrivent. Comment admettre qu'on meure encore ainsi de nos jours dans les rues de New York, c'est lamentable ! Alors toi aussi, tu as emménagé dans une nouvelle maison ? Très drôle ta tirade sur les filles de la fac, alors à mon tour : qui est ce Juan qui s'occupe si bien de toi ? Je bosse comme un dingue, les examens sont dans quelques mois. Est-ce que je te manque toujours un peu ? Écris-moi vite.

Philip

25 avril 1975, Philip,

J'ai reçu ta lettre, j'aurais dû y répondre depuis deux semaines mais je ne trouve jamais le temps, déjà la fin avril, il fait beau, et trop chaud, l'odeur est parfois difficile à supporter. Nous sommes partis pendant dix jours avec Juan, nous avons traversé toute la vallée de Sula et nous avons grimpé les routes du mont Cabaceras de Naco. Le but de notre expédition était d'atteindre les hameaux dans les montagnes. L'approche a été difficile. Dodge, c'est ainsi que nous avons baptisé notre camion, nous a lâchés deux fois, mais Juan a des doigts de magicien. J'ai le dos fourbu, tu ne sais pas ce que c'est que changer une roue sur un engin pareil. Les paysans nous ont d'abord pris pour des sandinistes, qui eux nous prennent souvent pour des militaires en civil. S'ils pouvaient se mettre d'accord, cela faciliterait notre job.

Au premier barrage, je t'avoue que mon cœur battait la chamade. Je n'avais jamais vu de fusils-mitrailleurs si près de mon visage. Nous avons négocié notre sauf-conduit contre quelques sacs de blé et douze couvertures. La voie qui grimpait à flanc de roche était à peine praticable. Nous avons mis deux jours pour nous élever de 1 000 mètres. Difficile de te décrire ce que nous avons trouvé là-haut. Des populations faméliques auxquelles personne n'avait encore porté assistance. Juan a dû négocier âprement pour gagner la confiance des hommes qui gardaient le col...

Ils furent accueillis avec la plus grande méfiance. Le ronronnement de leur moteur les avait précédés et les habitants du hameau s'étaient massés le long du chemin pour suivre la lente progression du Dodge dont la boîte de vitesses craquait à chaque tournant. Quand il avait dû presque s'immobiliser pour négocier le virage qui annonçait le bout de la route déserte, deux hommes avaient jailli des accotements, sautant sur les marchepieds en pointant leurs machettes vers l'intérieur de l'habitacle. Surprise, Susan avait fait une embardée, écrasé le frein et manqué de peu la ravine.

Ivre d'une rage qui étouffa sa peur, elle était sortie de la cabine. En ouvrant brutalement sa portière, elle avait projeté un des hommes à terre. Le regard noir et les deux mains sur les hanches, elle l'avait alors copieusement insulté. Le paysan s'était relevé ébahi, ne comprenant pas un traître mot de ce que la femme à la peau claire lui hurlait au visage, mais la Señora Blanca était incontestablement en colère. Juan était descendu à son tour, bien plus calme, et avait expliqué les raisons de leur présence. Après quelques moments d'hésitation, l'un des deux fermiers avait levé le bras gauche et une dizaine de villageois s'étaient avancés. Le groupe ainsi formé se mit à discuter pendant d'interminables minutes et la conversation s'envenima. Susan escalada alors le capot de son camion et ordonna froidement à Juan d'actionner le klaxon. Il sourit et s'exécuta. Petit à petit les voix couvertes par la trompe au timbre éraillé du camion se turent. Toute l'assemblée se retourna vers Susan. Elle s'adressa dans son meilleur espagnol à celui qui semblait être leur chef.

– J'ai des couvertures, des vivres et des médicaments. Soit vous m'aidez à décharger, soit je lâche le frein à main et je rentre chez moi à pied !

Une femme traversa la foule silencieuse et vint se poster devant la calandre, elle se signa. Susan cherchait à descendre de son perchoir sans se briser une cheville, la femme lui tendit une main, relayée aussitôt par un homme. Toisant la foule, Susan rejoignit Juan à l'arrière. Les montagnards s'écartèrent lentement sur son passage. Juan sauta sur le plateau, et ensemble ils soulevèrent la bâche. Tout le village restait silencieux et immobile, elle sortit un lot de couvertures qu'elle jeta au sol. Personne ne bougea.

– Mais qu'est-ce qu'ils ont, bordel !

– Señora, dit Juan, ce que vous apportez n'a pas de prix pour ces gens-là, ils attendent ce que vous leur en demanderez et ils savent qu'ils n'ont rien à vous donner en échange.

– Eh bien dis-leur que la seule chose que je leur demande c'est de nous aider à décharger !

– C'est un peu plus compliqué que cela.

– Et pour faire simple, on fait comment ?

– Mettez votre brassard du Peace Corps, ramassez une des couvertures que vous venez de jeter par terre et allez la mettre sur les épaules de celle qui a fait le signe de croix tout à l'heure.

En déposant le plaid sur le dos de la femme, elle la regarda au fond des yeux et dit en espagnol : « Je suis venue vous remettre ce que l'on aurait dû vous apporter depuis longtemps, pardonnez-moi d'arriver si tard. »

Teresa la prit dans ses bras et l'embrassa sur les joues. Dans un mouvement de liesse les hommes se ruèrent vers le camion et le vidèrent de son contenu. Juan et Susan furent conviés à dîner avec tous les gens du village. La nuit était tombée, un grand feu avait été allumé et un repas frugal fut servi.

Au cours de la soirée un petit garçon s'était approché dans son dos. Susan sentit sa présence, elle se retourna et lui sourit mais il s'enfuit aussitôt. Il réapparut un peu plus tard, se rapprochant un peu plus. Nouveau clin d'œil et il s'enfuit encore. Le manège se reproduisit plusieurs fois, jusqu'à ce qu'il soit tout près d'elle. Elle le regarda immobile sans lui parler. Sous l'épaisse crasse qui maculait son visage elle distingua la beauté de ses yeux aux prunelles noir de jais.

Elle lui tendit la main, la paume tournée vers le ciel. Les yeux de l'enfant hésitaient entre le visage et la main et ses doigts vinrent timidement agripper l'index de Susan. Il lui fit signe de se taire et elle sentit la traction du petit bras qui voulait l'entraîner. Elle se leva et se laissa guider au travers des passages étroits qui séparaient les maisons les unes des autres. Il s'arrêta derrière une palissade et d'un doigt qu'il posa sur sa bouche lui intima de ne pas faire de bruit, de se mettre à genoux pour être à sa hauteur. Il désigna un trou dans les canisses où il plaqua son œil pour lui montrer l'exemple. Dès qu'il recula, elle s'avança pour voir ce qui avait pu pousser ce petit bonhomme à réunir tant de forces pour affronter sa peur et à la conduire jusqu'ici.

... J'ai découvert une petite fille de cinq ans en train de mourir tellement sa jambe était gangrenée. Quand une partie

de son village fut emportée par un fleuve de boue, alors qu'il dérivait accroché à un tronc d'arbre, un homme cherchant désespérément sa fille qui avait disparu a vu son petit bras émerger des flots. Réussissant à l'arracher à la mort, il a serré le corps de l'enfant contre lui. Ils ont tous deux dévalé des kilomètres dans le noir, luttant pour garder la tête à l'air libre dans le vacarme assourdissant des tourbillons qui les entraînaient sans relâche, jusqu'au bout de ses forces, jusqu'à en perdre conscience. Au lever du jour, quand il s'est éveillé, elle était à côté de lui. Ils étaient blessés mais vivants, à un détail près : ce n'était pas sa fille qu'il avait sauvée. Il n'a jamais retrouvé le corps de son propre enfant.

Au terme d'une nuit de palabres il a accepté de nous la confier, je n'étais pas certaine qu'elle survivrait au trajet mais là-haut il ne lui restait que quelques jours à vivre. Je lui ai promis que je reviendrais avec elle dans un mois ou deux, avec le camion plein de vivres, alors il a consenti au sacrifice, pour les autres je pense. Et même si ma cause était juste je me suis sentie si sale dans son regard. Je suis de retour à San Pedro, la petite est toujours entre la vie et la mort, moi je suis vidée. Pour ta gouverne Juan est mon assistant, qu'est-ce que c'est que ce sous-entendu à la con ! Je ne suis pas en camp de vacances au Canada ! ! ! Je t'embrasse quand même.

Susan

P.-S. : Puisque nous nous sommes juré de toujours nous dire la vérité, il faut que je t'avoue quelque chose : New York et toi, vous me faites chier avec votre histoire de clodos !

La lettre qu'elle reçut de Philip arriva bien après ; il l'avait pourtant écrite avant de recevoir la sienne.

10 mai 1975, Susan,

Moi aussi j'ai tardé à te répondre, j'ai travaillé comme un dingue, je viens de passer mes partiels. La ville reprend ses couleurs de mai et le vert lui va bien. Dimanche je suis allé avec des amis marcher dans Central Park. Les premières étreintes sur les pelouses annoncent enfin l'installation du printemps. Je monte sur le toit de l'immeuble et je dessine en regardant le quartier qui s'étend à mes pieds. J'aimerais que tu sois là. J'ai décroché un stage cet été dans une agence de publicité. Parle-moi de tes journées, où es-tu ? Écris-moi vite, quand je reste longtemps sans nouvelles je me fais du souci.

À très vite, je t'aime.

Philip

Au fond de la vallée elle vit les premières lumières de l'aube percer l'obscurité de la nuit. Bientôt, le soleil fit briller la piste. Elle s'étendait comme un long trait, traversant les immenses pacages encore humides de rosée. Quelques oiseaux commençaient à voleter dans le ciel pâle. Elle s'étira, le bas de son dos lui faisait mal et elle soupira. Susan descendit l'échelle et marcha pieds nus à même la terre vers l'évier. Elle réchauffa ses mains au-dessus des quelques braises qui rougeoyaient encore dans la cheminée. Elle saisit une boîte en bois sur l'étagère que Juan avait accrochée au mur, et versa une dose de café dans la cafetière en métal émaillé ; elle l'emplit d'eau et l'installa en équilibre précaire sur les barres tordues de la grille posée au ras des cendres.

Pendant que le breuvage chauffait, elle se brossa les dents et considéra son visage dans le petit morceau de miroir sommairement suspendu à son clou. Elle grimaça en contemplant son reflet et passa sa main dans ses cheveux ébouriffés. Elle étira son tee-shirt, découvrant son épaule pour examiner la morsure d'une araignée. « Quelle saloperie ! » Elle remonta aussitôt sur la mezzanine et à quatre pattes entreprit de retourner énergiquement sa couche pour liquider l'agresseur. Le sifflement de l'eau bouillante la fit renoncer et redescendre. Elle entoura la poignée avec un chiffon, versa le liquide noir dans une tasse, saisit une banane sur la table et alla prendre son petit déjeuner dehors. Assise sur le perron, elle porta la tasse à ses lèvres et son regard aussi loin que l'horizon le lui permettait. Susan caressa son mollet et fut parcourue d'un léger frisson. Sautant du rebord elle se rendit à son bureau et saisit un stylo-bille.

Philip,

J'espère que ce petit mot te parviendra rapidement, j'ai un service à te demander : peux-tu m'envoyer de la crème pour le corps et mon shampooing ?

Je compte sur toi, je te rembourserai quand je passerai te voir. Baisers.

Susan

***

La journée du samedi s'achevait, les rues étaient pleines, il s'installa à la terrasse d'un café pour parfaire une esquisse. Il commanda un café filtre, l'espresso n'avait pas encore franchi l'Atlantique. Il suivit du regard une jeune femme blonde qui traversait la rue en direction des cinémas. Il eut soudain envie d'aller voir un film, régla sa consommation et se leva. Il ressortit de la salle deux heures plus tard. Le mois de juin offrait à la ville ses plus beaux couchers de soleil. Au carrefour, fidèle à l'habitude qu'il avait prise ces derniers mois, il salua la boîte aux lettres, hésita à rejoindre des amis qui dînaient dans un bistrot de Mercer Street et préféra rentrer chez lui.

Il introduisit la clé plate dans la serrure, chercha la seule position qui permettait d'actionner le pêne et repoussa la lourde porte en bois de son immeuble. Dès qu'il eut basculé l'interrupteur, l'étroit couloir qui menait à l'escalier s'éclaira d'un jaune blafard. Une enveloppe bleue sortait de la fente de sa boîte aux lettres. Il s'en empara et grimpa les marches en toute hâte. La feuille était déjà dépliée lorsqu'il se jeta sur son canapé.

Philip,

Si ces mots te parviennent dans une quinzaine de jours nous serons alors à la fin du mois d'août et nous n'aurons plus qu'un an à patienter avant de nous retrouver, enfin je veux dire que la moitié du chemin sera faite. Je n'ai pas eu le temps de te raconter mais je vais peut-être prendre du galon, on parle d'établir un nouveau campement dans la montagne et la rumeur circule que j'en serai peut-être la responsable. Merci pour ton colis, tu sais même si mes lettres se font plus rares tu me manques, tu as dû vieillir depuis tout ce temps ! Donne-moi de tes nouvelles.

Susan

10 septembre 1975, Susan,

Je ne pourrai plus jamais regarder innocemment le petit bandeau « Un an plus tard... » qui apparaît parfois sur les écrans de cinéma. Je n'avais jamais prêté attention à l'émotion discrète, cachée derrière les trois petits points que seuls comprennent ceux qui savent combien l'attente peut engendrer de solitude. Qu'elles sont longues ces minutes qui se résument entre deux guillemets ! L'été s'achève, mon stage aussi, ils m'ont offert de m'engager dès que j'aurais mon diplôme. Je ne me serai pas baigné une seule fois, j'ai fait la connerie d'aller voir un film sur un grand requin blanc qui sème la terreur sur nos plages, c'est du même réalisateur que Duel, *qu'est-ce que nous avions aimé ce film toi et moi, te souviens-tu au Film Forum ? Si j'avais su ce jour-là en sortant de la salle que quelques années plus tard je vivrais en t'attendant dans la rue même de ce bar où nous étions allés ! Si j'avais imaginé un instant t'écrire à « l'autre bout du monde ». Au cours d'une scène effrayante, une jeune femme assise à côté de moi a généreusement lacéré de ses ongles mon bras posé sur l'accoudoir. C'était assez drôle, elle s'est confondue en excuses pendant tout le reste de la projection. Je n'ai jamais entendu autant de « Pardon » et de : « Je suis désolée » en une heure. Tu ne m'aurais pas reconnu, moi qui peux mettre six mois pour engager la conversation avec une fille qui me sourit dans un restaurant, j'ai réussi à lui dire : « Si vous continuez à parler comme ça, ils vont nous mettre dehors, poursuivons tout à l'heure autour d'un verre. » Elle s'est tue jusqu'à la fin de la séance et moi bien sûr je n'ai plus rien vu du film. C'était stupide puisque j'étais certain qu'elle s'éclipserait à la dernière image. Quand la lumière est revenue, elle m'a suivi dans l'allée et je l'ai entendue derrière moi me demander . « Où va-t-on dîner ? » Nous sommes allés chez Fanelli's, elle s'appelle Mary, et elle est étudiante en journalisme. Il pleut des trombes d'eau cette nuit, je vais aller me coucher, c'est mieux, je te raconterais n'importe quoi pour te rendre jalouse. Donne-moi de tes nouvelles*

Philip

Un jour de novembre 1975, je ne sais plus bien lequel

Mon Philip,

Quelques semaines depuis ma dernière lettre, mais le temps ici ne s'écoule pas de la même façon. Te souviens-tu de la petite fille dont je te parlais dans une de mes précédentes lettres ? Je l'ai reconduite auprès de son nouveau papa. Sa jambe n'a pas pu être sauvée, j'appréhendais la réaction qu'il aurait en la retrouvant ainsi. Nous sommes allés la chercher à Puerto Cortes, Juan m'avait accompagnée. À l'arrière de Dodge il avait disposé des sacs de farine pour lui faire une sorte de matelas. En arrivant à l'hôpital j'ai vu cette enfant qui attendait au bout du couloir, allongée sur une civière. Je me forçais à me concentrer sur son visage et à ne pas regarder la zone amputée. Pourquoi privilégier ce qui n'existe plus au détriment de tout ce qui est là ? Pourquoi donner plus d'importance à ce qui ne va pas au lieu d'aimer tout ce qui va ?

Je ne cessais de me demander comment elle vivrait avec son handicap. Juan a compris mon silence et, avant que je m'adresse à elle, il a murmuré dans mon oreille : « Ne lui montre pas ta peine, tu devrais te réjouir, sa différence ce n'est pas sa jambe coupée, c'est son histoire, sa survie. »

C'est lui qui a raison. Nous l'avons installée sur les ballots, et nous avons pris la route des montagnes. Il a veillé sur elle pendant tout le trajet, il essayait de la distraire et, je crois aussi, de me décrisper. Pour atteindre ses fins il n'arrêtait pas de se moquer de moi. Il me singeait au volant de ce véhicule bien trop lourd et qui semble vouloir me prouver à chaque kilomètre qu'il est plus costaud que moi, comme si ses sept tonnes ne lui suffisaient pas ! Juan se mettait en position semi-assise, bras tendus vers l'avant et il enchaînait les grimaces, parodiant les efforts que je dois faire à chaque virage pour faire tourner la direction, agrémentant ses imitations de commentaires que mon espagnol ne me permet pas d'apprécier à leur juste valeur. C'est au terme de six heures de route que cela s'est produit. Je venais de caler en rétrogradant, j'ai juré et donné du coup de poing sur le volant, mon sale caractère n'a pas disparu, tu sais. Pour Juan c'était pain bénit, il a aussitôt enchaîné une bordée de jurons, faisant mine de taper sur une caisse supposée représenter mon volant et tout à coup la gamine s'est mise à sourire.

Ce fut d'abord le son clair de deux éclats de rire, un court moment de pudeur, puis un autre jaillit de sa gorge, et tout à coup l'irrésistible instant : le camion s'est empli de ses exclamations. Je n'imaginais pas l'importance que peut soudain prendre dans une vie le simple rire d'un enfant. Dans le rétroviseur je la regardais chercher son souffle. Le fou rire avait aussi conquis Juan. Je crois que j'ai sangloté plus encore que le jour où tu me serrais dans tes bras sur la tombe de mes parents, sauf que ce jour-là je pleurais à l'intérieur. Il y avait tout à coup tant de vie, tant d'espoir, j'ai tourné la tête pour les regarder, au milieu de leurs éclats de rire j'ai distingué le sourire que Juan m'adressait. Les barrières de la langue se *sont levées... Au fait, toi qui le pratiques presque couramment, raconte-moi, en espagnol de préférence, la fin de ton dîner après le cinéma, ça m'aidera à me perfectionner...*

Il avait reconnu le camion dès qu'il s'était accroché aux premiers virages en bas dans la vallée. Il avait alors renoncé à travailler, s'était assis sur une pierre et ne l'avait plus quitté du regard pendant les cinq heures de sa lente ascension. Rolando attendait depuis treize longues semaines. Il n'avait cessé de se demander si la petite fille était en vie, si l'oiseau qui volait haut dans le ciel présageait qu'elle n'avait pas survécu, ou au contraire qu'il fallait espérer. Et plus les jours passaient, plus il transformait les choses les plus simples de sa vie en signes, se prêtant au jeu incontrôlable des augures pessimistes ou optimistes selon les humeurs du moment.

À chaque tournant Susan faisait retentir par trois fois le klaxon au timbre enroué. Pour Rolando, c'était un bon présage, un son long aurait annoncé le pire, mais trois courts, c'était peut-être une bonne nouvelle. D'un mouvement sec du bras il fit riper le paquet marron de Paladines au-dehors de sa manche. Elles étaient beaucoup plus chères que les Dorados qu'il fumait tout au long de la journée. De ce paquet, il n'en prenait d'ordinaire qu'une seule par jour, après son dîner. Il porta la cigarette à ses lèvres et craqua une allumette. Une bouffée profonde, et il emplit ses poumons de l'air humide qui sentait bon la terre et le parfum des pins. Le bout incandescent rougit au grésillement du tabac. Cet après-midi le paquet entier y passerait. Il faudrait être patient, ils franchiraient le col à la tombée du jour.

Tous les *campesinos* étaient venus se masser le long des bas-côtés à l'entrée du hameau. Cette fois, personne n'osa escalader les marchepieds. Susan ralentit et la population se regroupa autour du véhicule. Elle coupa le moteur et descendit, tourna la tête de gauche à droite, soutenant fièrement chacun de leurs regards. Juan se tenait derrière elle et faisait rouler la terre sous son pied, cherchant à se donner une contenance. Rolando lui faisait face. Il jeta son mégot.

Susan inspira à fond et entreprit de faire le tour du Dodge. La foule la suivit des yeux. Rolando s'approcha, rien sur son visage ne trahissait son émotion. D'un geste énergique elle souleva la bâche, et Juan l'aida aussitôt à abaisser le hayon, découvrant la petite fille qu'elle ramenait au village. L'enfant n'avait plus qu'une seule jambe, mais elle ouvrit en grand deux bras à celui qui lui avait sauvé la vie. Rolando grimpa sur le plateau arrière et souleva la petite fille. Il murmura quelques mots à son oreille qui la firent sourire. Quand il redescendit, il la posa à terre, s'agenouillant à la hauteur de son épaule pour la soutenir. Il y eut quelques secondes de silence et tous les hommes lancèrent leur chapeau en l'air en poussant un cri qui s'envola vers les hauteurs. Susan baissa pudiquement la tête pour que personne ne la regarde en cet instant où elle se sentait particulièrement fragile. Juan la saisit par le poignet. « Laisse-moi », dit-elle. Il resserra son étreinte : « Merci pour eux. » Rolando avait confié l'enfant à une femme et s'était approché d'elle. Sa main monta vers son visage, il lui releva le menton et héla Juan avec autorité :

– Comment l'appelle-t-on ?

Juan scruta l'homme à l'imposante stature et attendit quelques instants avant de répondre :

– En bas dans la vallée, on l'appelle la Señora Blanca.

Rolando s'avança vers lui d'un pas volontaire ; il posa ses lourdes mains sur ses épaules. Les sillons profonds gravés aux contours de ses yeux se plissèrent, sa bouche s'ouvrit généreusement, dans un immense sourire partiellement édenté.

– Doña Blanca ! s'exclama-t-il. C'est ainsi que Rolando Alvarez l'appellera :

Le paysan entraîna Juan sur la sente de pierres qui menait au village, ce soir ils boiraient du *guajo.*

*
* *

Les premiers jours du mois de janvier 1976 succédèrent à un second réveillon vécu l'un sans l'autre. Susan avait passé les fêtes à travailler sans relâche. Philip, qui se sentait plus seul que jamais, lui écrivit cinq lettres entre Thanksgiving et la nuit du nouvel an, il n'en posta aucune.

Dans la nuit du 4 février, un effroyable tremblement secouait la terre du Guatemala, tuant vingt-cinq mille personnes. Susan fit tout son possible pour partir y porter secours, mais les roues édentées des mécanismes administratifs refusèrent de tourner dans le bon sens, et elle dut se résigner. Le 24 mars, en Argentine, le régime péroniste était abattu, le général Jorge Rafaël Videla venait de faire arrêter Isabel Perón ; un autre espoir s'éteignait dans cette partie du monde. À Hollywood, un oscar tombait d'un nid de coucou sur les épaules de Jack Nicholson. Le 4 juillet l'Amérique en liesse fêtait ses deux cents ans d'indépendance. Quelques jours plus tard, à des centaines de milliers de kilomètres, un Viking se posait sur Mars et envoyait les premières images de la planète rouge que la terre découvrait. Le 28 juillet, un autre séisme grimpait au-delà du huitième barreau de l'échelle de Richter. À 3 h 45 précises, la ville chinoise de Tangshan était rayée du globe, pourtant un million six cent mille personnes y vivaient. Cette nuit-là, quarante mille mineurs étaient ensevelis au fond d'une mine au sud de Pékin. Dans les décombres de la mégapole, six millions d'habitants désormais sans abri campaient sous des pluies diluviennes. La Chine allait porter le deuil de sept cent cinquante mille êtres humains. Demain, l'avion de Susan se poserait à Newark.

Il avait quitté l'agence plus tôt. En chemin il s'était arrêté une première fois, pour choisir des roses rouges et des lys blancs, les fleurs préférées de Susan. À l'épicerie au coin de la rue il avait fait une seconde halte. Il avait acheté une nappe en tissu, de quoi préparer un bon dîner, six petites bouteilles de Coca-Cola, parce qu'elle n'aimait pas les grandes, et plein de sachets de friandises, surtout ceux qui contenaient les bonbons acidulés à la fraise qu'elle dévorait toujours avec gourmandise. Les bras chargés il avait gravi les marches de l'escalier. Il avait poussé son bureau au milieu du living et il avait dressé la table, vérifiant maintes fois que les assiettes étaient bien en face l'une de l'autre, les couverts disposés symétriquement et les verres correctement alignés. Il avait vidé les sacs de friandises dans un bol à petit déjeuner qu'il avait posé sur le rebord de la fenêtre. Il avait consacré l'heure suivante à couper les tiges des fleurs et à accommoder les deux bouquets. Celui des roses rouges trouva sa place dans la chambre, sur la table de nuit de droite. Puis il avait changé les draps du lit. Il avait ajouté un second verre à dents sur l'étagère de la minuscule salle de bains, dont il avait récuré soigneusement la robinetterie – lavabo et douche. La nuit était bien avancée quand il avait fait plusieurs fois le tour des lieux « pour tout vérifier » et comme tout lui paraissait un peu trop propre, il étudiait consciencieusement la façon de redisposer les objets pour donner plus de vie au lieu. Après avoir grignoté un paquet de chips au-dessus de la corbeille à papier, il avait fait sa toilette à même l'évier de la cuisine et s'était allongé sur le canapé. Le sommeil ne voulait pas venir, il se réveilla toutes les heures. Au lever du jour il s'habilla et partit prendre le bus qui l'amènerait à l'aéroport de Newark.

Il était 9 heures ce matin-là, l'avion de Miami se poserait dans deux heures. Avec l'espoir qu'elle ait choisi ce premier vol, il était arrivé tôt, avait « réservé » sa table en inclinant le dossier de la chaise et s'était installé au comptoir pour lutter contre son impatience en tentant d'engager un semblant de conversation avec le barman. Il n'était pas de ces hommes en livrée noire ou blanche qui, dans les grands hôtels, ont pour habitude de recueillir les confidences de leurs clients, et ne prêta qu'une oreille distraite aux propos de Philip. Entre 10 et 11 heures, il avait hésité cent fois à aller l'attendre à la porte mais le rendez-vous qu'elle lui avait fixé était ici, à cette table. Ce détail ressemblait bien à Susan, comme une illustration parfaite de ses contradictions ; elle abhorrait les situations emphatiques mais exaltait les symboles. Quand le Super Continental de la Eastern Airlines survola le terrain, le cœur de Philip se mit à battre plus vite et sa bouche s'assécha. Mais dès que l'avion vint s'immobiliser, il sut qu'elle n'était pas dans ce vol. Accolé à la vitre, il pouvait voir la carlingue se vider de ses passagers, il les regarda suivre au sol la ligne jaune qui les guidait jusqu'au terminal. Elle arriverait sûrement par le vol de la fin d'après-midi, « c'était bien plus logique ». Alors pour se distraire d'une longue attente il commença à dessiner. Une heure passa ; après avoir croqué sur des grandes feuilles à rayures les sept clients qui étaient entrés puis ressortis, il referma son cahier à spirale et s'approcha du comptoir pour questionner le barman :

– Je vais peut-être vous paraître étrange mais j'attendais quelqu'un qui devait décoller ce matin de Miami, le prochain vol n'arrivant qu'à 19 heures cela me laisse encore six bonnes heures à tuer et je crois que je n'ai plus de cartouches.

L'homme le regarda, interrogatif, il continuait inlassablement de sécher sa vaisselle et de la remettre en place sur l'étagère derrière lui. Philip reprit le cours de son monologue.

– C'est long parfois une heure ! Il y a des journées où le temps passe si vite que l'on a peine à tout faire, et d'autres comme celle-ci où l'on regarde sa montre sans cesse, à croire qu'elle s'est arrêtée. Est-ce que je pourrais vous aider à essuyer votre vaisselle ou je ne sais pas, moi, à prendre les commandes de vos clients, juste pour passer le temps ? Je tourne en rond là !

Le barman venait de remettre en place le dernier verre propre. Il jeta un regard circulaire à la salle déserte et d'un ton nonchalant lui demanda ce qu'il désirait consommer tout en lui faisant glisser un best-seller qu'il avait extrait du dessous de son comptoir. Philip en découvrit le titre : *Will you please be quiet... please !* Il remercia le garçon avant d'aller reprendre sa place. À l'heure du déjeuner le café était plein, il se força à commander un plat, plus pour satisfaire le barman que son estomac qui ne lui réclamait rien. Il grignota un club sandwich, tout en poursuivant sa lecture du recueil de nouvelles de Raymond Carver. À 14 heures, alors que la serveuse qui venait de prendre son service remplissait sa tasse d'un énième café, il commanda une part de gâteau au chocolat, qu'il ne toucha pas, il en était toujours à la première histoire. À 15 heures il remarqua qu'il relisait la même page depuis dix minutes, à 15 h 30 la même ligne ; il referma l'ouvrage et soupira.

Dans le Boeing qui décollait de Miami pour rejoindre Newark, Susan les yeux clos comptait dans sa tête les lampes orange suspendues au-dessus du bar, se remémorait le parquet aux lattes vernies, la porte avec son hublot bien plus gros que celui contre lequel elle s'assoupit.

Vers 16 heures, revenu sur un tabouret du bar, il essuyait des verres en écoutant le barman qui avait remplacé celui du matin lui conter quelques épisodes de sa vie tumultueuse. Philip, envoûté par son accent espagnol, l'avait interrogé à plusieurs reprises sur ses origines, l'homme devait sans cesse lui rappeler qu'il venait du Mexique et qu'il n'était jamais allé au Honduras. À 17 heures le lieu se remplit à nouveau, il regagna sa place. Toutes les tables étaient occupées quand la vieille dame au dos voûté entra sans que personne ne lui prête attention. Il mit son cahier devant ses yeux pour ne pas croiser son regard, quelques instants seulement, le temps d'éprouver un certain malaise coupable. Après avoir éparpillé toutes ses affaires, il inclina une nouvelle fois son dossier, se leva et alla la chercher au comptoir où elle se tenait péniblement debout. La vieille dame le remercia sincèrement et le suivit pour lentement s'asseoir sur la chaise qu'il lui offrait.

Trop nerveux pour se contenir, Philip, après avoir insisté

pour qu'elle garde bien la place, alla chercher lui-même la consommation au comptoir. Dans le quart d'heure suivant, elle essaya d'entamer une conversation courtoise, à la seconde tentative il l'invita poliment mais fermement à avaler sa boisson. Trente interminables minutes finirent par s'écouler, quand elle se leva enfin ! Elle le salua et il la regarda entreprendre sa lente marche vers la sortie.

Le grondement sourd des moteurs au-dessus de lui l'arracha soudainement à ses pensées. Il baissa presque la tête, quand le DC3 survola le toit en dépassant l'aérodrome. Le commandant de bord inclina l'appareil sur la droite, poursuivant son tour d'approche, parallèle à la piste. Au loin le bimoteur se pencha à nouveau pour se placer cette fois perpendiculairement au terrain, presque aussitôt il vira en finale. Les lourdes roues jaillirent sous les moteurs, les feux avant encastrés dans les ailes se mirent à scintiller. Quelques instants plus tard le gros nez rond de l'avion bascula en arrière, la roulette de queue venait de toucher le sol. Les pales des hélices devinrent progressivement visibles. À la hauteur de l'aérogare le DC3 pivota, avançant vers son aire de stationnement située au pied du bar. L'avion de Susan venait de se poser. Philip fit un signe au serveur pour qu'il vienne nettoyer la table, remit salière, poivrier et sucrier en bonne place, bien alignés dans l'axe. Quand les premiers passagers descendirent par l'échelle il eut peur que son instinct lui ait fait défaut.

Elle portait une chemise d'homme dont les pans retombaient sur son jean délavé. Elle avait maigri mais elle semblait en forme, ses pommettes bien saillantes parurent se rehausser de quelques centimètres quand elle l'aperçut à l'étage, de l'autre côté de la vitre. Il fit un effort surhumain pour respecter sa volonté et rester à table. Dès qu'elle entra dans le terminal, disparaissant pour un temps de son champ de vision, il se retourna et commanda deux boules de glace à la vanille recouvertes de chocolat chaud saupoudré d'amandes effilées, le tout copieusement arrosé de caramel liquide.

Quelques instants plus tard, elle colla son visage contre l'oculus en verre et lui fit une grimace. Il s'était levé dès qu'elle était apparue à la porte du bar. Elle avait souri en constatant qu'il avait pris place à la même table. Dans une vie où elle n'avait plus beaucoup de repères, ce petit coin d'intimité au creux de cet aéroport anonyme avait pris de l'importance. Elle se l'était avoué en débarquant du petit avion de la poste qui l'avait conduite de Puerto Cortes à Tegucigalpa.

Quand elle avait poussé le battant, il s'était forcé à ne pas se précipiter vers elle, elle aurait détesté ça ; maintenant, elle faisait exprès de marcher lentement. À la troisième rangée de tables elle laissa tomber son gros sac, se mit à courir et plongea enfin dans ses bras. Le front posé sur son épaule, elle huma le parfum de sa nuque. Il prit sa tête dans ses deux mains pour croiser son regard. Ils restèrent silencieux. Le serveur toussota derrière eux, ironique il demanda à Philip : « Vous ne vouliez pas que je rajoute une noisette de chantilly sur le dessus par hasard ? »

Ils finirent par s'asseoir, elle contempla la coupe glacée, plongea son index dedans et suça le caramel qui l'enrobait.

– Tu m'as rudement manqué ! dit-il.

– Pas toi ! répondit-elle, sarcastique. Comment vas-tu ?

– On s'en fout, laisse-moi te regarder.

Elle avait changé, imperceptiblement peut-être aux yeux des autres, mais pas à ceux de Philip. Ses joues s'étaient creusées et son sourire trahissait une détresse qu'il ressentait sans pouvoir la décrypter. Comme si chaque tragédie dont elle avait été le témoin s'était incrustée dans sa chair, dessinant les contours d'une blessure débordante d'humanité et de désarroi.

– Pourquoi me regardes-tu comme ça, Philip ?

– Parce que tu m'impressionnes.

L'éclat de rire de Susan envahit tout le bar, deux clients attablés se retournèrent. Elle mit sa main devant sa bouche.

– Ooops, pardon !

– Ne t'excuse surtout pas, tu es tellement jolie quand tu ris, ça t'est arrivé de temps en temps là-bas ?

– Tu sais, le plus incroyable c'est que là-bas ça te semble être le bout du monde et c'est tout à côté. Mais parle-moi de toi, de New York.

Il était heureux de vivre à Manhattan. Il venait de décrocher un premier travail pour une agence de pub qui lui avait commandé un story-board. Ses dessins avaient plu et il planchait déjà sur un autre projet. Cela ne lui rapportait pas beaucoup d'argent mais c'était du concret. Quand elle lui demanda s'il était content de sa vie, il répondit d'un haussement d'épaules. Il voulut savoir si elle était satisfaite de son expérience, si elle avait trouvé ce qu'elle cherchait. Elle esquiva la question et continua de l'interroger. Elle voulait qu'il lui donne des nouvelles de ses parents. Ils pensaient vendre la maison de Montclair et s'installer sur la côte ouest. Philip ne les avait presque pas vus de l'année, sauf à Thanksgiving. Retourner dormir dans sa chambre lui avait procuré une sensation désagréable, il se sentait s'éloigner d'eux et pour la première fois les voyait vieillir, comme si la distance avait rompu le fil du temps, et découpé la vie en succession d'images où les visages se transforment d'une épreuve à l'autre, sur un papier devenu mordoré. Il brisa le silence.

– Quand on vit au côté des gens on ne se rend pas vraiment compte qu'ils changent, et c'est comme cela qu'on finit par les perdre.

– C'est ce que je t'ai toujours dit mon vieux, c'est périlleux de vivre à deux, dit-elle. Tu me trouves grossie ?

– Non, bien au contraire, pourquoi ?

– À cause de ce que tu viens de dire. Tu trouves que j'ai changé ?

– Tu as l'air crevée Susan, c'est tout.

– Donc, j'ai changé !

– Depuis quand tu te soucies de ton apparence ?

– Mais chaque fois que je te vois.

Elle suivait du regard les effiloches d'amandes s'engluant dans le chocolat qui se déposait au fond de la coupe glacée.

– J'avais envie d'un plat chaud !

– Qu'est-ce que tu as, Susan ?

– J'ai dû oublier de prendre mes pilules à fou rire ce matin !

Elle l'avait agacé. Elle regrettait déjà son mouvement d'humeur, mais elle avait cru que leur complicité l'autorisait à se conduire comme bon lui semblait.

– Tu pourrais faire un petit effort au moins !

– De quoi tu parles ?

– De me laisser croire que tu es heureuse de me voir.

Elle passa un doigt sur sa joue.

– Mais grosse pomme évidemment que je suis heureuse, cela n'a rien à voir avec toi !

– Avec quoi alors ?

– C'est difficile de revenir dans mon pays. Tout me

paraît tellement loin de la vie que je mène. Ici tout existe, ici rien ne manque, là-bas tout fait défaut.

– La jambe cassée de ta voisine n'enlève rien à la douleur de ta cheville foulée. Si tu n'arrives plus à relativiser les choses essaie d'être un peu plus égoïste, cela fera de toi une meilleure personne.

– Waouw, tu deviens philosophe mon vieux.

Philip se leva brusquement et remonta l'allée jusqu'à la porte. Il sortit dans la coursive et rentra aussitôt, revenant d'un pas rapide. Il se pencha et l'embrassa dans le cou.

– Bonjour, ça me fait tellement plaisir de te voir !

– Je peux savoir à quoi tu joues ?

– Je ne joue pas justement ! Je t'attends depuis deux ans, je me suis fait de la corne au pouce à force de t'écrire puisque c'était le seul moyen de partager le strict minimum de ta vie, je trouve que nos retrouvailles commencent différemment de ce que j'avais pu imaginer, je préfère reprendre tout au début !

Elle le dévisagea quelques instants et son rire éclata.

– Tu es toujours aussi barjo mon vieux, toi aussi tu me manques !

– Bien, tu me racontes maintenant ?

– Non, toi d'abord, parle-moi encore de ta vie ici à New York, je veux tout savoir.

– Quoi comme plat chaud ?

– De quoi parles-tu ?

– Tu as dit que tu voulais un plat chaud, qu'est-ce que tu veux manger ?

– Mais ça c'était avant. La glace c'était une très jolie idée.

Tous deux éprouvaient une étrange sensation, sans oser se l'avouer, sans vouloir trop en dire. Le temps posait des jalons d'intensité différente dans chacune de leur vie, à des rythmes qui n'avaient plus de commune mesure. Mais le sentiment qui les liait était intact, seuls les mots leur faisaient défaut. Peut-être aussi parce que la profondeur et la sincérité du lien tissé entre eux souffraient déjà de trop d'absences, d'une distance qui ne s'exprimait pas qu'en kilomètres.

– Alors mange-la vite et allons-y, j'ai une surprise pour toi.

Elle baissa les yeux et marqua un temps de silence, quelques secondes avant de relever la tête pour le regarder.

– Je n'aurai pas le temps... Je veux dire que je ne reste pas, j'ai accepté de reconduire mon contrat, ils ont vraiment besoin de moi là-bas tu sais. Je suis désolée Philip.

Il sentit la terre se dérober sous lui, sentiment d'un étrange vertige qui s'installe et vous rend plus imparfait encore quand on voudrait être si présent

– Ne fais pas cette tête-là, je t'en prie.

Elle posa sa main sur celle de Philip, et il détourna aussitôt son regard pour qu'elle ne puisse y voir la tristesse et le désarroi qui venaient envahir ses yeux. Un sentiment de solitude comprimait son cœur. De son pouce il caressa le dos de la main de Susan, sa peau avait perdu de sa douceur, des ridules s'étaient formées, et il pensa à ne pas les regarder.

– Je sais, dit-elle, c'est difficile. Impossible de garder des mains de jeune fille, tu as vu mes ongles, et je ne te parle pas de mes jambes. Qu'est-ce que tu voulais m'emmener voir ?

Il voulait lui montrer son studio à Manhattan, mais ce

n'était pas grave, ce serait sûrement pour la prochaine fois. Il la dévisagea et son regard changea. Elle fixait sa montre.

– Et tu restes combien de temps ?

– Deux heures.

– Ah !

– Je sais, mais tu n'imagines pas les embrouilles que j'ai dû faire pour m'évader et faire ce crochet.

Elle sortit un paquet emballé de papier kraft brun, qu'elle posa sur la table.

– Il faut absolument que tu ailles déposer ce colis à cette adresse, c'est nos bureaux à New York et c'est une partie de l'excuse bidon dont je me suis servie pour venir te voir.

Il ne regarda pas le paquet.

– Je pensais que tu bossais pour une association humanitaire, je ne savais pas que tu étais en camp disciplinaire.

– Eh bien maintenant tu le sais !

– Raconte-moi !

En deux ans, elle avait déjà bien tracé sa route. C'est elle qu'on avait convoquée à Washington pour justifier les crédits demandés, elle qui devait revenir au plus vite avec des caisses de médicaments, de matériel et de denrées non périssables.

– Et tu ne peux même pas attendre ici pendant qu'ils emballent les cartons là-bas ?

– Je suis venue pour préparer les colis moi-même, c'est aussi le but de mon voyage, je dois rapporter ce dont nous avons précisément besoin et pas les tonnes de conneries qu'ils risquent de nous expédier.

– Et c'est quoi ce dont vous avez précisément besoin ?

Elle fit semblant de sortir une liste de sa poche et de la lire :

– Tu prends l'allée de gauche, moi je vais vers les rayons

réfrigérés au fond du magasin et on se retrouvera aux caisses. Tu te souviendras de tout ? Il nous faut du matériel scolaire, trois cents cahiers, neuf cents crayons, six tableaux noirs, cent boîtes de craies, des manuels d'espagnol, tout ce que tu trouveras en rayon, de la vaisselle en plastique, environ six cents assiettes, deux mille couteaux, autant de fourchettes et le double de cuillères, neuf cents couvertures, mille langes, mille serviettes, une centaine de draps pour le dispensaire...

– Moi c'est toi dont j'ai besoin, Susan.

– ... six mille compresses, trois cents mètres de fil à sutures, des équipements de stérilisation, des outils dentaires, des aiguilles, des drains stériles, des champs opératoires, des écarteurs, des clamps, des pinces chirurgicales, de la pénicilline, de l'aspirine, des antibiotiques à spectre large, des anesthésiques... Pardonne-moi, je ne suis pas très drôle.

– Si, ce n'était pas si mal ! Je peux au moins venir avec toi à Washington ?

– Là où je dois me rendre, tu n'aurais pas le droit de me suivre. Tu sais, ils ne me donneront pas le vingtième de ce qu'il nous faut.

– Tu dis déjà « nous » en parlant de là-bas ?

– Je n'avais pas fait attention.

– Quand reviens-tu ?

– Je n'en ai pas la moindre idée, dans un an probablement.

– Tu resteras la prochaine fois ?

– Philip, n'en fais pas un drame, si l'un de nous deux était parti dans une université de l'autre côté du pays ce serait pareil, non ?

– Non, les vacances ne dureraient pas deux heures. Bon

je m'enfonce, je suis triste et je n'arrive pas à te le cacher. Susan, tu vas te trouver toutes les bonnes raisons de la terre pour que cela ne t'arrive jamais ?

– Pour qu'il ne m'arrive jamais quoi ?

– De prendre le risque de te perdre toi en t'attachant à quelqu'un. Arrête de regarder ta montre !

– C'est l'heure de changer de sujet, Philip !

– Tu vas arrêter quand ?

Elle retira sa main, ses yeux se plissèrent.

– Et toi ? reprit-elle.

– Qu'est-ce que tu veux que j'arrête, moi ?

– Ta grande carrière, tes moyens croquis, ta petite vie.

– Là, tu es méchante !

– Non, je suis juste plus directe que toi, c'est une simple question de vocabulaire.

– Tu me manques Susan, c'est tout, j'ai la faiblesse de te le dire, mais tu n'as pas idée comme je suis en colère parfois.

– C'est peut-être moi qui devrais ressortir du bar et refaire mon entrée, je suis vraiment désolée, je te jure que je ne pensais pas ce que je disais.

– Mais si tu le pensais, différemment peut-être, pourtant ça revient au même.

– Je ne veux pas arrêter, pas maintenant. Philip, ce que je vis est dur, parfois très dur, mais j'ai l'impression que je sers vraiment à quelque chose.

– C'est ce qui me rend si jaloux, c'est ça que je trouve si absurde.

– Jaloux de quoi ?

– De ne pas suffire à provoquer ce souffle en toi, de me dire que seule la détresse t'attire, celle des autres, comme si elle t'aidait à fuir la tienne au lieu de l'affronter.

– Tu m'emmerdes, Philip !

Il haussa soudainement le ton, elle en fut surprise et, chose rare, elle ne put l'interrompre, même si ce qu'il disait lui déplaisait fortement. Il refusait son discours humanitaire. Pour lui Susan se cachait dans une vie qui n'était plus la sienne depuis le triste été de ses quatorze ans. Au travers des vies qu'elle secourait c'était celles de ses parents qu'elle essayait de sauver. Parce qu'elle se sentait coupable de ne pas avoir eu, ce jour-là, la grippe carabinée qui les aurait retenus à la maison.

– N'essaye pas de me couper la parole, poursuivit-il, autoritaire ; je connais tous tes états d'âme et toutes tes parades, je peux déchiffrer chacune de tes expressions. La vérité c'est que tu as peur de vivre, et c'est pour surmonter cette peur que tu es partie assister les autres. Mais tu n'affrontes rien, Susan, ce n'est pas ta vie que tu défends, ce sont les leurs. Quel étrange destin que d'ignorer ceux qui t'aiment pour aller donner de l'amour à ceux que tu ne connaîtras pas ! Je sais que cela te nourrit, mais tu t'ignores.

– Parfois j'oublie que tu m'aimes comme ça, et je me sens si coupable de ne pas savoir t'aimer aussi bien.

Les aiguilles de la pendule tournaient à une vitesse anormale, Philip se résigna, il avait tant de choses à lui dire, il les lui écrirait. Ils eurent à peine le temps de partager quelques moments des deux années qu'il avait passées à l'attendre. Susan accusait une certaine fatigue, elle trouvait que le visage de Philip avait changé, il faisait plus « mec », il prit cette réflexion comme un compliment. Il la trouvait encore plus jolie. Tous deux se rendaient compte que ce court instant ne serait pas suffisant. Quand la voix crépitante du haut-parleur annonça l'embarquement de son vol, il préféra rester assis à la table. Elle l'observa.

– Je ne t'accompagnerai à la porte que quand tu resteras plus de quatre heures, comme cela tu le sauras pour ta prochaine visite.

Il se força à esquisser un sourire.

– Tes lèvres, Philip ! On dirait Charlie Brown !

– Tu m'en vois ravi, c'est ta BD préférée !

– Je fais la maligne, mais tu sais...

Elle s'était levée, il prit sa main et la serra dans la sienne.

– Je sais ! Sauve-toi.

Il posa un baiser au creux de sa paume, elle se pencha pour l'embrasser à la commissure des lèvres ; en reculant, elle caressa tendrement sa joue.

– Tu vois que tu vieillis, tu piques !

– Toujours, dix heures après m'être rasé, file, tu vas le rater !

Elle tourna les talons et s'enfuit. Quand elle fut presque arrivée au bout de la rangée, il lui cria de prendre soin d'elle, de faire attention. Elle ne se retourna pas, leva son bras en l'air et secoua la main. La porte en bois brun se referma lentement, avalant sa silhouette. Il resta ainsi attablé une heure encore, bien après que son avion eut disparu dans le ciel. Il prit un bus pour rentrer à Manhattan, la nuit était tombée et il préféra marcher dans les rues de SoHo.

Devant la vitrine de Fanelli's, il hésita à entrer. Au plafond, des gros globes ronds diffusaient une lumière jaune sur les murs patinés ; derrière leur cadre en bois, Joe Frazier, Luis Rodriguez, Sugar Ray Robinson, Rocky Marciano et Muhammad Ali veillaient sur la salle où les hommes riaient en engloutissant des hamburgers, où les femmes picoraient des frites du bout des doigts. Il se ravisa, il n'avait pas faim et il rentra chez lui. À Washington, Susan entrait dans sa chambre d'hôtel. Au même moment, dans la sienne, Philip contemplait le lit. Il effleura l'oreiller de droite et retourna dans le living désert, il ne débarrassa pas la table qu'il regarda longtemps en silence, puis il alla passer la nuit couché sur le canapé. Demain il irait déposer le paquet.

3.

10 octobre 1976, Susan,

J'aurais dû t'écrire bien plus tôt mais les mots justes ne me venaient pas, et puis cette impression d'avoir consommé mon quota de conneries à te dire pour cette année, alors j'ai préféré attendre, voilà tout. Est-ce que l'ouragan qui a frappé le Mexique vous a touchés ? La presse relate qu'il y aurait eu près de deux mille cinq cents morts et quatorze mille blessés. Le Mexique ce n'est pas si loin de toi, et chaque mauvaise nouvelle des régions proches d'où tu vis me fait peur. Je voudrais tellement que tu oublies notre dispute, je n'avais pas le droit de te dire ces choses-là, je ne voulais pas te juger, je suis désolé. Je sais qu'il m'arrive de te provoquer bêtement. C'est mon opiniâtreté qui est imbécile et incontrôlable, comme si mes propos pouvaient t'inciter à revenir, comme si ce que je pensais ou ressentais allait changer le cours de ta vie. Mais il paraît que certaines grandes histoires d'amour commencent par un non-lieu. Écris-moi vite. Donne-moi de tes nouvelles.

Tendresses.

Philip

11 novembre, Philip,

J'ai reçu ta lettre, et... tu avais le droit. Tu avais tort, mais tu avais aussi ce droit-là et, quand bien même tu ne le voulais pas, tes mots ont pris la forme d'un jugement. Je ne les oublie pas, au contraire, j'y réfléchis souvent, sinon à quoi servait-il de les prononcer ? Lisa, c'est le nom que porte l'ouragan qui t'inquiétait, nous a épargnés. Les choses sont assez difficiles comme cela, je crois que j'aurais abandonné. Tu sais, ce pays est si particulier. Le sang des morts a déjà séché sous la terre. Sur ces caillots de misère, les survivants ont reconstruit leurs maisons, recomposé ce qui reste de leurs familles et de leurs vies. Je suis venue ici imbue de toutes mes certitudes qui me laissaient croire que j'étais plus intelligente, plus éduquée, plus sûre de tout. Chaque jour que j'ai passé auprès d'eux, je les ai vus plus forts que moi et moi plus faible qu'eux.

Est-ce leur dignité qui leur donne tant de beauté ? Ce n'est pas comme porter secours à des populations brisées par des combats. Ici, la sale guerre c'est celle du vent et de la pluie. Il n'y a ni bons ni méchants, pas de parti ni de cause, il n'y a que de l'humanité au cœur d'une détresse incroyable. Et seul leur courage fait renaître la vie au milieu des cendres de l'impossible espoir. Je crois que c'est pour cela que je les aime, je sais que c'est aussi pour cela que je les admire. J'étais venue ici en les croyant victimes, ils me montrent à chaque instant qu'ils sont bien autre chose et m'apportent aujourd'hui bien plus que je ne leur donne. À Montclair ma vie n'aurait pas de sens, je ne saurais pas quoi en faire. La solitude rend impatient, c'est l'impatience qui tue l'enfance. Ne prends pas mal ce que je veux te dire, mais j'ai été si seule dans cette adolescence que nous avons partagée du mieux que nous le pouvions.

Où es-tu ?

C'est vrai, j'ai été très impétueuse, je le suis toujours. Ce besoin de brûler les étapes me fait vivre à un rythme que tu ne comprends pas, parce qu'il est différent du tien.

Je suis partie en omettant de te dire quelque chose d'aussi essentiel que tout ça : tu me manques beaucoup Philip, je feuillette souvent les pages de notre album de photos et toutes ces images de nous deux sont précieuses, ces marques du temps sont notre enfance. Pardon d'être comme je suis, impossible à vivre pour l'autre.

Susan

***

Times Square. Dans le tumulte de la foule qui s'est massée sur la place comme à chaque réveillon, Philip a retrouvé un groupe d'amis étudiants. Quatre grands chiffres viennent d'illuminer la façade de l'immeuble du *New York Times.* Il est minuit, l'année 1977 vient de naître. Une pluie de confettis se mêle aux baisers des passants. Philip se sent seul au milieu de la multitude. Comme ils sont étranges ces jours où la joie de vivre est programmée dans les calendriers. Une jeune femme longe une barrière, tentant de se frayer un chemin dans cette marée humaine. Elle le bouscule, le dépasse, se retourne et lui sourit. Il lève le bras et agite la main, elle lui répond d'un signe de tête comme pour s'excuser de ne pas pouvoir avancer plus vite. Trois personnes les séparent déjà, elle semble emportée par la crête d'une vague, qui l'entraîne vers le large. Il se faufile entre deux touristes perdus. Par courts instants son visage disparaît pour revenir à la surface quelques secondes plus tard, comme pour y puiser de l'oxygène. Il essaie de ne pas la perdre des yeux. La distance se réduit, elle est presque à portée de voix au milieu de cette foule bruyante. Un dernier coup d'épaule, il est près d'elle et saisit son poignet. Elle se retourne, surprise, il sourit et crie plus qu'il ne lui parle :

– Bonne année, Mary. Si vous me promettez de ne pas me griffer le bras je vous emmène prendre un verre en attendant la marée basse !

Elle lui rend son sourire et hurle à son tour :

– Pour quelqu'un qui se disait timide, vous avez fait des progrès !

– C'était il y a plus d'un an, j'ai eu le temps !

– Vous avez beaucoup pratiqué ?

– Encore deux questions dans cette foule et je suis aphone ! Vous accepteriez que l'on se dirige vers un endroit plus calme ?

– J'étais avec des amis mais je crois que je les ai définitivement perdus, nous devions tous nous retrouver Downtown, vous voulez vous joindre à nous ?

Philip acquiesce d'un signe de tête, et les deux naufragés se laissent porter vers le bas de la ville. Au bout de la 7e Avenue ils dérivent sur Bleecker Street. Un dernier affluent les mène sur la 3e Rue. Au Blue Note où les amis de Mary l'attendent, un pianiste entraîne son public sur des rythmes de jazz qu'aucune épiphanie ne viendra démoder.

Aux heures glaciales du premier matin, sur les pavés désertés de SoHo les bouteilles d'alcool qui dégorgent des poubelles éparses témoignent des délires de la nuit déjà consommée. Toute la ville dort, la gueule en bois. Seuls les bruits de quelques rares voitures viennent troubler le silence du quartier encore embrumé d'un voile d'ivresse. Mary pousse la porte de l'immeuble de Philip. Un vent froid la saisit au cou, elle frissonne, se blottit dans son manteau. Elle remonte la rue, lève le bras au carrefour. Un taxi jaune se range le long du trottoir. Il l'avale et disparaît sur Broadway. Le 2 janvier de cette année-là, Errol Garner a refermé le clavier de son piano pour toujours. Philip a repris les cours.

***

Début février, Susan vient de recevoir une lettre de Washington. Des mots de félicitations, des vœux tardifs de ses supérieurs qui l'invitent à étudier la possibilité de développer enfin ce nouveau campement de réfugiés, dans la montagne. Elle devra établir un budget et venir présenter la faisabilité de ce projet dès qu'elle le pourra. Les pluies n'ont pas encore cessé. Assise sous l'auvent de sa maison, elle regarde l'eau qui file et ravine la terre.

Elle ne cesse de penser à ceux qui dans la montagne assistent impuissants, comme chaque hiver, aux violences d'une nature qui se joue du travail qu'ils ont achevé à la peine, aux prémices de l'été. Dans quelques semaines ils recommenceront sans renauder, un peu plus pauvres encore que les saisons d'avant.

Juan est silencieux, il allume une cigarette, elle la lui prend aussitôt des doigts et la porte à ses lèvres. L'incandescence éclaire le bas de son visage, elle exhale profondément.

– C'est un billet en première classe sur « Air Ganja », ce que tu fumes ?

Juan sourit malicieusement.

– Ce n'est qu'un mélange de tabac blond et brun, c'est ce qui donne ce goût.

– On dirait de l'ambre, dit-elle.

– Je ne sais pas ce que c'est.

– Quelque chose qui me rappelle mon enfance, l'odeur de ma mère, elle sentait l'ambre.

– Votre enfance vous manque ?

– Certains visages seulement, mes parents, Philip.

– Pourquoi n'êtes-vous pas restée avec lui ?

– Il t'a payé pour me poser cette question ?

– Je ne le connais pas et vous n'avez pas répondu.

– Parce que je n'en ai pas envie.

– Vous êtes étrange Doña Blanca, qu'est-ce que vous avez fui pour venir vous perdre chez nous ?

– C'est le contraire *sipoté**, c'est ici que je me suis retrouvée, et puis tu m'emmerdes avec tes questions. Tu crois que l'orage va durer ?

Juan pointa du doigt la lumière si particulière qui naissait à l'horizon quand l'*aguacero*** s'éloignait. Dans une heure tout au plus la pluie aurait cessé. Une odeur de terre mouillée et de pins envahirait les moindres recoins de sa modeste cabane. Elle irait en ouvrir l'unique placard pour que son linge s'en imprègne. Quand elle enfilait une chemise de coton baignée de ce parfum, une onde sensuelle courait sur sa peau.

Elle lança le mégot de l'autre côté de la balustrade, bondit soudainement sur ses pieds et fit un grand sourire à Juan.

– Saute dans le camion, on y va !

– Où ça ?

– Arrête de poser tout le temps des questions !

---

* Jeune homme, en hondurien.

** Orage.

Le Dodge toussa par deux fois avant de démarrer. Les gros pneus patinèrent dans la gadoue avant de pouvoir s'accrocher à quelques pierres, le train arrière godilla pour finir par s'aligner sur la piste. Des gerbes de boue vinrent maculer les flancs bâchés. Susan continuait d'accélérer. Le vent la frappait au visage, elle rayonnait de bonheur et poussa un long cri. Juan se joignit à elle. Ils filaient vers les montagnes.

– Où va-t-on ?

– Voir la petite, elle me manque !

– La route est détrempée, on ne grimpera jamais.

– Tu sais ce que disait notre Président ? Il y a ceux qui voient les choses telles qu'elles sont et qui se demandent pourquoi. Moi je les vois telles qu'elles pourraient être et je me dis pourquoi pas ! Ce soir nous dînerons avec le Señor Rolando Alvarez.

Si Kennedy avait connu les routes honduriennes en hiver, il aurait probablement attendu le printemps pour énoncer son aphorisme. Six heures plus tard, alors qu'ils étaient arrivés à mi-chemin des cimes, les essieux embourbés ne trouvèrent plus la force de propulser le camion. L'embrayage patinait et l'odeur âcre qui se dégageait força Susan à se rendre à l'évidence. Immobilisés sur la route du col, ils ne pourraient pas parcourir ce soir les dix derniers lacets qui les séparaient encore du village où vivait une petite fille qui avait pris beaucoup de place dans le cœur de Susan. Juan passa à l'arrière et sortit quatre couvertures d'un sac de jute.

– On va dormir ici, je pense, dit-il, laconique.

– Parfois je suis tellement tête de mule que je me supporte difficilement moi-même.

– Ne vous inquiétez pas, il n'y a pas que vous qui ayez un caractère difficile.

– N'exagère pas quand même. Ce n'est pas le jour de la Sainte-Susan, on va attendre un peu pour me faire ma fête.

– Pourquoi vouliez-vous voir la petite ?

– Qu'est-ce qu'on a comme vivres à l'arrière ? J'ai faim, pas toi ?

Juan fouilla un autre sac et en sortit une grosse boîte de *frijoles**. Il aurait voulu lui préparer un *casamiento***, mais il aurait fallu pouvoir faire cuire le riz et il pleuvait encore beaucoup trop pour allumer un feu. Susan trempa presque tout un paquet de biscuits dans un pot de lait concentré, les laissant fondre ensuite sur sa langue. L'eau ruisselait sur le pare-brise. Elle avait interrompu le ballet des essuie-glaces pour économiser la batterie. À quoi servait-il de regarder au-dehors !

– Vous avez l'air de tenir plus à elle qu'aux enfants de la vallée.

– C'est dégueulasse ce que tu dis. Ça n'a rien à voir, elle, je ne la vois pas tous les jours, c'est pour cela qu'elle me manque.

– Philip, il vous manque ?

– Tu me lâches avec Philip ! Qu'est-ce que tu as ?

– Je n'ai rien, j'essaie de vous comprendre un peu.

– Mais il n'y a rien à comprendre. Oui, Philip me manque.

– Pourquoi n'êtes-vous pas avec lui ?

– Parce que j'ai choisi d'être là.

---

* Haricots.

** Plat hondurien.

– La vie d'une Señora est auprès de l'homme qu'elle aime !

– Ta phrase est stupide.

– Je ne vois pas en quoi. Un homme aussi doit être près de la femme qu'il aime.

– Ce n'est pas toujours aussi facile.

– Pourquoi êtes-vous si compliqués, vous les gringos ?

– Parce qu'on a perdu les raisons de la simplicité, c'est ce qui me fait aussi aimer être chez vous. Ça ne suffit pas d'aimer, il faut aussi être compatible.

– Qu'est-ce que ça veut dire ?

– Qu'il faut aimer la vie que l'on va mener avec l'autre, partager les envies, les attentes, avoir les mêmes objectifs, les mêmes désirs.

– Comment pourrait-on savoir cela avant ? C'est impossible ! On ne peut pas connaître l'autre au début, il faut avoir de la patience pour aimer.

– Tu m'as menti sur ton âge, toi ?

– Chez nous se marier avec quelqu'un que nous aimons, c'est une raison d'être heureux.

– Chez nous aimer, ce n'est pas toujours suffisant, aussi absurde que cela puisse paraître. Je te le concède, nous sommes parfois bizarres, j'en suis le parfait exemple.

Un rai de lumière blanche déchira le ciel, une brutale explosion interrompit leur conversation. L'orage revenait vers eux, il avait redoublé de puissance, intensifiant les précipitations qui s'abattaient sur les flancs fragiles du mont Cabaceras de Naco. Très vite, les sols gorgés d'eau ne purent plus absorber les pluies torrentielles qui dévalaient le long des parois, entraînant avec elles des pans entiers de la montagne. Juan n'écoutait plus Susan et son visage finit par trahir une inquiétude croissante. Il tenta d'ouvrir sa fenêtre, mais une violente bourrasque le fit aussitôt renoncer. Il se mit alors à effectuer des petits mouvements saccadés de la tête, comme le ferait un prédateur à l'affût.

– Qu'est-ce que tu as ? demanda-t-elle.

– Taisez-vous !

L'oreille droite collée à la vitre, il semblait guetter quelque chose, tandis que le regard de Susan ne cessait de l'interroger. D'un doigt qu'il porta à ses lèvres il lui fit comprendre de maintenir le silence. Elle n'en fit rien.

– Qu'est-ce que tu fais, Juan ?

– Par la grâce de Dieu, laissez-moi écouter !

– Mais quoi bon sang ?

– Ce n'est vraiment pas le moment de jurer, j'entends la terre bouger.

– Quoi ?

– Taisez-vous !

Un craquement sourd déchira le silence. À grand-peine, Juan entrouvrit sa portière. Un vent violent chargé de lourdes gouttes s'engouffra instantanément dans l'habitacle. Il regarda sous les roues. Une fracture au parfait milieu de la sente laissait envisager le pire. Il donna à Susan l'ordre d'allumer les phares. Elle s'exécuta sur-le-champ. Le trait de lumière coupa le rideau de pluie. Aussi loin qu'il portait, la route était fendue d'une crevasse.

– Passez à l'arrière, il faut que l'on parte d'ici tout de suite.

– Tu es dingue, tu as vu ce qui tombe dehors ?

– C'est nous qui allons tomber, dépêchez-vous, ne sortez pas de votre côté, faites ce que je vous dis !

À peine eut-il prononcé ces mots que le camion prit de la gîte, comme un navire qui s'apprête à sombrer par son bâbord. Il la saisit par le bras et la propulsa sur le plateau à l'arrière. À la recherche de son équilibre, elle enjamba les sacs de vivres. Passant devant elle, il souleva la bâche au-dessus du hayon et la tira brusquement par la main, l'accompagnant dans sa chute. Dès qu'ils roulèrent sur le sol, il l'entraîna contre la roche et la força à s'accroupir. Les yeux grands écarquillés, elle vit soudainement le camion glisser à reculons et verser par-delà le bord de la falaise. La calandre se dressa comme dans un dernier effort, les lumières des phares s'étirèrent vers le ciel et son vieux Dodge disparut dans le ravin. Le bruit de la pluie était assourdissant. Tétanisée, Susan n'entendait plus rien autour d'elle, Juan dut s'y reprendre à trois fois avant qu'elle réagisse. Il leur fallait grimper au plus vite, le remblai qui leur servait de refuge donnait des signes de faiblesse. Elle s'accrocha à lui et ils escaladèrent quelques mètres. Comme dans ses pires cauchemars, il lui semblait que chaque pas la faisait reculer quand elle commandait à tout son corps d'avancer. Ce n'était pas une sensation, la terre se dérobait sous leurs pieds, les entraînant vers l'abîme. Il hurla de tenir bon, de s'accrocher à ses jambes, mais les doigts engourdis de Susan n'arrivaient plus à retenir l'étoffe du pantalon de Juan qui glissait entre ses doigts.

Elle était plaquée contre la paroi meuble, les coulées de boue commençaient à la recouvrir. Il lui fallait cracher de toutes ses forces et l'air lui manquait. La pénombre s'illumina d'un vif scintillement d'étoiles dans ses yeux, elle perdit connaissance. Juan se laissa glisser sur le dos jusqu'à sa hauteur. Il souleva la tête inerte de Susan qu'il posa sur son torse. Il écarta aussitôt la terre qui avait encombré sa bouche, la pencha sur le côté et plongea deux doigts au fond de sa gorge. Saisie d'un spasme violent, elle régurgita aussitôt. Juan la serra contre lui, s'accrochant à une racine qu'il agrippait de toutes ses forces. Il ignorait combien de temps il pourrait tenir ainsi, mais il savait que c'était exactement celui qu'il leur restait à vivre.

10 février 1977, Susan,

Où es-tu ? Je suis inquiet. Des nouvelles du Salvador rapportent que des bandes armées de guérilleros se massent le long de tes frontières. Le New York Times *parle d'incursions en territoire hondurien et de combats sporadiques. Envoie-moi au moins quelques mots pour me dire que tu es en bonne santé et à l'abri. Je t'en supplie fais attention à toi et écris-moi vite.*

Philip

Ils résistaient depuis deux heures. Une accalmie leur avait permis de gagner quelques centimètres, trouvant un appui plus stable. Susan avait repris connaissance.

– J'ai failli me noyer dans une montagne, personne ne voudra jamais me croire.

– Gardez vos forces.

– Ça va devenir une habitude chez toi de me dire de me taire.

– Nous ne sommes pas tirés d'affaire.

– Si ton Dieu avait voulu de nous, ce serait déjà fait.

– Ce n'est pas de Dieu que vient le danger, c'est de la montagne et de l'aguacero, et ils ont plus mauvais caractère que vous !

– Je suis fatiguée, Juan.

– Je sais, moi aussi.

– Merci Juan, merci pour ce que tu viens de faire.

– Si tous les gens que vous avez sauvés devaient vous

dire merci on n'entendrait plus que cela dans la vallée depuis quelques mois !

– Je crois que la pluie se calme.

– Alors c'est maintenant qu'il faut prier Dieu pour que cela continue.

– Il vaut mieux que tu le fasses toi, je crois que j'ai quelques échéances en retard avec lui.

– La nuit va encore être longue, reposez-vous.

Les heures silencieuses s'égrenèrent, rythmées par les seules humeurs de l'orage qui hésitait encore à s'en aller. Vers 4 heures du matin Juan s'assoupit, il relâcha son emprise, et Susan glissa aussitôt en poussant un hurlement. Sursautant, il resserra son étreinte et la hissa à nouveau vers lui.

– Pardonnez-moi, je me suis endormi !

– Juan, il faut que tu gardes tes forces pour toi, à deux nous n'y arriverons jamais. Si tu me lâches, tu peux t'en tirer.

– Si c'est pour dire des bêtises il vaut mieux que vous vous taisiez.

– C'est une obsession chez toi, que je la boucle !

Elle résista quelques minutes et rompit le silence imposé par Juan pour lui parler de la peur qu'elle avait eue. Lui aussi avait bien cru leur dernière heure venue. Un autre silence, et elle lui demanda à quoi il pensait. Il avait prié ses parents. Elle se tut. Autre moment de calme où elle se mit à rire nerveusement.

– Qu'est-ce qu'il y a de drôle ?

– Philip doit être devant la télé !

– Vous pensez à lui ?

– Oublie ce que je viens de te dire. Tu crois que si nous y passons, ils nous enterreront en héros ?

– C'est important pour vous ?

– Je ne sais pas (elle hésita quelques instants), peut-être (réfléchit de nouveau), non finalement je ne crois pas, c'est juste qu'à défaut d'un beau mariage je crois que j'aimerais juste pouvoir compter sur un bel enterrement.

Il leur fallait tenter de se hisser de quelques mètres encore, même si le déluge avait cessé, la terre qui les retenait pouvait se déliter à tout moment et les entraîner vers le ravin. Il la supplia d'accepter un ultime effort et entreprit une ascension périlleuse. Elle dut hurler pour l'interrompre, sa jambe était bloquée. Tout en la soutenant, il la contourna jusqu'à venir à son aval et dégagea méticuleusement le pied qui s'était coincé dans quelque chose que la pénombre ne laissait pas identifier. Au terme d'une escalade éreintante, ils purent enfin rejoindre le rebord du lacet supérieur de la route. Ils la traversèrent et s'adossèrent tous deux à la paroi. L'orage imprévisible et majestueux changea un peu plus tard de cap pour aller mourir sur les hauteurs du mont Ignacio, voisin de 100 kilomètres. Le cortège de ses pluies torrentielles le suivit.

– Je suis désolé, dit Juan.

– De quoi ?

– Je vais vous priver de votre bel enterrement, nous sommes sauvés !

– Oh ! ce n'est pas grave, ne t'inquiète pas, j'ai bien deux ou trois copines qui ne seront pas mariées à trente ans, alors je peux attendre quelques années pour mes obsèques sans pour autant passer pour une vieille fille !

Juan n'appréciait pas particulièrement l'humour de Susan, il se redressa pour mettre un terme à la conversation. Le jour n'était pas encore levé et il faudrait l'attendre pour avancer plus en amont sur la route qui conduisait au village. Dans le noir chaque pas était bien trop dangereux. Ils étaient tous deux trempés et elle se mit à grelotter, pas simplement à cause du froid, mais parce que échapper à sa propre mort provoquait quelques légitimes frissons. Il la frotta énergiquement.

Leurs regards se croisèrent. Les dents qui claquaient et la voix chevrotante, elle écarta son visage du sien.

– Juan, tu es très beau garçon, mais tu es un peu jeune pour me peloter les seins, peut-être pas pour toi, je peux le comprendre, mais de mon point de vue, il faudra que tu attendes encore quelques années.

Il ne supporta pas le ton de sa remarque. Elle le vit tout de suite à la façon dont ses yeux se plissèrent. Si elle n'avait pas connu la légendaire quiétude de son compagnon de route elle aurait redouté qu'il ne la gifle. Juan n'en fit rien, il se contenta de s'éloigner d'elle, sa silhouette disparut subitement. Elle l'appela dans la nuit qui n'en finissait plus.

– Juan, je ne voulais pas te blesser !

Quelques grillons, pour sécher leurs carapaces, avaient repris leur grésillement monotone.

– Juan, ne fais pas la mauvaise tête, reviens et parle-moi !

L'aube ne tarderait plus. Susan s'assit contre le tronc d'un arbre en attendant le jour.

Elle était assoupie. Quand l'homme la secoua par l'épaule, elle crut d'abord que c'était Juan, pourtant le campesino accroupi face à elle ne lui ressemblait pas du tout. Il sourit. Sa peau était ravinée par les pluies qui avaient marqué sa vie. Abasourdie, elle contempla le paysage désolé. En contrebas elle put identifier, émergeant de la terre, la souche qui l'avait retenue, un peu plus loin le bord du remblai ou ils s'étaient réfugiés, enfin au fond du précipice la calandre du Dodge presque englouti.

– Tu as vu Juan ? demanda-t-elle d'une voix faible.

– Nous n'avons pas encore retrouvé le gamin, mais nous ne sommes que deux à être partis à votre recherche.

Ils avaient entendu le camion. Rolando était certain d'avoir vu les phares plonger dans la ravine, mais la démence de l'orage avait interdit toute tentative de leur porter secours ; il n'avait pu convaincre quiconque de l'accompagner. Dès l'accalmie, il avait envoyé deux paysans les chercher avec la carriole tractée par l'âne du village, convaincu qu'ils les ramèneraient blessés dans le meilleur des cas. Le plus vieux dit à Doña Blanca qu'elle devait être protégée par un ange gardien pour avoir survécu à une telle tempête.

– Il faut chercher Juan !

– Il n'y a pas à chercher, il suffit d'ouvrir les yeux ! La montagne est toute pelée, il n'y a pas âme qui vive jusqu'en bas dans la vallée. Regardez à droite, la carcasse de votre camion sort de la terre. S'il n'est pas remonté par ses propres moyens au village, il est enterré quelque part sous la boue. Nous fabriquerons une croix et nous la déposerons là où vous avez glissé de la route.

– C'est la route qui a glissé, pas nous !

Le plus jeune des deux hommes fit claquer une lanière de cuir et l'animal se mit en marche. Pendant que l'âne peinait dans les lacets, Susan s'inquiétait du sort de son protégé devenu, pensa-t-elle, son protecteur.

Ils arrivèrent à l'entrée du hameau une heure plus tard. Elle sauta de l'attelage et hurla le nom de Juan. Aucune réponse ne lui parvint. C'est alors seulement qu'elle prit conscience de l'étrange silence qui régnait dans l'unique ruelle. Plus personne n'était adossé à la façade d'une maison pour y fumer sa cigarette, aucune femme n'allait sur le chemin qui menait à la source. Elle pensa aussitôt aux incidents qui dégénéraient parfois en combats armés entre les montagnards et les bandes de guérilleros qui fuyaient le Salvador. Mais la frontière était loin et il n'avait jamais encore été signalé d'incursions dans ces régions du pays. Elle fut prise de panique. Elle cria une nouvelle fois le nom de son ami, mais n'obtint pour seule réponse que l'écho de sa voix.

Juan apparut sous le porche de la dernière maison en haut de la ruelle. Son visage maculé de terre séchée et ses traits tirés laissaient paraître la tristesse. Il s'approcha d'elle à pas lents. Susan était furieuse.

– C'était complètement débile de me laisser toute seule comme ça, je me suis fait un sang d'encre pour toi, ne me refais jamais un coup pareil, tu n'as pas dix ans que je sache !

Il la saisit par le bras et l'entraîna sur le chemin.

– Suivez-moi et taisez-vous.

Refusant d'avancer, elle le fixa droit dans les yeux.

– Tu vas arrêter de me dire de me taire tout le temps !

– Je vous en prie, ne faites pas de bruit, nous n'avons pas de temps à perdre.

Il la conduisit vers la maison d'où il était sorti et ils pénétrèrent dans l'unique pièce de la bâtisse. Des étoffes de couleur obstruaient les fenêtres pour empêcher le soleil d'entrer. Il fallut quelques secondes à Susan pour que sa vue s'accommode à la pénombre. Elle reconnut le dos de Rolando Alvarez. Il était agenouillé, se releva et se tourna vers elle, les yeux rouges de sang.

– C'est un miracle que vous soyez venue Doña Blanca, elle n'a cessé de vous réclamer.

– Qu'est-ce qui se passe ici ? Pourquoi le village est-il désert ?

L'homme la poussa vers le fond de la salle, il écarta une tenture qui cachait une couche adossée au mur.

Elle découvrit celle pour laquelle elle avait entrepris cet imprudent voyage. La petite fille était allongée et inconsciente. Son visage blafard et ruisselant de sueur dévoilait l'origine de la fièvre qui la terrassait. Susan souleva brutalement le drap. Le peu de jambe qui lui restait était violet, tuméfié par la gangrène. Elle souleva la chemise pour constater que l'aine était atteinte. L'infection s'était répandue dans tout le corps. Dans son dos, la voix tremblante de Rolando expliqua qu'à cause de la tempête qui sévissait depuis trois jours il n'avait pas pu redescendre l'enfant. Il avait prié pour entendre le camion, et dans la nuit il avait cru son vœu exaucé, et puis il avait vu les phares éclairer l'abîme. Il fallait déjà remercier Dieu que la Doña soit épargnée. De toute façon pour sa fille c'était trop tard, il le pressentait depuis deux jours, elle n'avait plus de forces. Les femmes du village s'étaient relayées à son chevet, mais depuis la veille elle n'ouvrait plus les yeux et ne pouvait plus s'alimenter. Il voulait la sauver encore une fois, il aurait donné sa propre jambe si cela était possible. Susan s'accroupit près du petit corps inerte. Elle prit le linge qui trempait dans une écuelle d'eau, l'essora et le passa doucement sur le front qui perlait. Elle posa un baiser sur les lèvres et murmura à son oreille la litanie des mots qui lui échappaient.

– C'est moi, je suis venue pour te guérir, tout va aller maintenant. J'étais en bas dans la vallée et j'ai eu une envie folle de te voir, et me voilà. Quand tu iras mieux je te raconterai, c'était une sacrée aventure d'arriver jusqu'ici...

Elle se coucha contre elle, passa ses doigts dans ses longs cheveux noirs pour les démêler et embrassa sa joue brûlante.

– ... Je voulais te dire que je t'aime, et que tu me manquais. Énormément. En bas, je pensais à toi tout le temps. Je voulais venir plus tôt, mais on ne pouvait pas à cause de la pluie. Juan est là, lui aussi avait envie de te voir. Je suis venue te chercher pour que tu puisses passer quelques jours avec moi dans la vallée, j'ai plein de choses à te faire découvrir. Il faudra que je t'emmène au bord de la mer, je t'apprendrai à nager et nous irons nous baigner dans les vagues. Tu n'as jamais vu ça, mais c'est si beau. Quand le soleil se lève sur l'eau, l'océan est comme un miroir. Et puis nous irons voir la grande forêt qui s'étend plus au loin, il y a des animaux merveilleux.

Elle la serra contre sa poitrine et c'est ainsi qu'elle sentit les derniers battements de son cœur s'éteindre tout contre le sien. En recueillant sa tête devenue si lourde contre son sein, elle se mit à fredonner et continua à la bercer jusqu'à la mort du jour. Le soir venu, Juan s'approcha et s'agenouilla près d'elle.

– Il faut la laisser, maintenant, et recouvrir son visage pour qu'elle puisse monter au ciel.

Susan ne parlait plus. Les yeux vides, elle fixait le plafond. Juan dut la soulever et la soutenir par les épaules. Il la conduisit au-dehors. Arrivée à la porte elle se retourna. Une femme avait déjà recouvert le corps. Susan se laissa couler le long du mur. Juan s'assit près d'elle, il alluma une cigarette qu'il lui glissa entre les lèvres. Elle se mit à tousser à la première bouffée. Ils restèrent ainsi, fixant tous les deux les étoiles dans le ciel.

– Tu crois qu'elle est déjà là-haut ?

– Oui.

– J'aurais dû venir plus tôt.

– Parce que vous croyez que vous y êtes pour quelque chose ? Vous ne comprenez rien à la détermination de Dieu. Par deux fois Il l'a appelée à Lui, et par deux fois l'homme a défié Sa volonté : Alvarez qui l'avait sortie du torrent de boue, et puis vous qui l'avez ramenée pour la faire opérer. Mais Sa main est toujours plus forte. Il la voulait près de Lui.

De grosses larmes coulaient le long des joues de Susan. La colère et la douleur lui serraient le ventre. Rolando Alvarez sortit de la maison et se dirigea vers eux. Il s'assit près d'elle. Elle cacha sa tête entre ses deux genoux et laissa exploser sa colère :

– Dans quelle église faudrait-il aller prier pour que cesse la souffrance des enfants et, s'ils meurent, alors qui sont les innocents sur cette planète de fous ?

Alvarez se releva d'un bond et toisa Susan. D'une voix féroce et impitoyable il lui dit que Dieu ne pouvait pas être partout, qu'il ne pouvait pas sauver tout le monde. Il semblait à Susan que ce Dieu-là avait oublié de se préoccuper du Honduras depuis fort longtemps.

– Levez-vous et cessez de vous apitoyer sur vous-même, enchaîna-t-il. Il y a des centaines de corps d'enfants enterrés dans ces vallées. Ce n'était qu'une orpheline qui avait perdu une jambe. Elle est mieux avec ses parents qu'ici. Il vous faudrait plus d'humilité pour comprendre cela. Cette peine ne vous appartient pas et nos terres sont trop gorgées d'eau pour que vous y ajoutiez vos larmes. Si vous n'arrivez pas à vous contenir, rentrez chez vous !

L'homme à la stature imposante tourna aussitôt les talons et disparut à l'angle de la ruelle. Juan abandonna Susan à son silence. Empruntant le même chemin qu'Alvarez, il trouva l'homme adossé à un mur de terre. Il pleurait.

*
* *

Ce fut un printemps de deuil qui passa au rythme des lettres qui se croisaient quelque part dans le ciel de l'Amérique centrale.

En mars, Philip fit part à Susan de son inquiétude, les journaux new-yorkais relataient dans leurs colonnes les causes et conséquences de l'état de siège instauré au Nicaragua, une frontière bien trop proche d'elle à son goût. Elle lui répondit que la vallée de Sula était loin de tout. Chaque lettre de Philip s'achevait par une phrase ou un mot qui évoquait son absence et la douleur qu'elle lui causait ; chaque réponse de Susan contournait ce sujet. Philip travaillait pour une agence de publicité implantée sur Madison Avenue. Tous les matins, après avoir traversé SoHo à pied, il grimpait dans son bus pour s'asseoir une demi-heure plus tard à son bureau. La fièvre s'était emparée de toute son équipe depuis qu'elle concourait pour la campagne de presse de Ralph Lauren. S'ils gagnaient, sa carrière démarrerait aussitôt, c'était son premier essai en qualité de créatif et il rêvait déjà, au-dessus de sa table à dessin, au jour où il dirigerait le département. Comme à l'accoutumée, il croulait sous le travail et devait rendre ses esquisses presque avant qu'elles ne lui soient commandées.

Après s'être enfuie de chez lui à l'aube d'un lendemain de réveillon, Mary l'avait appelé et, depuis, ils se retrouvaient deux fois par semaine à l'angle de Prince et de Mercer Street, pour dîner chez Fanelli's où le menu était abordable. Sous le prétexte de lui raconter un bon sujet d'article, il lui parlait souvent de Susan, exagérant les histoires qu'elle lui racontait dans ses lettres. La soirée se poursuivait dans l'atmosphère enfumée et bruyante du lieu. Quand au milieu d'une phrase il voyait ses paupières devenir lourdes, il réglait la note et la raccompagnait à pied.

Depuis la fin de ce mois de mars la gêne les saisissait au temps de se dire au revoir. Leurs deux têtes se rapprochaient, mais à l'instant confus de la promesse d'un baiser, Mary reculait subtilement pour disparaître, happée par l'entrée lugubre de son immeuble. Alors, Philip plongeait les mains dans les poches de son manteau et rentrait chez lui, s'interrogeant sur le dessein de la relation qui se tissait entre cette journaliste stagiaire et un dessinateur de publicité.

Dans les rues, les tenues des femmes annonçaient l'avènement du printemps. Il ne vit ni les bourgeons d'avril, ni les feuilles de juin tant son travail l'accaparait. Le 14 juillet, la foudre avait frappé les deux centrales électriques de New York, plongeant toute la ville dans l'obscurité pour vingt-quatre heures. Si la « grande panne », qui fit la une des journaux du monde entier, bouleversa les statistiques de natalité neuf mois plus tard, Philip passa la nuit seul chez lui à dessiner à la lumière de trois bougies posées sur son bureau.

Au milieu du mois d'août, à la veille de commencer sa première journée de pigiste à la rédaction de *Cosmopolitan*, Mary achevait une semaine passée chez des amis dans les Hamptons.

L'avion de Susan quittait son escale de Miami. À Newark, le terminal était en travaux. Philip était venu l'attendre à la passerelle. Une fois n'est pas coutume. Elle posa son sac à terre et plongea dans ses bras. Ils restèrent longtemps ainsi serrés l'un contre l'autre. Il prit sa main, saisit le baluchon et l'entraîna vers le bar.

– Et si notre table est prise ?

– J'ai fait le nécessaire !

– Arrête-toi et laisse-moi te regarder. Tu as vieilli !

– C'est gracieux, merci.

– Non, je te trouve très beau.

Elle fit glisser ses doigts le long de ses joues, lui sourit tendrement, et l'entraîna vers ce lieu devenu leur. Elle rayonnait malgré la fatigue. Il l'interrogea longuement sur l'année qui venait de s'écouler, comme pour effacer toute trace des dernières minutes de leur précédente rencontre, elle ne dit rien de son hiver. Tandis qu'elle lui décrivait sa journée type, Philip avait saisi son crayon et dessinait le visage de Susan sur une feuille de son cahier à spirale.

– Et ton Juan, comment va-t-il ?

– Je me demandais quand tu m'en parlerais. Juan est parti. Dieu seul sait si je le reverrai un jour.

– Vous vous êtes disputés ?

– Non, c'est plus compliqué que cela. Nous avons perdu une petite fille, et depuis ce n'était plus pareil ; quelque chose s'est cassé et nous n'avons pas su le réparer. On en venait à se regarder des heures en chiens de faïence, comme si nous étions coupables.

– Qu'est-ce qui s'est passé cette nuit-là ?

– Il pleuvait, la route s'est décrochée de la paroi, j'ai failli le tuer.

Elle ne lui raconta rien d'autre. Certains récits n'appartiennent qu'aux victimes et la pudeur de ceux qui leur ont porté secours en protège les secrets. Au début du mois de mai, Juan était passé la voir chez elle, un grand sac de toile vert à l'épaule. Elle lui demanda s'il allait quelque part. Le regard droit et fier, il lui annonça qu'il partait. Elle avait aussitôt su qu'il lui manquerait, comme tous ceux qu'elle avait aimés de près ou de loin et qui disparaissaient soudainement. Perchée sur le perron de sa modeste maison, les mains sur les hanches comme pour mieux marquer la colère qui la gagnait, elle l'avait malmené. Juan n'avait pas réagi, alors elle avait fini par se calmer. Elle l'avait serré dans ses bras, puis elle lui avait servi à dîner.

Quand la dernière assiette fut rangée dans l'armoire, elle avait essuyé ses mains sur son pantalon et s'était retournée vers lui. Il se tenait déjà debout au milieu de l'unique pièce, son sac à ses pieds, l'air penaud. Elle avait alors souri et pour faciliter l'instant lui avait souhaité bonne route et bonne vie. Oubliant un instant sa pudeur, il s'était approché d'elle. Elle avait pris son visage entre ses mains et porté ses lèvres jusqu'aux siennes. Au petit matin il s'en était allé sur les routes de son pays vers une prochaine étape de son existence. Les semaines suivantes Susan avait lutté contre la tristesse d'une porte qui ne s'ouvrait plus que sur sa solitude.

– Il te manque ?

– C'est Juan qui a raison, il ne faut dépendre que de

soi-même ; les gens sont libres, et l'attachement est une absurdité, une incitation à la douleur.

– Donc tu ne restes pas ! Ou plutôt, combien d'heures restes-tu cette fois-ci ?

– Ne commence pas, Philip !

– Pourquoi ? Parce que je devine à ton air ce que tu n'as pas encore dit, que dans une heure tu seras repartie et que je mettrai alors ma vie en trois petits points de suspension jusqu'à l'année prochaine ? Je savais que tu ne resterais pas, bon Dieu comme je me suis préparé à ce que tu me le dises. Tu vas attendre d'avoir quel âge pour penser à nous, à ta vie de femme ?

– J'ai vingt-quatre ans, j'ai le temps !

– Ce que j'essaie de te dire, c'est que tu te donnes à plein de gens mais que tu es seule, il n'y a personne dans ta vie qui s'occupe de toi, qui te protège, ou au moins qui te fasse l'amour.

– Mais qu'est-ce que tu en sais ? C'est incroyable ça, j'ai une tête de pas baisée du tout ou quoi ?

Susan avait crié et Philip se figea instantanément. Les lèvres pincées, il tenta de reprendre le fil de la conversation.

– Ce n'est pas ce que je voulais dire, et ce n'est pas la peine de hurler, Susan.

– Je gueule parce que tu es sourd. Je ne peux pas vivre pour un seul homme, j'en nourris trois cents tous les jours, je ne peux pas avoir des mômes, j'essaie d'en faire survivre cent dix rien que dans ma vallée.

– Ah ! parce que tu en as dix de plus ? La dernière fois ils n'étaient que cent !

– Non, j'ai eu dix-huit enfants de plus cette année, moins les huit que j'ai enterrés, ça fait toujours cent dix, mais c'est huit fois moins marrant maintenant, hein ! Je vis entourée d'orphelins, bordel !

– Et parce qu'ils te ressemblent, tu veux rester comme eux. L'idée d'être une mère avant d'être une orpheline, ça ne te tente pas ?

– Tu verses dans l'analyse pour me sortir des conneries pareilles ? Tu peux comprendre que la vie que je mène est trop dangereuse ?

Le serveur s'approcha pour les inviter à se calmer. Il adressa un clin d'œil à Philip et déposa une grande coupe de glace devant Susan. S'exprimant en parfait castillan, il lui indiqua que c'était offert par la maison et qu'il y avait beaucoup d'amandes effilées sous le chocolat liquide. En s'éloignant de la table, il refit de la tête un signe complice à Philip qui fit mine de n'avoir rien vu.

– Qu'est-ce qu'il me veut celui-là à me parler en espagnol ? demanda-t-elle, médusée.

– Mais rien, il ne te veut rien du tout, et parle moins fort bon sang !

Susan se mit à chuchoter pour le narguer.

– Je ne prendrai pas le risque d'un abandon de plus, je n'ai ni oncle ni tante pour me succéder en cas de pépin.

– Arrête de confondre prétextes et excuses, tu n'abuses que toi ! S'il t'arrivait un pépin comme tu dis, moi je serais toujours là. Tu as peur de dépendre sentimentalement de quelqu'un, Susan, aimer ce n'est pas renoncer à sa liberté, c'est lui donner un sens.

Il ne voulait pas que leur entrevue s'achève comme la dernière, mais il ne trouvait pas d'autre sujet de conversation. Parce que son esprit refusait de se délivrer des mots qui l'encombraient et qu'il n'arrivait pas à formuler.

– En plus, ma médaille te protège.

– Tu as la mémoire bien sélective quand ça t'arrange.

Elle accepta de sourire et remarqua son regard quand elle plongea la main sous son pull. Elle sortit le petit médaillon.

– Tu as envie d'aller te changer aux toilettes ? demanda-t-elle, arrogante. Parle-moi de ta vie d'homme ?

Il rougit d'avoir été surpris à la désirer, il lui parla de sa progression au sein de l'agence et se vanta des responsabilités qui lui étaient confiées. Sans que cela soit encore totalement officiel il était déjà à la tête d'une petite équipe, qui avait la charge de six budgets. Si cela continuait à ce rythme, dans deux ans il serait directeur de création. Pour le reste il n'avait rien de spécial à lui raconter. Elle ne lui laisserait pas la partie si facile.

– Et ta copine avec qui tu vas au cinéma, elle te griffe en dehors de la salle ou simplement pendant les films d'horreur ?

– Ce n'était pas un film d'horreur du tout !

– Raison de plus, tu ne vas pas minauder quand même, alors où tu en es avec elle ?

– Mais nulle part !

– Écoute mon petit cœur, à moins que tu sois devenu asexué, il se passe bien quelque chose dans ta vie.

Il lui retourna le compliment. Elle n'avait pas le temps dit-elle, elle avait bien failli achever dans les bras d'un homme quelques soirées commencées dans un bar, mais seulement pour y trouver un peu du réconfort qu'elle cherchait. Il invoqua le même état d'esprit pour se justifier de son célibat. Susan revint à la charge, plus douce, et reposa sa question différemment. Il évoqua les épisodes complices vécus avec Mary Gautier Thomson, journaliste à la revue *Cosmopolitan*, qu'il raccompagnait trois fois par semaine en bas de chez elle sans que jamais rien ne se passe.

– Elle doit se demander si tu n'as pas un problème.

– Elle non plus ne tente rien !

– C'est la meilleure celle-là, parce que maintenant c'est à nous de faire le premier pas ?

– Tu es en train de me pousser dans ses bras ?

– J'ai l'impression qu'il ne faudrait pas te pousser très fort pour que tu tombes.

– Ça t'arrangerait ?

– C'est étrange, ta question.

– C'est le doute qui ronge, Susan. C'est si facile quand quelqu'un décide à votre place.

– Mais décide de quoi ?

– De ne pas nous laisser d'espoir.

– Ça c'est un autre sujet Philip, pour une histoire il faut les bonnes personnes aux bons moments.

– C'est tellement facile de se dire que ce n'est pas le bon moment, c'est là que le destin nous oblige à faire la part des choses.

– Tu veux savoir si tu me manques ? La réponse est oui. Souvent ? Presque tout le temps, enfin dès que j'ai le temps, et cela peut te sembler absurde mais je sais aussi que je ne suis pas prête.

Elle saisit sa main et y posa sa joue, il se laissa faire. Elle ferma les yeux et il lui sembla qu'elle allait s'assoupir dans la douceur de l'instant. Il aurait voulu qu'il dure plus longtemps, mais la voix dans le haut-parleur annonçait déjà leur séparation. Elle laissa filer les secondes, comme si elle n'avait pas entendu l'annonce. Lorsqu'il fit un geste, elle lui dit qu'elle savait, qu'elle avait entendu. Elle demeura ainsi quelques minutes, les yeux clos, la tête posée sur son avant-bras, et d'un geste soudain elle se redressa, écarquillant les yeux. Ils se levèrent tous les deux et il la prit sous son épaule, portant le sac de sa main libre. Dans le couloir qui les conduisait vers l'avion elle l'embrassa sur la joue.

– Tu devrais y aller avec ta copine grand reporter de mode féminine ! Enfin, si elle te mérite. En tout cas, toi tu ne mérites pas de rester seul.

– Mais je suis très bien tout seul.

– Arrête, je te connais trop, tu as une sainte horreur de la solitude. Philip, l'idée que tu m'attends est rassurante mais par trop égoïste pour que je l'assume. Je ne suis vraiment pas sûre d'avoir seulement l'envie un jour de vivre avec quelqu'un, et même si je sais sans aucun doute que dans ce cas ce quelqu'un serait toi, ce pari sur l'avenir est injuste. Tu finirais par me détester.

– Tu as fini ? Tu vas le rater !

Ils se mirent à courir vers la porte qui se rapprochait trop vite.

– Et puis un petit flirt, ça ne peut pas te faire de mal !

– Et qui te dit que ce ne serait qu'un flirt ?

Elle agita son petit doigt et prit une pose malicieuse en fixant son ongle : « Lui ! » Elle lui sauta au cou, l'embrassa dans la nuque et s'enfuit vers la passerelle. Elle se retourna une dernière fois pour lui envoyer un baiser. Quand elle disparut il murmura : « Trois petits points de suspension jusqu'à l'année prochaine. »

En rentrant chez lui il refusa de céder à la tristesse des jours qui suivraient son départ. Il décrocha son téléphone et demanda à l'opératrice du journal de lui passer le poste de Mary Gautier Thomson.

Ils se retrouvèrent à la tombée de la nuit au pied du gratte-ciel. Les lumières étincelantes donnaient aux passants de Times Square des couleurs etranges. Dans la salle de cinéma plongée dans la pénombre d'*Une femme sous influence*, il effleura son bras. Deux heures plus tard, ils remontaient à pied la 42e Rue. En traversant la 5e Avenue il prit sa main et l'entraîna avant que le feu libère le flot des voitures. Un taxi jaune les conduisit vers SoHo. Chez Fanelli's ils partagèrent une salade et une conversation animée sur le film de Cassavetes. À la porte de son immeuble il s'approcha d'elle et l'accolade des joues glissa en effleurement de lèvres, et en battements de cœur.

4.

La pluie tombait depuis plusieurs jours sans discontinuer. Chaque soir les bourrasques de vent annonçaient les orages qui éclataient la nuit dans la vallée. Les rues terreuses se crevassaient de rigoles, l'eau dégoulinait jusqu'au pied des maisons, laminant les fondations précaires. Persistantes, les averses finissaient par s'infiltrer par les toitures, ruisselant sous les combles. Les cris et les rires des enfants qui appelaient Susan « Maestra » rythmaient les matinées passées à enseigner dans la grange qui leur tenait lieu d'école. L'après-midi elle empruntait presque toujours la Jeep Wagoneer, plus docile et maniable que son vieux Dodge qu'elle regrettait pourtant, et partait dans la vallée porter des médicaments, de la nourriture, parfois des documents administratifs qu'elle aidait à remplir. Aux journées éreintantes succédaient quelques soirées de fête. Elle se rendait alors dans l'un des bars où les hommes venaient boire de la cerveza et leur boisson locale favorite, le guajo. Pour résister à la solitude de l'hiver hondurien qui arrivait plus tôt que prévu, entraînant son cortège de tristesse et de lutte contre une nature indocile, Susan comblait parfois sa nuit dans les bras d'un homme, pas toujours le même.

10 novembre 1977, Susan,

C'est avec toi que j'ai envie de partager cette nouvelle, ma première grande campagne de publicité vient d'être achetée. Dans quelques semaines un de mes projets sera devenu une immense affiche placardée dans toute la ville. Il s'agissait de promouvoir le musée d'Art moderne. Quand elles seront imprimées, je t'en enverrai une, et tu penseras un peu à moi de temps à autre, je t'adresserai aussi l'article qui sera publié dans une revue professionnelle, je viens de sortir de l'interview. Tes lettres me manquent. Je sais que tu es débordée, mais je sais bien que ce n'est pas la seule raison de ton silence. Tu me manques vraiment, je ne devrais probablement pas te le dire, mais je ne vais quand même pas jouer avec toi au jeu idiot du « Suis-moi, je te fuis ; fuis-moi, je te suis ».

J'imaginais venir te rendre visite au printemps, je me sens coupable de ne pas l'avoir proposé plus tôt. Je suis comme tout le monde, égoïste. Je veux venir découvrir ton monde à toi et comprendre ce qui te retient si loin de notre vie et de toutes les confidences de notre enfance. Paradoxe de l'omniprésence de ton absence, je sors souvent avec cette amie dont je t'ai déjà parlé, je sens bien chaque fois que je la raccompagne chez elle que je me dérobe. Pourquoi est-ce que je te raconte cela ? Parce que j'ai encore la sensation absurde de trahir un espoir inavoué, il faut que je me débarrasse de ce sentiment. Peut-être aussi que t'écrire est une façon de me réveiller.

Demain, peut-être que tu reviendras, mais comme je voudrais alors ne pas t'avoir attendue, ne pas entendre tous les mots que tu pourrais me dire ou pouvoir les ignorer avec la légèreté comme contrepoids de ton absence. Je ne viendrai pas te voir au printemps, c'était une mauvaise idée, même si j'en crève d'envie, je crois qu'il faut que je prenne mes distances avec toi, et je devine dans l'espacement de tes dernières réponses que c'est ce que tu fais toi aussi.

Je t'embrasse.

Philip

P.-S. : 7 heures du matin, en prenant mon petit déjeuner je relis ce que je t'ai écrit hier, je vais te laisser lire ce que d'ordinaire je jette à la poubelle.

*
* *

Comme beaucoup de choses autour d'elle, Susan changeait. Le hameau abritait deux cents familles et les rythmes de toutes ces existences à peine cicatrisées se confondaient déjà peu à peu avec ceux d'un village. Cet hiver-là, les lettres de Philip se faisaient plus rares, les réponses plus difficiles à écrire. Susan fêta son réveillon auprès de son équipe au grand complet dans un restaurant de Puerto Cortes. Il faisait exceptionnellement beau et la nuit éméchée s'acheva sur la jetée face à la mer. À l'aube de la nouvelle année le pays tout entier semblait avoir retrouvé son allant. Le port avait renoué avec son agitation et depuis plusieurs semaines le ballet des grues qui tournoyaient au-dessus des porte-conteneurs était incessant. Du petit matin à la tombée du jour le ciel était sillonné par les avions qui assuraient les liaisons entre les différents aérodromes. Tous les ponts n'avaient pas été redressés mais les scories de l'ouragan étaient devenues presque invisibles – ou bien s'y était-on habitué ? Les nuits étoilées promettaient une belle année et le retour à des récoltes généreuses. La corne de brume d'un cargo annonçait minuit et le départ d'une pleine cargaison de bananes pour l'Europe.

***

Le soir du réveillon Philip passa chercher Mary chez elle. Ils devaient se rendre à une soirée organisée par son journal au trente-troisième étage d'une tour voisine de celle du *New York Times*. Sous son manteau, elle était vêtue d'une longue robe noire, elle avait posé une étole de soie sur ses épaules. Ils étaient tous les deux de bonne humeur et même s'ils se retournaient de temps à autre pour tenter de héler un taxi, ils savaient qu'en ce soir de fête il leur faudrait marcher jusqu'à Times Square. La nuit était étoilée et douce. Mary silencieuse souriait et Philip emporté dans sa diatribe lui décrivait les affres de la publicité. Un feu les retint au croisement de la 15e Rue.

– Je parle trop, n'est-ce pas ?

– J'ai l'air de m'ennuyer ? répondit-elle.

– Tu es trop polie pour ça. Je suis désolé, mais je déborde de mots retenus toute la semaine, j'ai tellement travaillé que je n'ai presque pas parlé.

Ils se frayèrent un chemin au milieu des trois cents personnes qui s'étaient réunies dans les bureaux où la fête battait son plein. Les buffets avaient été pris d'assaut et une brigade de serveurs s'évertuait à les approvisionner. Pour la plupart, ces soldats en livrée blanche devaient faire demi-tour, leurs plateaux pillés avant d'avoir atteint leur but. Se parler, écouter et même danser relevait de l'impossible tant la foule était compacte. Deux heures plus tard Mary fit un signe de la main à Philip qui discutait à quelques mètres d'elle. Le brouhaha l'empêcha de distinguer le moindre mot, mais son index pointait la seule direction qui l'intéressait, la porte de sortie. D'un hochement de tête il accusa réception du message et entreprit de quitter la pièce. Quinze minutes plus tard ils se retrouvaient devant le vestiaire. La porte refermée, le silence qui régnait sur le palier des ascenseurs était saisissant. Alors que Philip appuyait sur le bouton, se tenant devant les doubles portes centrales en cuivre, Mary s'éloigna et se dirigea lentement vers les baies vitrées d'où l'on dominait la ville :

– Qu'est-ce qui te fait penser que c'est celui-là qui va arriver et pas celui de gauche ou de droite ?

– Rien, juste une habitude, et puis en me mettant au centre je suis à la plus courte distance des portes qui s'ouvriront.

À peine eut-il achevé sa phrase que la pastille verte au-dessus de sa tête s'illumina au carillon d'une sonnette.

– Tu vois, j'avais visé juste !

Mary ne réagit pas. Elle avait collé son front contre le carreau. Philip laissa filer l'ascenseur vers un autre étage, s'approcha à son tour de la vitre et se tint à côté d'elle. Maintenant son regard penché vers la rue elle glissa sa main dans la sienne.

– Bonne année, dit-elle.

– Il y a déjà une demi-heure qu'on se l'est souhaitée !

– Je ne parle pas de celle-là. C'est presque à cette même heure que tu m'as retrouvée au dernier réveillon, nous nagions dans la foule en bas au lieu d'être ici, c'est à peu près la seule différence. Enfin je ne peux pas me plaindre, nous nous sommes quand même élevés de trente-trois étages depuis !

– Qu'est-ce que tu cherches à dire ?

– Philip, cela fait un an que nous dînons ensemble trois fois par semaine, un an que tu me racontes tes histoires et moi les miennes, quatre saisons que nous sillonnons les rues de SoHo, du Village, de NoHo, nous sommes même allés jusqu'à TriBeCa un dimanche. Nous avons dû user tous les bancs de Washington Square, tester presque tous les brunchs du bas de la ville, trinquer dans tous les bars, et à chaque fin de soirée tu me raccompagnes chez moi, avec ce sourire gêné que tu m'abandonnes pour la nuit. Et chaque fois que ta silhouette disparaît au coin de la rue j'ai le ventre qui se serre. Je crois que je connais bien le chemin maintenant et que tu peux me laisser rentrer seule.

– Tu ne veux plus que l'on se voie ?

– Philip, j'ai des sentiments pour toi, c'est pathétique que tu l'ignores ! Quand vas-tu cesser de ne penser qu'à toi ? C'était à toi de mettre un terme à notre relation si elle n'en est pas une, tu ne peux pas être aveugle à ce point-là !

– Je t'ai fait du mal ?

Mary inspira à pleins poumons, levant la tête vers le plafond, elle soupira doucement.

– Non, c'est maintenant que tu m'en fais, rappelle-moi ce putain d'ascenseur s'il te plaît !

Désemparé, il s'exécuta et les portes s'ouvrirent aussitôt.

– Merci Seigneur, soupira-t-elle, j'étais presque à court d'oxygène !

Elle s'engouffra dans la cabine, Philip bloquait la fermeture des portes, ne sachant que dire.

– Laisse-moi partir Philip, quand tu es crétin je t'adore, mais là ta bêtise devient cruelle.

Elle le repoussa en arrière et les portes se refermèrent. Il retourna à la fenêtre, comme pour essayer de la voir sortir de l'immeuble. Il s'assit sur le rebord et contempla la fourmilière qui s'agitait au-dessous de lui.

***

Depuis deux semaines Susan entretenait une liaison avec le responsable du dispensaire construit derrière le port. Elle ne le voyait qu'un jour sur trois, à cause de la distance à parcourir, mais leurs soirées suffisaient à réinventer les fossettes qui dessinaient les contours de sa bouche quand elle était heureuse. Venir en ville l'« oxygénait ». Le bruit des camions, la poussière, les klaxons mêlés aux cris des gens dans la rue, le bruit des caisses que l'on jetait sur le sol, tous ces excès de vie l'enivraient et la sortaient de la torpeur d'un long cauchemar. À l'aube de février elle abandonna son logisticien pour des dîners en compagnie d'un pilote de la Hondurian Airlines qui reliait plusieurs fois par jour Tegucigalpa à bord d'un bimoteur. Le soir, quand il s'en retournait vers San Pedro, il se faisait un jeu de survoler son village en rase-mottes. Elle sautait alors dans sa Jeep pour s'élancer à la poursuite de l'avion, relevant le défi perdu d'avance d'arriver avant lui.

Il l'attendait à la grille du petit aérodrome à 20 kilomètres de la ville. Avec sa barbe et son blouson de cuir il ressemblait à une icône des années cinquante, ce qui n'était pas pour lui déplaire, pour elle c'était parfois bon de se laisser aller à vivre comme au cinéma.

Au petit matin quand il partait reprendre son service, elle roulait à vive allure sur la piste qui la ramenait vers le village. Fenêtres ouvertes, elle aimait sentir l'odeur de la terre humide quand elle se mélangeait au parfum des pins.

Le soleil se levait derrière elle, et quand elle se retournait brièvement pour contempler la traîne de poussière soulevée par ses roues, elle se sentait vivre. Quand les ailes rouge et blanc passèrent pour la vingtième fois au-dessus de son toit, alors que l'appareil n'était déjà plus qu'une petite tache à l'horizon, elle fit demi-tour sur la piste et rentra chez elle Le film était fini.

***

Philip, un bouquet à la main, appuya sur le bouton de l'interphone. Il attendit quelques secondes, la gâche grésilla. Étonné, il gravit les trois étages de la cage d'escalier délabrée. Le plancher craquait sous ses pieds. Quand il sonna, la vieille porte bleue s'ouvrit aussitôt.

– Tu attendais quelqu'un ?

– Non, pourquoi ?

– Tu n'as même pas demandé qui c'était quand j'ai sonné en bas.

– Personne ne sonne aussi brièvement que toi à New York !

– Tu avais raison !

– De quoi parles-tu ?

– De ce que tu m'as dit l'autre jour, c'est vrai que je suis un con. Tu es une femme généreuse, brillante, drôle, jolie, tu me rends heureux et moi je suis aveugle et sourd.

– Je n'en ai rien à faire de tes compliments, Philip !

– Ce que je veux te dire, c'est que de ne pas te parler m'a rendu dingue, ne pas dîner avec toi m'a coupé l'appétit et je regarde mon téléphone comme un imbécile depuis quinze jours.

– Parce que tu es un imbécile !

Il allait rétorquer quand elle l'interrompit, posa sa bouche sur la sienne, et fit glisser sa langue entre ses lèvres. Il abandonna les roses sur le palier pour l'enlacer et fut happé à l'intérieur du petit appartement.

Bien plus tard dans la nuit, la main de Mary se faufila par la porte entrebâillée et saisit le bouquet abandonné sur le paillasson.

*
* *

L'école l'accaparait de plus en plus, sa classe comptait désormais une moyenne journalière de soixante-trois élèves, au bon vouloir du préposé au ramassage scolaire et selon l'assiduité des enfants. Ils avaient de six à treize ans et il lui fallait composer un programme des plus variés pour les inciter à revenir le lendemain, et le jour d'après. Elle déjeunait au début de l'après-midi d'une galette de maïs en compagnie de Sandra, une collaboratrice arrivée depuis quelques jours. Elle était allée la chercher à San Pedro, priant pour qu'elle ne débarque pas d'un avion aux ailes rouge et blanc. Dans le doute elle avait attendu la nouvelle recrue à l'intérieur du baraquement qui faisait office de terminal : le commandant de bord redouté ne coupait au sol qu'une seule de ses hélices et ne quittait jamais son cockpit.

Sandra était jeune et belle. N'ayant pas de logement elle s'installa chez Susan, le temps de quelques jours, une ou deux semaines peut-être... Un matin, alors qu'elles partageaient le premier café du petit jour Susan la détailla de haut en bas avec une certaine insistance.

– Je te recommande d'être propre sur toi ! Avec la chaleur et l'humidité tu auras tôt fait d'avoir la peau recouverte de boutons.

– Je ne transpire pas !

– Oh ! si, ma chérie ! Tu transpireras comme tout le monde, tu peux me faire confiance. À ce propos, tu viens m'aider à charger le 4 × 4 ! Nous avons quinze ballots de farine à distribuer cet après-midi.

Sandra essuya ses mains sur son pantalon et se dirigea vers le dépôt. Susan lui emboîta le pas. Quand elle vit que les grandes portes étaient ouvertes, elle accéléra et la dépassa en courant. Elle entra dans la grange et regarda les rayonnages, ivre de colère.

– Merde, merde et merde !

– Qu'est-ce qu'il y a ? demanda Sandra.

– On s'est fait voler des sacs.

– Beaucoup ?

– Je n'en sais rien, vingt, trente, il va falloir faire un inventaire.

– À quoi ça servira, ça ne les fera pas revenir.

– Ça servira parce que je te le dis et que la responsable ici c'est moi. Il faut que je fasse un rapport. Il ne manquait plus que ça !

– Calme-toi, cela ne changera rien que tu t'énerves.

– Tu la boucles Sandra, ici c'est moi qui commande, alors jusqu'à nouvel ordre tu gardes tes commentaires pour toi.

Sandra la saisit par le bras et approcha son visage tout contre le sien. Une veine bleuissait en travers de son front.

– Je n'aime pas la façon dont tu me parles, je n'aime pas ce que tu es, je croyais que c'était une organisation humanitaire ici, pas un camp militaire, alors si tu te prends pour un petit soldat, va compter tes sacs toute seule.

Elle tourna les talons et Susan eut beau lui hurler de

revenir sur-le-champ, elle n'en fit rien. Aux quelques villageois qui s'étaient attroupés, elle lança ses mains en avant comme pour les chasser des lieux. Les hommes se dispersèrent en haussant les épaules et les femmes lui adressèrent des regards de mécontentement. Elle ramassa les deux ballots qui étaient restés à terre et les replaça sur une étagère. Puis elle s'affaira jusqu'à la tombée de la nuit, retenant la colère et les larmes qui lui venaient. Quand elle fut calmée, elle s'assit à l'extérieur de la bâtisse. Le dos contre la paroi elle sentit la chaleur que le mur avait absorbée se disperser vers ses reins. La sensation fut douce. De la pointe du pied elle traça des lettres sur le sol, un grand P qu'elle contempla avant de l'effacer avec sa semelle puis un grand J et elle murmura : « Pourquoi es-tu parti Juan ? » Quand elle rentra chez elle, Sandra avait quitté sa maison.

12 février 1978, Susan,

C'est le début d'une bataille comme tu n'en as jamais vu, une bataille de boules de neige. Je sais que tu te moques de nos tempêtes, mais celle qui s'est abattue sur nous il y a trois nuits est incroyable et je suis bloqué depuis à la maison. La ville est entièrement paralysée sous un manteau blanc étoffé jusqu'au toit des voitures. Ce matin, aux premiers rayons du soleil revenu, les petits, les grands et les très grands ont envahi les trottoirs, d'où ma première phrase. Je crois que je vais prendre des risques tout à l'heure pour aller me ravitailler, il fait un froid de loup. Qu'est-ce que la ville est belle ainsi ! Tes lettres me manquent. Quand viens-tu ? Peut-être pourrais-tu cette fois essayer de rester deux ou trois jours ? L'année s'annonce plutôt bonne et pleine de promesses. La direction est contente de mon travail. Tu ne me reconnaîtrais pas, je sors presque tous les soirs quand je ne travaille pas jusqu'au petit matin, ce qui m'arrive souvent. Cela me fait bizarre de te parler de mon métier, comme si nous avions tout à coup basculé dans le monde des adultes, sans même nous en rendre compte. Un jour nous parlerons de nos enfants et nous réaliserons que c'est nous qui sommes devenus les parents. Ne commence pas à faire ta grimace, je te vois d'ici ! Quand je dis nos enfants, c'est une expression, je ne veux pas dire les tiens ou les miens, c'est juste une image, j'aurais pu aussi bien écrire « nos petits enfants », mais tu aurais pensé aussitôt que tu ne vivrais jamais assez vieille pour être grand-mère. Toi et tes certitudes pessimistes ! Quoi qu'il en soit, le temps file ici à une vitesse vertigineuse et je guette le printemps qui annoncera avec beaucoup d'optimisme cette fois que ton arrivée se rapproche. Je te le promets, cette année il n'y aura pas de polémique, je ne ferai qu'écouter ce que tu auras à me raconter et nous partagerons vraiment ce moment précieux que j'attends chaque fois comme un Noël en été. En attendant cette saison, il pleut des baisers.

Philip

Le jour de la Saint-Valentin, Philip conduisit Mary à la gare routière. Ils prirent l'autocar 33 qui reliait Montclair à Manhattan en une heure et descendirent au croisement de Grove Street et d'Alexander Avenue. Traversant la ville à pied, il lui fit découvrir les lieux de son adolescence. Quand il passa devant son ancienne demeure elle lui demanda si ses parents lui manquaient depuis qu'ils vivaient en Californie ; il ne répondit pas. Sur la façade voisine, il remarqua que la fenêtre de ce qui était autrefois la chambre de Susan était allumée. Une autre petite fille y était peut-être en train de réviser ses cours.

– C'était sa maison ? demanda Mary.

– Oui, comment as-tu deviné ?

– Il suffisait de suivre ton regard, tu étais parti très loin.

– Parce que c'était il y a longtemps.

– Peut-être pas tant que cela, Philip.

– Je suis au présent maintenant...

– Votre passé est si dense qu'il m'empêche parfois d'entrevoir un futur entre nous. Je ne rêve pas d'un amour parfait, mais je ne veux pas vivre au conditionnel et encore moins à l'imparfait.

Pour mettre un terme à cette conversation, il lui demanda si elle aimerait vivre un jour ici. Elle répondit d'un grand éclat de rire qu'en échange de deux enfants minimum elle accepterait peut-être de s'établir en province. Du haut des collines, rétorqua Philip, on voyait Manhattan qui n'était qu'à une demi-heure de voiture. Pour Mary, voir la ville et la vivre étaient deux choses très différentes ; elle n'avait pas fait des études de journalisme pour s'installer dans une petite bourgade de l'Amérique, aussi proche de la grosse pomme fût-elle. De toute façon, ils n'avaient ni l'un ni l'autre l'âge d'une retraite.

– Mais ici, pour le même loyer, tu vis dans une maison avec un jardin, tu respires le bon air et tu peux quand même aller travailler à New York. Tu as tous les avantages, reprit-il.

– De quoi parles-tu exactement, Philip ? Tu fais des projets maintenant, toi l'inconditionnel de l'instantané ?

– Arrête de te moquer de moi.

– Tu manques d'humour, tu m'amuses, c'est tout. Tu n'as jamais été capable de me dire si nous dînions ensemble le soir même, et là tu me demandes si je pourrais venir m'installer avec toi en province. Pardon, mais quel saut dans le vide !

– Il n'y a que les imbéciles qui ne changent jamais d'avis.

Ils redescendirent vers le centre-ville où il l'emmena dîner. Quand elle fut assise face à lui elle lui prit la main.

– Alors tu peux changer d'avis ? questionna Mary.

– C'est un jour un peu spécial aujourd'hui, c'est censé être une fête, tu ne veux pas changer de sujet ?

– Tu as raison Philip, c'est un jour très particulier et tu nous conduis sous la fenêtre de celle qui hante ta vie.

– C'est ce que tu penses ?

– Non Philip, c'est ce que toi tu penses !

– C'est avec toi que je suis ce soir, pas avec elle.

– C'est aux demain soir que je songe.

***

À quinze jours et quelques milliers de kilomètres de là un autre homme, une autre femme partagent un autre dîner. Le vol de l'entrepôt n'avait toujours pas été élucidé. Les portes en étaient désormais fermées par une chaîne et un cadenas dont seule Susan avait la clé, ce qui n'avait pas été sans engendrer un certain mécontentement au sein de son équipe. Sandra lui était de plus en plus hostile, défiant son autorité au point que Susan avait dû la menacer d'envoyer un rapport à Washington pour la faire rapatrier. Mélanie, un médecin qui travaillait à Puerto Cortes, avait réussi à apaiser les esprits des uns et des autres et la vie de l'unité hondurienne du Peace Corps avait repris peu à peu son cours normal. Sauf pour Susan. Thomas, le responsable du dispensaire avec qui elle avait entretenu une courte liaison, lui avait demandé de venir le voir en invoquant des motifs professionnels.

Elle s'était rendue en ville en fin de journée et l'attendait à l'extérieur du bâtiment. Il sortit enfin et retira sa blouse blanche qu'il jeta à l'arrière du 4 × 4. Il avait réservé une table à la terrasse d'un petit restaurant du port. Ils s'y attablèrent et commandèrent deux bières avant de consulter la carte.

– Ça se passe comment pour vous ? demanda-t-elle.

– Comme d'habitude, manque de matériel, manque de moyens humains, trop de travail, l'équipe est épuisée, la routine. Et pour toi ?

– Moi, j'ai l'avantage ou l'inconvénient que nous soyons peu nombreux là-bas.

– Tu veux que je t'envoie du monde ?

– Peu compatible avec ta dernière phrase.

– Tu as le droit d'en avoir marre, Susan, tu as le droit d'être fatiguée et tu as aussi le droit d'arrêter.

– C'est pour me débiter ces conneries que tu m'invites à dîner ?

– D'abord je ne t'ai pas dit que je t'invitais... Tout le monde trouve que tu ne vas pas bien depuis quelques semaines. Tu es agressive et d'après les échos qui me reviennent ta cote est en baisse dans ton village. Nous ne sommes pas là pour nous rendre impopulaires, tu dois te contrôler mieux que ça.

Le serveur apporta deux assiettes de *tamal*, elle dépiauta la feuille de banane et étala la mousseline qui contenait la viande de porc. Tout en arrosant copieusement son assiette de sauce piquante, Thomas commanda deux autres bouteilles de Salva Vida, une bière du pays. Le soleil était couché depuis deux heures et la lumière que dispensait la lune presque pleine était étonnante. Elle tourna la tête pour contempler les reflets des grandes grues qui ondulaient sur l'eau.

– Avec vous les mecs, on n'a donc vraiment aucun droit à l'erreur !

– Pas plus que les médecins, hommes ou femmes ! Tu es le maillon d'une chaîne, même si c'est toi qui en assures le commandement ; si tu casses c'est toute la mécanique qui grippe !

– Il y a eu un vol et cela me fout en l'air, je ne peux pas admettre que nous soyons là à les aider et qu'ils se piquent de la bouffe entre eux.

– Susan, je n'aime pas ta façon de dire « eux ». Chez nous aussi il y a de la fauche dans les hôpitaux. Tu crois que je n'en ai pas, au dispensaire ?

Il prit sa serviette pour s'essuyer les doigts. Elle saisit son index, le porta à sa bouche et le serra délicatement entre ses dents en lui adressant un regard malin. Quand le doigt de Thomas fut propre, elle le libéra.

– Arrête avec ta leçon de morale, lâche-moi, dit-elle en souriant.

– Tu es en train de changer, Susan.

– Laisse-moi dormir chez toi ce soir, je n'ai pas envie de rentrer de nuit.

Il régla l'addition et l'invita à se lever. En marchant le long du quai elle passa son bras autour de sa taille et posa sa tête sur son épaule.

– Je suis en train de me laisser submerger par la solitude, et pour la première fois de ma vie j'ai l'impression de ne plus pouvoir la surmonter.

– Rentre chez toi.

– Tu ne veux pas que je reste ?

– Je ne te parle pas de ce soir, mais de ta vie, tu devrais retourner au pays.

– Je n'abandonnerai pas.

– Partir n'est pas toujours un abandon, c'est aussi une façon de préserver ce qui a été vécu si l'on sait s'en aller avant qu'il ne soit trop tard. Laisse-moi le volant, je vais conduire.

Le moteur cracha une volute de fumée noire et se mit à tourner. Thomas alluma les phares, qui balayaient les murs d'un rai de lumière blanche.

– Tu devrais faire une vidange, elle va te claquer entre les doigts.

– Ne t'inquiète pas, j'ai l'habitude qu'on me claque entre les doigts !

Susan se vautra dans son fauteuil et, passant ses jambes par la fenêtre, posa ses pieds sur le rétroviseur extérieur. Hormis les bruits mécaniques, l'habitacle était silencieux. Quand Thomas gara la Jeep devant chez lui, Susan resta immobile.

– Tu te souviens des rêves que tu faisais quand tu étais petit ? demanda-t-elle.

– J'ai déjà du mal avec ceux de la nuit dernière, répondit Thomas.

– Non, je te parle de ce que tu rêvais de devenir quand tu serais adulte.

– Oui, ça je m'en souviens, je voulais être médecin, je suis devenu logisticien dans un dispensaire. Dans la cible comme on dit, mais pas au centre !

– Moi, je voulais être peintre, pour dessiner le monde en couleur, et Philip voulait être pompier pour sauver les gens. Il est devenu créatif dans la publicité et moi j'œuvre dans l'humanitaire. On a dû se tromper quelque part tous les deux.

– Ce n'est pas le seul domaine où vous vous êtes trompés tous les deux.

– Ça veut dire quoi ça ?

– Tu parles beaucoup de lui, et chaque fois que tu prononces son nom, ta voix est nostalgique, ça laisse peu de place au doute.

– À quel doute ?

– Aux tiens ! Je crois que tu aimes cet homme et que ça te fiche une peur bleue.

– Viens, rentrons chez toi, je commence à avoir froid.

– Comment fais-tu pour avoir autant de courage pour les autres et si peu pour toi ?

Au petit matin elle quitta le lit sans faire de bruit et s'éclipsa sur la pointe des pieds.

***

Le mois de mars passa à la vitesse d'un éclair. Tous les soirs quand il quittait son bureau, Philip rejoignait Mary. En dormant chez elle ils économisaient dix précieuses minutes chaque matin. À la fin de la semaine ils changeaient de lit pour passer le week-end dans son atelier de SoHo qu'ils avaient rebaptisé « la maison de campagne ». Les premiers jours du mois d'avril frissonnaient aux vents du nord qui soufflaient sans discontinuer sur la ville. Les bourgeons des arbres n'étaient pas encore éclos, et seul le calendrier témoignait du début du printemps.

Bientôt Mary fut nommée journaliste au sein de la revue qui l'employait et elle considéra qu'il était temps pour eux de trouver un nouveau lieu qui abriterait leurs mobiliers respectifs et leur vie. Elle plongea dans les annonces à la recherche d'un appartement dans Midtown. Les loyers y seraient moins chers et cela serait plus pratique pour se rendre à leur travail.

***

Susan passait la plupart de son temps derrière le volant de la Jeep. De village en village elle assurait la distribution de semences et de denrées premières. La route l'emmenait parfois trop loin pour qu'elle puisse rentrer le soir et elle prit l'habitude d'entreprendre des périples de plusieurs jours, parcourant la piste jusqu'au plus profond de la vallée. Elle croisa par deux fois des troupes sandinistes qui se cachaient dans les montagnes. Elle ne les avait jamais vus venir si loin de leurs frontières. Le mois d'avril lui semblait ne devoir jamais finir. Même son corps trahissait la fatigue de cette vie. Le sommeil en la fuyant la poussait à sortir tous les soirs, et chaque matin devenait plus pénible. Un jour, après avoir chargé le 4 × 4 de dix sacs de farine de maïs, elle prit la route sous le soleil au zénith pour rendre visite à Alvarez. Elle arriva au milieu de l'après-midi. La voiture une fois vidée de sa cargaison, ils dînèrent dans sa maison. Il lui trouva mauvaise mine et lui proposa de venir se reposer quelques jours dans les montagnes. Elle promit d'y réfléchir, et prit le chemin du retour en début de soirée, déclinant l'invitation de passer la nuit au village. Incapable d'aller se coucher, elle dépassa sa maison et se rendit à la taverne encore ouverte à cette heure avancée.

En entrant dans le bar elle frotta énergiquement son jean et son pull, soulevant un voile de poussière et de terre séchée. Elle commanda un double verre d'alcool de canne à sucre. L'homme derrière le comptoir s'empara de la bouteille qu'il posa devant elle. Il la dévisagea et fit glisser un godet en étain.

– Je te laisse te servir. Heureusement que tu as encore tes seins et tes cheveux longs, sinon on finirait par croire que tu es devenue un homme.

– Quel est le sens de cette remarque profonde ?

Il se pencha vers elle pour lui parler à voix basse, sentencieux mais se voulant complice.

– Tu es trop souvent en compagnie des hommes ou pas assez longtemps en compagnie du même, les gens d'ici commencent à parler à ton sujet.

– Et qu'est-ce qu'ils disent les gens d'ici ?

– Ne me parle pas sur ce ton Señora Blanca ! C'est pour toi que je murmure à voix haute ce que les autres clament à voix basse.

– Bien sûr, parce que quand vous promenez vos couilles au vent vous êtes des tombeurs, mais si on sort le bout d'un sein on est des putes. Tu sais, pour qu'un homme couche avec une femme, il faut qu'il y ait une femme justement.

– Ne blesse pas au cœur celles du village, c'est tout ce que je te dis !

– Pour beaucoup d'entre elles, s'il bat encore, leur cœur, c'est en partie grâce à moi, alors je les emmerde !

– Aucun d'entre nous ne t'a demandé la charité, personne ne t'a appelée au secours. Si tu ne veux pas être ici, rentre chez toi. Regarde-toi, tu ne ressembles plus à rien, quand je pense que c'est toi la Maestra qui enseigne aux enfants, je me demande bien ce qu'ils apprennent.

Le vieil homme accoudé au tablier de plomb lui fit un signe de la main pour qu'il se taise, les yeux de Susan témoignaient qu'il était allé trop loin. Le barman reprit la bouteille d'un geste énergique pour la ranger sur l'étagère ; le dos tourné il annonça que le verre était pour la maison. Le vieillard esquissa un sourire compatissant de toute la générosité de ses chicots, mais déjà elle avait fait demi-tour et s'était enfuie. Dehors, elle s'appuya à la balustrade et régurgita tout ce que son estomac pouvait contenir. Elle s'accroupit pour reprendre son souffle. Plus tard, sur la route qui la menait chez elle, elle leva son visage vers le ciel, comme pour y compter les étoiles, mais la tête lui tourna et elle dut s'arrêter à nouveau. Épuisée, elle suivit ses pieds jusqu'au perron de sa maison.

10 mai 1978, Philip,

Nous ne nous sommes pas beaucoup écrit cet hiver, il y a des périodes plus difficiles que d'autres. Je voudrais avoir de tes nouvelles, savoir comment va ta vie, si tu es heureux. Ton affiche est accrochée au-dessus de mon lit, j'ai reconnu la vue de Manhattan que nous allions contempler en haut des collines de Montclair. Il m'arrive d'y plonger mon regard jusqu'à imaginer qu'une des petites lumières est celle de la fenêtre de ta chambre. Tu es en train d'y travailler à un dessin. Tu passes ta main dans tes cheveux ébouriffés comme tu le faisais toujours, et tu mâches ton crayon, toi tu ne changes jamais. Cela me touche de voir l'image d'un moment de notre enfance. Je suis vraiment quelqu'un de bizarre. Tu me manques et j'ai tellement de mal à l'admettre. Tu crois qu'aimer peut faire peur au point de pousser à fuir ? J'ai l'impression d'avoir vieilli.

Les bruits de ma maison me réveillent la nuit et m'empêchent de me rendormir, j'ai froid, j'ai chaud et je me lève chaque matin dans l'angoisse de ce que je n'ai pas achevé la veille. La saison est douce, je pourrais te décrire tous les paysages qui m'entourent, te raconter chaque minute de mes journées, juste pour continuer à te parler de moi. Je viendrai te voir plus tôt cette année, je serai là à la mi-juin, impatiente de te retrouver, il faudra que je te dise quelque chose de vraiment très important que j'aimerais partager avec toi aujourd'hui et demain. En attendant, je t'envoie de la tendresse et des baisers, prends soin de toi.

Susan

2 juin, Susan,

Moi, c'est ta voix qui me manque. Est-ce que tu chantes toujours aussi souvent ? La musique de ta lettre était composée de notes un peu tristes. L'été est déjà là et les terrasses sont pleines de monde. Je vais bientôt déménager, je m'installe un peu plus haut dans la ville. On y circule de plus en plus mal et cela me rapprochera de mon bureau. Tu sais ici, une demi-heure prend la valeur d'une pierre précieuse. Tout le monde est si pressé qu'il est désormais devenu presque impossible de s'arrêter sur un trottoir au risque de se faire écraser par la foule en mouvement. Je me demande souvent où court cette multitude que rien ne semble pouvoir arrêter, et si ce n'est pas toi qui as raison de vivre là où l'air a encore un parfum. Ta vie doit être belle, je suis impatient que tu me la racontes, moi je suis débordé de travail, mais j'ai de bonnes nouvelles à t'annoncer à ce sujet. Quelle est cette chose très importante dont tu parles ? Je t'attendrai comme d'habitude. À très vite.

Baisers.

Philip

5.

Le Boeing 727 de la Eastern Airlines quitta l'aéroport de Tegucigalpa à 10 heures du matin avec deux heures de retard sur l'horaire, en raison d'une météo difficile. Dans le terminal, Susan inquiète regardait le ciel noir qui avançait vers eux. Quand l'hôtesse ouvrit la porte en verre qui donnait sur le tarmac, elle suivit sous la pluie le cortège des passagers qui se dirigeaient vers la passerelle. Aligné pour le décollage, le commandant de bord lança ses moteurs à pleine puissance, pour contrer le vent de travers qui le déviait de la piste. Les roues quittèrent le sol et l'avion se cabra, tentant de grimper rapidement pour percer la couche des nuages. Sanglée à son fauteuil, Susan était secouée par de violentes turbulences ; elle n'était pas aussi violemment chahutée lorsqu'elle lançait son 4 × 4 à pleine vitesse sur la piste. Cap au nord-est, ils survolèrent les montagnes, et la tempête redoubla de force. Un éclair frappa le fuselage, la boîte noire enregistra à 10 h 23 la voix du copilote qui annonçait au contrôle aérien l'arrêt de son moteur numéro deux, ils perdaient de l'altitude. Au vertige qui l'avait saisie, Susan sentit s'ajouter une indicible nausée, elle posa ses deux mains au bas de son ventre, l'avion continuait à descendre. Il fallut trois longues minutes à l'équipage pour remettre le réacteur en route et reprendre de l'altitude. Le reste du voyage se fit dans le silence qui règne souvent après la peur.

À l'escale de Miami, elle courut pour ne pas rater sa correspondance. La cavalcade dans les couloirs était pénible, son sac lui pesait et un nouveau vertige l'arrêta brutalement. Elle reprit son souffle et son chemin vers la porte d'embarquement, mais il était trop tard. Elle dut regarder son avion décoller.

⁂

Philip regardait par la fenêtre du bus qui le conduisait à l'aéroport de Newark. Il avait posé sur ses genoux son cahier à spirale. La jeune fille assise à côté de lui l'observait esquisser au crayon noir le visage d'une femme.

⁂

Elle prit le vol suivant deux heures plus tard. Seul subsistait le mal de cœur par-delà les nuages ; elle repoussa son plateau-repas et tenta de s'assoupir.

⁂

La salle était déserte comme presque toujours en fin de matinée, sauf quand il y avait des congrès ou des départs en vacances. Il s'installa à sa table. Bien après le déjeuner, le lieu se vida à nouveau et le serveur de l'après-midi remplaça celui du matin. Le garçon le reconnut tout de suite et le salua. Philip vint s'asseoir en face de lui et, tout en l'écoutant, il esquissa une nouvelle perspective du lieu, la sixième qui figurait sur son cahier, sans compter celle qu'il avait accrochée au mur de sa table de travail dans son atelier de Manhattan. Quand le dessin fut achevé, il le montra au serveur qui ôta sa veste blanche et la lui tendit ; Philip l'enfila aussitôt d'un air complice. Ils permutèrent et le barman vint s'installer sur un tabouret, grillant avec délectation une cigarette pendant que Philip lui racontait l'année écoulée.

Durant toutes ces heures, deux chaises retournées interdisaient l'accès à une table, celle collée contre la baie vitrée. Susan arriva par le vol de 21 heures.

– Comment fais-tu pour avoir cette place chaque fois ?

– D'abord tu me l'as demandé le jour de ton premier départ, et ensuite il y a le talent ! Je t'attendais sur le vol précédent. Cela dit, aussi étrange que cela puisse paraître, je ne l'ai jamais trouvée occupée.

– Les gens savent qu'elle est à nous.

– On commence par la revue de détail physique ou morale ?

– J'ai tellement changé cette année ?

– Non, tu as le visage de quelqu'un qui vient de voyager, c'est tout.

Le serveur déposa la glace rituelle sur la table, Susan sourit et l'éloigna discrètement d'elle.

– Toi, tu as bonne mine, parle-moi de toi.

– Tu ne la manges pas ?

– Je suis barbouillée, le vol a été infernal, et puis j'ai eu peur, on a perdu un moteur.

– Et alors ? demanda-t-il, inquiet.

– Ben tu vois, je suis là, on a fini par le retrouver.

– Tu veux quelque chose d'autre ?

– Non, rien, je n'ai vraiment pas faim. Tu ne m'as pas beaucoup écrit cette année.

– Toi non plus.

– Mais moi j'ai des excuses.

– Lesquelles ?

– Je ne sais pas, c'est toi qui m'as toujours dit que je les cultivais, il faut bien que je m'en serve de temps en temps de tous ces champs d'excuses.

– Prétextes, le mot que j'ai utilisé c'est prétextes ! Qu'est-ce qui ne va pas ? Il faut que j'aille à la pêche aux mots.

– Rien, tout va bien. Et ton boulot ?

– Au train où vont les choses je serai directeur associé dans un an au plus. On a vraiment fait de très belles campagnes cette année, et je vais peut-être avoir un prix. J'ai trois de mes créations dans la presse féminine en ce moment. J'ai même été approché par une maison de couture française. Ils ne veulent discuter qu'avec moi, ce qui me vaut de plus en plus de considération à l'agence.

– Bien, très bien, je suis fière de toi. Tu as l'air heureux en tout cas.

– Toi, tu as l'air très lasse Susan, tu n'es pas malade ?

– Non, je te jure Philip, même pas une petite amibe. À ce sujet, tu en as une en ce moment de petite « amibe » ?

– Ne commence pas ! Oui, et elle s'appelle Mary.

– Ah ! oui c'est ça, j'avais oublié son prénom !

– Ne fais pas cette tête méprisante. Je suis bien avec elle. Nous avons les mêmes goûts pour les livres, pour la nourriture, pour les films, nous commençons à nous faire des amis en commun.

Susan esquissa un sourire narquois.

– C'est pratique ça, et puis ça commence à ressembler à une vraie petite relation socialement établie, quelle excitation !

Elle haussa les sourcils et approcha son visage du sien, comme pour marquer une attention plus soutenue à ses propos, non sans entretenir une certaine ironie.

– Je sais à quoi tu penses Susan, ça ne ressemble peut-être pas à la passion, mais au moins ça ne fait pas mal. Je n'ai pas le cœur comprimé toute la journée par le poids de ses absences, parce que je sais que je la retrouverai le soir. Je ne regarde pas le téléphone tout l'après-midi en me demandant qui des deux a appelé la dernière fois. Je ne redoute pas de m'être trompé dans le choix du restaurant ou dans ma façon d'être habillé, ou de dire quelque chose qui ne lui fasse porter un jugement définitif. Avec elle je n'ai pas l'estomac qui se noue le matin quand je me réveille à ses côtés, parce que en ouvrant les yeux je la retrouve blottie contre moi. Je ne vis pas dans l'attente, mais dans l'instant. Elle m'aime, tel que je suis. Ce n'est peut-être pas encore un amour enflammé qui nous unit, mais c'est un rapport humain. Mary me fait partager le quotidien de son existence, et notre relation prend corps, elle existe.

– Et pan, prends ça dans la gueule, ma grande !

– Ce n'est pas contre toi que je disais ça.

– Préviens-moi le jour où tu me vises, parce que déjà sans le faire exprès tu te débrouilles bien, alors je n'ose pas imaginer ce que tu ferais avec un peu de bonne volonté. Tu parles rudement bien d'elle. Alors la suite ?

Parce qu'il avait baissé les yeux, il ne vit pas l'humeur profonde qui traversa le regard de Susan quand il annonça qu'il songeait à épouser Mary. Elle effaça sa tristesse d'un revers de la main.

– Je suis contente pour toi, cela me pince un peu le cœur de devoir te partager, mais je suis sincèrement heureuse.

– Et toi, quoi de neuf dans ta vie ?

– Rien, rien de nouveau. Le même train-train, c'est un peu le paradoxe. D'ici tout semble exceptionnel, mais de chez moi tout fait désormais partie du quotidien. Entre une naissance et un décès, il y a des populations à nourrir, c'est tout. Il faut que je me sauve. Tu sais, je n'ai pas pu prendre le vol que je voulais et celui qui part pour Washington dans une demi-heure est le dernier, j'y ai enregistré ma valise.

– Ne me mens pas. Tu ne voyages jamais qu'avec ce sac, tu ne veux pas rester pour la nuit ?

– Non, j'ai rendez-vous demain matin à 7 heures là-bas.

Il régla l'addition. En se levant, il contempla la glace qui avait fondu dans sa coupe. Les couleurs s'étaient mélangées et les amandes avaient sombré. Il passa un bras autour de ses épaules et ils marchèrent vers la porte d'embarquement.

Au moment de se dire au revoir, il la regarda droit dans les yeux.

– Tu es sûre que tu vas bien Susan ?

– Mais oui, je suis épuisée c'est tout, et puis arrête, je vais passer deux heures à me regarder dans la glace pour trouver ce qui cloche.

– Tu ne m'avais pas écrit que tu voulais me parler de quelque chose de très important ?

– Pas que je m'en souvienne Philip, ou en tout cas cela

ne devait pas être si important parce que là, maintenant, j'ai oublié de quoi il s'agissait.

Elle tendit son billet à l'hôtesse, se retourna pour plonger dans ses bras. Elle posa ses lèvres sur les siennes. Sans dire un mot, elle se dirigea vers la passerelle. Philip la suivit du regard et cria :

– *Last call** !

Elle s'arrêta aussitôt, et se retourna très lentement. Un sourire arrogant éclairait son visage. Revenant sur ses pas, elle marcha lentement dans sa direction. À quelques mètres de lui elle l'apostropha.

– Qu'est-ce que tu veux dire avec ton « *last call* » ?

– Tu l'as très bien compris, Susan !

Elle fit un signe autoritaire à l'hôtesse qui avait eu un mouvement pour lui interdire de franchir à contresens le comptoir qui les séparait. Elle vint coller son visage contre celui de Philip et, d'une voix ivre de colère, lui souffla :

– Tu sais ce que j'en fais de ton « *last call* » mon vieux ! C'est toi qui prends un risque, pas moi ! Va te marier, fais-lui même un môme si ça te chante. Mais si je changeais de vie, si je décidais un jour de venir te chercher, je te trouverais, même dans les toilettes, et c'est toi qui divorcerais, pas moi !

Elle le saisit par la nuque avec force, l'embrassa sur la bouche, jouant effrontément avec sa langue, puis elle le repoussa soudainement avec la même violence et repartit aussitôt vers son avion sans dire un mot. Du bout du corridor elle hurla : « *Last call !* »

---

* Dernier appel.

Le pays était secoué par les regains de violence du Nicaragua voisin. À l'intérieur des terres les rumeurs laissaient craindre que la révolte des groupes armés ne dépasse les frontières. Le pays le plus pauvre de l'Amérique centrale ne pourrait supporter un nouveau cataclysme. La présence des Peace Corps rassurait la population. Si quelque chose de grave devait se produire, Washington les aurait rapatriés. Le début de l'hiver hondurien s'annonça, avec son lot de destructions. Ce qui n'avait pas été réparé ou consolidé disparaissait, chassé par les averses et les vents violents. Susan luttait contre une fatigue physique qui s'emparait d'elle jour après jour. Son bilan de santé était plus que normal et son moral en pleine saison des pluies.

***

Mi-novembre, Philip emmena Mary passer un week-end sur l'île de Martha's Vineyard. Une longue marche au crépuscule les conduisit au bord de l'océan, à l'heure même où passent au large les baleines. Ils s'assirent sur le sable et s'enlacèrent pour contempler le spectacle. À la nuit tombée, les nuages qui s'accumulaient au-dessus de leurs têtes les décidèrent tous deux à rentrer précipitamment à l'auberge.

***

Sous les éclairs et les coups de tonnerre qui déchiraient le ciel au-dessus de sa maison, Susan n'embrassait plus personne et cherchait dans son lit un sommeil qui ne venait plus.

Trois semaines plus tard, au début de décembre, l'état de siège fut levé chez les voisins nicaraguayens et tout le pays respira de nouveau.

*
* *

À Noël Philip et Mary partirent en vacances au Brésil. À 10 000 mètres d'altitude il colla son visage au hublot en tentant d'imaginer une certaine côte qui se dessinait sous un voile de nuages. Quelque part sous les ailes, un petit toit de tôle ondulée abritait Susan, clouée au lit pour le soir du réveillon et les vingt autres journées qui suivirent.

*
* *

Le soleil revint avec les premiers jours de février. Et le ciel de ses humeurs s'était éclairci en même temps. Susan était sur pied depuis huit jours et son corps reprenait vie. Ses joues avaient retrouvé leurs tonalités. Sa « maladie de fatigue », comme on disait au village, avait eu du bon. Les paysans s'étaient occupés du dépôt, quelques femmes avaient assuré la permanence de l'école et de l'infirmerie et les jeunes s'étaient relayés pour la distribution des vivres que Susan assurait d'ordinaire. Tous avaient été très présents ces derniers temps et leurs liens s'étaient resserrés. Elle marchait dans la rue principale et passait devant la nursery quand le facteur la croisa et s'approcha d'elle. La lettre avait été postée de Manhattan le 30 janvier, elle avait mis presque deux semaines à lui parvenir.

29 janvier 1979, Susan,

Je reviens de Rio et je suis passé par deux fois au-dessus de ton pays. Je me suis pris à imaginer que nous survolions ta maison et que je pourrais t'apercevoir sur le pas de ta porte. Comment se fait-il que je ne sois jamais venu ? Peut-être simplement parce qu'il ne fallait pas, parce que tu ne voulais pas, parce que je n'ai jamais eu ce courage-là. Aussi loin de moi et toujours aussi près, et si étrange que cela puisse te paraître, tu es la première personne (j'ai failli écrire de ma famille) à qui il faut que j'écrive ces mots. Je vais me marier Susan, le soir du réveillon je l'ai demandé à Mary.

La cérémonie aura lieu à Montclair le 2 juillet, viens, je t'en prie. C'est dans six mois, tu as le temps de t'arranger, cette fois-ci pas d'excuse ni de prétexte, sois-là, j'ai besoin de toi à mes côtés, tu es ce que j'ai de plus précieux, je compte sur toi. Je t'embrasse comme je t'aime.

Philip

Elle replia soigneusement la feuille et la fit glisser dans la poche de sa blouse. Elle leva son visage vers le ciel et ses lèvres blanchirent d'être si serrées. Elle se remit en marche dans la rue et elle entra à pas lents dans la crèche.

***

Une fois encore elle brassait dans son unique placard chemisiers et jupes pour choisir ce qu'elle emporterait à Montclair ; c'était au moins le vingtième modèle de nœud papillon que le vendeur présentait à Philip.

Elle refermait derrière elle la porte de sa maison, derrière lui se refermait celle du tailleur ; les bras chargés d'une grande boîte en carton il emportait son costume de marié.

Un paysan l'emmenait vers l'aérodrome où elle prendrait le petit avion pour Tegucigalpa, et qu'importe que ses ailes soient rouge et blanc, tant d'eau avait coulé sous les ponts du Honduras ; c'était Jonathan, son collègue de travail promu garçon d'honneur, qui le conduisait chez le coiffeur.

Par le hublot elle regardait scintiller une rivière au loin ; par la fenêtre de la Buick il regardait les passants déambuler dans les rues de Montclair.

Dans l'église, il arpentait les allées d'un pas nerveux, attendant que l'on vienne lui confirmer que tout était en ordre pour le lendemain ; dans le terminal de l'aéroport de Tegucigalpa, elle faisait les cent pas, attendant l'embarquement d'un Boeing qui décollerait pour la Floride avec quatre heures de retard.

Selon la tradition il ne passait pas la soirée précédant le mariage en compagnie de Mary, et Jonathan le déposait au grand hôtel où ses parents lui avaient réservé une suite ; elle avait pris place à bord, et l'appareil perçait déjà la couche des nuages.

Dans l'avion, elle dînait d'un plateau-repas ; il voulait se coucher tôt et dînait frugalement assis sur son lit.

Elle arrivait à Miami et s'allongeait sur les banquettes du terminal Eastern Airlines, la main enroulée dans la lanière de son gros sac kaki ; il éteignait la lumière et tentait de trouver son sommeil. La dernière correspondance était déjà partie, elle s'endormait.

Au petit matin, elle entra dans les toilettes de l'aérogare et se posta devant le grand miroir. Elle passa son visage sous l'eau et tenta de recoiffer ses cheveux ; il se brossa les dents devant la glace, rinça sa figure et remit ses cheveux en ordre en se frottant le crâne.

Elle jeta un dernier regard sur sa silhouette et quitta les lieux en faisant une moue dubitative ; il quitta sa chambre et marcha vers les ascenseurs.

Elle se rendit à la cafétéria et commanda un grand café ; il retrouva ses amis autour du buffet de l'hôtel.

Elle choisit un beignet au sucre ; il en remit un dans son assiette.

Au milieu de la matinée il remonta dans sa chambre pour commencer à se préparer ; Susan tendit sa carte d'embarquement à l'hôtesse.

– Vous n'avez pas de salon de coiffure à bord ?

– Je vous demande pardon ?

– Regardez-moi : je vais à un mariage en descendant de cet avion ! Ils vont me faire entrer par la porte de service !

– Il faudrait que vous avanciez mademoiselle, vous ralentissez la file.

Elle haussa les épaules et s'engagea dans la passerelle. Il prit le cintre dans la penderie et enleva la housse de plastique qui protégeait son smoking. D'une boîte en carton blanc il sortit sa chemise et la déplia ; elle s'assoupit dans son fauteuil, le visage collé au hublot.

Quand toutes les pièces qui composaient son habit furent disposées en ordre sur le couvre-lit, il entra dans la salle de bains ; elle se leva et se dirigea vers l'arrière de l'appareil.

Il chercha son rasoir, étala une boule de mousse sur son menton, de l'index il redessina le contour de sa bouche et tira la langue à son reflet dans le miroir ; dans les toilettes, elle passa son doigt sous ses paupières, ouvrit sa trousse et se maquilla. Dans un haut-parleur le steward annonçait que la descente vers Newark avait commencé, elle regarda sa montre, elle était en retard ; escorté de ses témoins il monta à bord de la limousine noire qui l'attendait devant l'hôtel.

Le tapis à bagages lui restitua son gros sac difforme dont elle mit la lanière à l'épaule. Elle marchait en direction de la sortie ; il venait d'arriver sur le parvis de l'église et serrait quelques mains en gravissant les marches.

Elle passa devant le bar, tourna la tête et, les yeux humides, fixa la petite table collée contre la vitre ; il franchit le seuil des grandes portes et, sous la voûte en pierre, contempla la nef.

Il s'engagea d'un pas lent et la chercha de part et d'autre de l'allée centrale parmi les invités qui venaient de se lever, mais il ne la vit pas ; elle jeta son baluchon sur la banquette arrière d'un taxi qui venait de se ranger le long du trottoir. Dans un quart d'heure elle serait à Montclair.

Tous les convives s'étaient retournés aux premières notes de l'orgue. Mary était apparue au bras de son père dans la lumière diaphane de l'entrée. Elle avançait vers le chœur, sans que les traits de son visage ne trahissent d'émotion, ils se contemplaient fixement, comme si un fil était tendu entre leurs deux regards. Les lourdes portes se refermèrent. Quand Mary arriva à ses côtés, il lança un dernier coup d'œil à l'assistance, à la recherche d'un visage qu'il ne trouvait toujours pas.

Le taxi jaune vint se garer devant le parvis désert. Existe-t-il une forme de magie qui vide les trottoirs autour des lieux de culte le temps des enterrements et des mariages ? Appesantie par la fatigue d'un bien trop long voyage, elle avait l'impression que les marches se dérobaient sous ses pas. Elle poussa doucement la porte latérale, pénétra dans l'église et laissa glisser son baluchon au pied d'une statue.

Saisie à la vue des deux êtres qui se tenaient debout face à l'autel, elle avança lentement par la travée de droite, marquant un temps d'arrêt à chaque pilier. Quand elle parvint au milieu de la coursive, le chant s'interrompit pour laisser place à un long silence de recueillement. Interdite, elle observait. L'homme de Dieu reprit sa liturgie, et elle sa progression. Elle avança jusqu'à la dernière colonne. De là, elle pouvait entrevoir Philip de profil. De Mary elle n'apercevait que la courbe du dos et la traîne soyeuse de sa robe. Quand vint le moment de l'union, les yeux de Susan s'emplirent de larmes. Silencieuse, elle recula à pas feutrés, se guidant dans sa retraite de la main gauche qui effleurait maladroitement les dossiers des bancs. Elle reprit son sac à l'ange Gabriel et ressortit sur le parvis, dévala les marches et s'engouffra dans un taxi. Elle en ouvrit la fenêtre et contempla les portes de l'église. Entre deux sanglots contenus, elle murmura à voix basse à l'unisson du prêtre : « Si quelqu'un a une raison valable de s'opposer à cette union, qu'il parle maintenant ou se taise à jamais... »

Le taxi démarra.

***

Penchée sur la tablette de l'avion qui la ramenait chez elle, elle rédigea une lettre.

2 juillet 1979,

Mon Philip,

Je sais combien tu dois m'en vouloir de ne pas avoir été là le jour de ton mariage. Il n'y avait ni excuse, ni prétexte cette fois-ci, je te le jure. J'ai tout fait pour venir, mais au dernier moment un sale orage m'a empêchée de te rejoindre. J'ai été avec toi par la pensée pendant toute la cérémonie. Tu devais être sublimement beau dans ton smoking et je suis certaine que ta femme était rayonnante elle aussi, qui ne l'aurait pas été en t'épousant ? Les yeux fermés je t'ai suivi pas à pas au cours de ces instants magiques. Je sais que tu es heureux désormais et quelque part ce bonheur me fait du bien à moi aussi.

J'ai décidé d'accepter ce poste que l'on me proposait. Je pars vendredi m'installer dans les montagnes pour établir un nouveau centre. Ne m'en veux pas de moins t'écrire au cours des prochains mois, mais je serai désormais à deux jours de piste de ce qui ressemblait déjà à peine à notre civilisation et poster une lettre relèvera de l'impossible, tout comme en recevoir. Tu sais, je suis contente de ce nouveau défi, j'emporterai la nostalgie des gens de mon village, de cette maison que Juan m'avait construite et des souvenirs qu'elle contenait déjà ; il faudra presque tout recommencer à zéro, mais je trouve dans la confiance qu'ils m'accordent la reconnaissance de mes pairs.

Bonne vie mon Philip, au-delà de toutes mes absences et de tous mes manques, je t'aime fidèlement depuis toujours et aussi pour toujours.

Susan

P.-S. : N'oublie quand même pas ce que je t'avais dit à l'aéroport...

6.

La pluie ruisselait le long des tuiles de bois. Installé sous la charpente, s'éclairant à la lumière d'une seule lampe, il corrigeait ses dernières esquisses. Comme chaque week-end, Philip récupérait les retards accumulés dans son travail de la semaine. Il avait décoré son bureau en s'inspirant du style Adirondacks. Des bibliothèques ajourées étaient apposées sur le mur de droite. Sur la gauche, deux gros fauteuils en cuir usé, séparés par un petit guéridon en bouleau et un lampadaire en fer forgé, invitaient au confort. Placé au juste milieu de la pièce, sous la lucarne qui diffusait un éclairage zénithal, son plan de travail avait la forme d'un grand cube de bois blanc. Six personnes pouvaient aisément prendre place autour. De temps en temps, il relevait la tête et posait son regard sur les carreaux de la fenêtre qui vibraient sous la force des bourrasques de vent.

Avant de replonger dans ses dessins il jeta un coup d'œil à la photo de Susan dans son entre-deux-verres sur l'une des étagères. Tant de temps s'était écoulé depuis le jour de son mariage. Au milieu de la table trônait aussi le petit coffre ancien qui contenait toutes ses lettres. Il était cadenassé, mais la clé restait toujours sur le couvercle.

Combien d'années avaient passé sans qu'ils ne s'écrivent ? Sept, huit, neuf peut-être ? Dans l'angle de la pièce, l'échelle conduisait à l'étage inférieur où les chambres à coucher s'effaçaient déjà dans la pénombre de cette journée sans lumière qui tirait à sa fin. L'escalier en bois blanc qui faisait face à la porte d'entrée séparait le rez-de-chaussée de la maison en deux espaces de vie. Mary était restée tout l'après-midi assise à la grande table de la cuisine américaine et tournait lentement les pages d'un magazine, laissant errer ses pensées. Par-delà la porte coulissante, elle regarda Thomas, leur petit garçon de cinq ans absorbé dans un jeu, puis elle tourna son regard vers la pendule ronde accrochée au-dessus de la gazinière. Il était 18 heures, elle referma son journal, se leva, fit le tour du comptoir et commença à préparer le dîner. Philip descendit de son bureau une demi-heure plus tard, comme chaque soir, et il finit de l'aider à dresser la table. Après l'avoir embrassée, ses deux « hommes » s'installèrent chacun à leur place. Thomas fut le plus bavard, commentant sa dernière partie contre les extra-terrestres qui tentaient d'envahir l'écran de télévision.

À la fin du repas, Philip voulut entreprendre une nouvelle fois de l'initier aux échecs, mais Thomas trouvait idiot que le fou ne se déplace qu'en diagonale, et puis le seul « truc rigolo » n'était-il pas de faire avancer tous les pions en même temps pour attaquer les tours du château fort ? La tentative se termina en partie de mistigri. Plus tard dans la soirée, lorsque le petit garçon serait bordé, l'histoire du soir contée, Philip redescendrait dire bonsoir à sa femme et il retournerait dans son bureau. « J'aime mieux travailler encore et avoir du temps avec vous demain » arguerait-il au sourire de Mary. Il la retrouverait « plus tard », pour la rejoindre dans le sommeil et la tendresse de ses bras.

La pluie ne s'était arrêtée qu'à l'aube et les trottoirs détrempés luisaient encore dans la pâleur du matin. Thomas s'était levé et descendait au salon. Mary avait entendu craquer les marches. Elle enfila le peignoir de bain qu'elle avait abandonné au pied de son lit. Le petit garçon était déjà en bas de l'escalier lorsque la sonnette de la porte d'entrée retentit. Il posa sa main sur la poignée pour l'ouvrir.

– Tom, je t'ai dit cent fois de ne pas toucher à la porte !

L'enfant interpellé se retourna et fixa sa mère du regard. Elle descendit le rejoindre, fit passer son fils derrière elle et ouvrit. Une femme habillée d'un tailleur bleu marine dont le sérieux détonnait avec l'atmosphère de ce dimanche d'automne se tenait sur le perron, aussi droite qu'un bâton.

Mary releva son sourcil gauche, elle cultivait précieusement cette expression qui déclenchait les rires de son enfant et le sourire de son mari. Cette mimique était devenue une façon coutumière de marquer son étonnement.

– Je suis bien chez M. Nolton ? demanda l'inconnue.

– Et chez Mme Nolton également !

– Il faut que je voie votre mari, mon nom est...

– Un dimanche avant le passage du laitier, quoi de plus naturel !

La femme ne chercha pas à finir de se présenter, pas plus qu'à s'excuser de son intrusion matinale. Elle insista, elle devait voir Philip au plus tôt. Mary voulut savoir ce qui justifiait qu'elle le réveille le seul jour de la semaine où il pouvait se reposer. « Je dois le voir » n'étant pas suffisant à ses yeux, elle l'invita froidement à revenir à une heure plus décente.

La femme adressa furtivement un regard à la voiture garée devant la maison et réitéra sa demande.

– Je sais qu'il est très tôt chez vous, mais nous avons voyagé toute la nuit, et notre avion va repartir dans quelques heures. Nous ne pourrons pas attendre.

Mary prêta alors attention au véhicule garé devant chez elle. Un homme de forte corpulence tenait le volant. Il y avait une autre femme à l'avant, la tête collée à la vitre. Elle était trop loin pour que Mary distingue ses traits même en plissant les yeux. Il lui sembla pourtant que leurs regards s'affrontaient. Il avait suffi de ces quelques secondes d'inattention pour que l'intruse tente de forcer le passage. Elle avait élevé la voix et appelait Philip à tue-tête. Mary lui claqua aussitôt la porte au nez.

– Qu'est-ce qui se passe ?

Philip était apparu en haut de l'escalier, Mary se retourna en sursautant.

– Je n'en sais rien, une folle qui te réclame, répondit-elle agacée, et qui ne veut certainement pas m'avouer qu'elle est une de tes ex, à moins que ce ne soit sa copine qui attend dans la voiture garée devant chez nous !

– Je ne comprends rien de ce que tu dis. Où est Thomas ? demanda-t-il, embrumé, en descendant les marches.

– Au Sénat, il donne une conférence ce matin !

Il passa devant Mary en bâillant, l'embrassa sur le front et ouvrit la porte. La femme n'avait pas bougé d'un centimètre.

– Pardon d'avoir dû vous réveiller ainsi, je dois absolument vous parler.

– Je vous écoute, répondit-il sèchement.

– En privé ! ajouta-t-elle.

– C'est le cas devant ma femme.
– J'ai des instructions très précises.
– À quel sujet ?
– « En privé » en fait partie.

Philip adressa un regard interrogateur à Mary, elle lui retourna l'un de ses mouvements singuliers de sourcil, appela son fils à venir prendre son petit déjeuner immédiatement et s'en alla dans la cuisine. Il fit entrer au salon la dame en bleu, qui referma derrière elle les portes coulissantes, déboutonna son tailleur et prit place dans le canapé.

Philip n'avait toujours pas réapparu. Mary débarrassait la table du petit déjeuner, surveillant d'un œil la pendule qui égrenait de trop longues minutes. Elle posa son bol dans l'évier et se dirigea vers le living-room, décidée à interrompre cet entretien qui n'en finissait plus. Lorsqu'elle passa devant l'escalier, les portes du salon s'ouvrirent. Philip sortit le premier, Mary voulut s'avancer mais le geste qu'il fit de la main l'arrêta. La femme la salua d'un signe de tête et alla attendre sous le porche. Il monta les marches en courant pour redescendre quelques instants plus tard, vêtu d'un pantalon de toile et d'un pull à grosses mailles. Il passa devant sa femme éberluée sans même lui adresser un regard. À peine sorti, il se retourna et lui enjoignit de l'attendre à l'intérieur. Elle ne l'avait jamais connu autoritaire.

De la petite fenêtre à côté de la porte d'entrée, Mary le vit suivre dans l'allée celle qui allait perturber beaucoup plus que le cours de leur dimanche.

La femme qui avait attendu à la droite du chauffeur sortit de la voiture. Philip s'immobilisa et la fixa longuement. Elle fuit son regard, ouvrit la portière arrière et s'installa sur la banquette. Aussitôt il contourna le véhicule pour venir prendre place à ses côtés. Une pluie fine se remit à tomber. Mary ne pouvait distinguer ce qui se passait à l'intérieur, ni se défaire de l'anxiété qui la gagnait.

– Mais qu'est-ce qu'ils foutent bon sang !

– Qui ? répondit Thomas sans quitter des yeux l'écran de télévision.

– Ton père, murmura-t-elle.

Mais l'enfant absorbé par son jeu ne prêtait déjà plus qu'une attention distraite à sa mère. À en juger par les mouvements de ses bras, Philip était très agité. La mystérieuse conversation n'en finissait plus, et Mary songeait à remonter enfiler des vêtements pour aller les rejoindre, quand elle le vit soudainement réapparaître. À demi masqué par la voiture, il lui fit un signe du bras qui ressemblait à un au revoir. Incrédule, Mary trépigna d'impatience lorsqu'elle vit son mari remonter dans la Chrysler.

– Tom, va me chercher tes jumelles tout de suite !

À la véhémence de sa mère Thomas comprit que le moment n'était pas à la discussion. Il appuya sur la touche « pause » de sa manette de jeu et grimpa l'escalier à toutes jambes. Il plongea en apnée dans son coffre à jouets afin d'en extraire l'objet, et également les accessoires indispensables auxquels sa mère n'avait pas pensé. Quelques minutes plus tard, ayant enfilé son casque, sa veste de combat et son petit filet de camouflage vert, passé les cartouchières en bandoulière, agrémenté sa ceinture de survie du couteau en caoutchouc, de la gourde, du revolver et du talkie-walkie de son déguisement de combat, il se présenta derrière Mary, la saluant de son petit bras gauche.

– Je suis prêt, dit-il au garde-à-vous.

Elle ne prêta aucune attention à la tenue de son fils et lui arracha des mains les lunettes binoculaires. Le faible grossissement et les multiples rayures sur les verres n'améliorèrent pas grandement sa vision. Elle devinait difficilement son mari dissimulé par l'autre passagère. Il était penché en avant, comme s'il allait poser la tête sur ses genoux. L'anxiété eut raison de sa patience, elle sortit sur le perron, les deux mains posées sur les hanches. Le moteur venait de se mettre à ronronner et Mary sentit les battements de son cœur s'accélérer. La portière s'ouvrit et Philip réapparut sous la pluie ; elle ne distinguait que sa tête, son corps était toujours masqué par la voiture. De nouveau il fit un geste timide de la main droite en reculant d'un pas, et la voiture s'éloigna lentement. Mary observait Philip, immobile au milieu de la rue déserte, abandonné au seul bruit des éclats des gouttes sur l'asphalte.

Elle ne comprenait pas ce qu'elle voyait.

Le bras tendu de Philip se prolongeait d'une main légère cramponnée à la sienne. Le baluchon qu'elle tenait fermement de l'autre ne devait pas peser bien lourd.

C'est ainsi que Mary la vit pour la première fois avec son ballon rouge, dans cette lumière pâle où le temps se fige. Ses cheveux noirs en désordre tombaient sur ses épaules, la pluie dégoulinait sur sa peau métissée. Elle paraissait bien mal à l'aise dans ses vêtements étroits.

Sous l'orage qui se mit à gronder, ils remontèrent le chemin à pas lents. Lorsqu'ils arrivèrent tous les deux sous l'auvent Mary voulut le questionner aussitôt, mais il avait déjà baissé la tête, pour mieux tenter de taire sa tristesse.

– Je te présente Lisa, la fille de Susan.

Devant la porte de leur maison, une petite fille de neuf ans dévisageait Mary.

– Maman est morte.

II

7.

Mary recula pour les laisser entrer dans la maison. À leur passage, Thomas se remit immédiatement au garde-à-vous. Mary dévisageait Philip.

– J'ai dû rater un épisode, mais tu vas m'en faire le résumé !

La gorge serrée, il n'essaya pas de parler. Il lui avait simplement tendu l'enveloppe qu'il tenait à la main, et, sans plus attendre, monta changer l'enfant. Mary les vit disparaître dans le couloir et chercha un début de réponse dans la lettre qu'elle venait de déplier.

Mon Philip,

Si tu lis ces mots c'est que c'est moi qui avais raison. Avec mon sale caractère je n'ai pas su te le dire au juste moment, mais j'avais fini par t'écouter et accepter d'avoir cette enfant dont je ne connais pas le père. Ne me juge pas, la vie est ici si différente de tout ce que tu as pu imaginer, et la dureté des jours appelle parfois le besoin de se réconforter auprès d'hommes de passage. Pour me sauver de la détresse, de l'abandon de soi-même, de cette peur de mourir qui me hante, de cet idiot désespoir d'être seule, il fallait que je sente parfois monter en moi la chaleur de leur existence, pour me souvenir aussi que j'étais en vie. Fréquenter la mort au quotidien, c'est vivre une profonde et envahissante solitude, une contagion. Je me suis répété cent fois qu'on n'invente pas la vie au milieu de cet univers, mais quand mon ventre s'est arrondi, je me suis prise à vouloir te croire. Porter Lisa en moi était comme trouver de l'air au fond de l'eau, un besoin devenu vital. Et pourtant, comme tu le vois, c'est la nature qui a triomphé de mes raisons. Te souviens-tu de ta promesse à Newark, que « s'il m'arrivait quelque chose » tu serais toujours là ? Mon Philip, si tu lis ces lignes c'est qu'il m'est arrivé quelque chose d'assez définitif ! Je t'ai cru, et j'ai accepté Lisa avec cette certitude que si je ne pouvais plus continuer, tu prendrais alors le relais de ma propre vie. Pardon de te jouer ce sale tour. Je ne connais pas Mary, mais par tes mots je sais qu'elle aura la générosité de l'aimer. Lisa est une petite fille sauvage, les premières années de sa vie n'auront pas été les plus gaies. Apprivoise-la, offre-lui cet amour que je ne peux plus lui donner désormais, je te la confie maintenant, dis-lui un jour que sa mère fut et restera dans ta mémoire, je l'espère, ta complice d'ailleurs. Je pense à vous, je t'embrasse mon Philip. J'emporte avec moi les meilleurs souvenirs de ma vie, le regard de Lisa et les journées de nos adolescences.

Susan

Mary froissa la lettre, cherchant à enfermer au creux de la boule de papier le sentiment de refus qui s'installait. Elle contempla son fils qui avait conservé son garde-à-vous. Elle s'efforça de sourire : « Repos ! » Thomas fit un demi-tour sur ses talons et rompit sur-le-champ.

Elle était assise à la table de la cuisine. Ses yeux allaient de la fenêtre à la lettre qu'elle serrait entre ses phalanges. Philip redescendit seul.

– Je lui ai fait prendre un bain et elle a voulu se coucher, ils ont voyagé toute la nuit et elle ne veut pas manger, je crois que cela ne sert à rien d'insister. Je l'ai installée dans la chambre d'amis.

Elle resta silencieuse. Il se leva, ouvrit le réfrigérateur et se servit un jus d'orange, cherchant à travers ces gestes simples à retrouver une contenance. Mary ne disait rien, suivant son mari du regard.

– Nous n'avons pas le choix, je ne peux pas la laisser aux services sociaux, je pense qu'elle a eu sa dose d'injustice et d'abandon.

– Elle est abandonnée ? répliqua-t-elle d'un ton sarcastique.

– Sa mère est morte et elle n'a pas de père, tu vois une différence ?

– Et je suppose que tu te proposes d'être celui qui fera la différence ?

– Avec toi, Mary !

– Pourquoi pas ? Je passe des heures, des journées, des week-ends, des soirées à t'attendre. J'ai mis comme une conne un terme à ma carrière de journaliste pour m'occuper de ta maison et de ton fils. Je suis devenue la parfaite femme d'intérieur de ta vie, pourquoi m'arrêterais-je dans la bêtise ?

– Parce que tu trouves que ta vie n'est faite que de sacrifices ?

– Ce n'est pas le sujet, jusque-là c'est encore moi qui l'ai choisie cette vie, mais ce que tu fais là, c'est m'enlever ce dernier privilège.

– Je voudrais seulement que nous partagions cette aventure.

– C'est ta définition d'une aventure ? Moi, cela fait deux ans que je te supplie de vivre avec moi une autre aventure : un second enfant, et toi cela fait deux ans que tu me réponds que ce n'est pas le moment, que nous n'en avons pas les moyens, deux longues années que tu te fous totalement de savoir ce que je ressens. Cette relation qui était supposée être la nôtre est devenue au fil des ans la tienne. C'est à moi qu'il revient de partager tes horaires, tes envies, tes soucis, tes contraintes, tes humeurs et maintenant l'enfant d'une autre, et quelle autre !

Philip ne répondit pas. Il se tordait les doigts, hochant lentement la tête et fixant sa femme dans les yeux. Les traits de Mary étaient crispés et les petites rides qui s'étaient formées aux coins de ses yeux – au grand désespoir des longs moments passés devant sa glace à tenter de les dissimuler – annonçaient l'arrivée imminente de larmes de colère. Avant même qu'elles apparaissent, elle passa le revers de sa main sur ses paupières, comme pour prévenir des cernes, inutiles et dommageables.

– Comment est-ce arrivé ?

– Elle est morte dans la montagne, au cours d'un ouragan...

– Je m'en moque, ce n'est pas ce que je te demande, comment as-tu pu faire cette promesse absurde ? Comment as-tu pu ne jamais m'en parler ? Ce n'est pas faute d'avoir entendu du Susan par-ci, Susan par-là ; certains jours j'avais l'impression qu'en ouvrant le placard de la salle de bains j'allais me trouver nez à nez avec elle.

Philip essaya de parler d'un ton calme et posé. Cette promesse remontait à une conversation vieille de dix ans.

C'était une phrase « comme ça », pour avoir raison dans un débat stérile. Il n'en avait jamais parlé parce qu'il avait oublié, et il n'aurait jamais pu imaginer qu'une telle situation se produirait, comme il n'avait jamais songé que Susan finirait par avoir un enfant. Et puis ces dernières années leurs lettres s'étaient espacées, et Susan n'avait jamais fait la moindre allusion à sa fille. Mais ce qu'il avait encore moins imaginé, c'était qu'elle disparaisse.

– Et qu'est-ce que je suis censée dire ? demanda Marie.

– À qui ?

– Aux autres, en ville, à mes amies ?

– Tu crois que c'est vraiment le fond du problème ?

– Pour moi c'en est un parmi tous ceux qui se posent ! Tu peux te foutre totalement de notre vie sociale, mais moi j'ai mis cinq ans à la construire, et ce n'est pas grâce à toi.

– Tu leur diras que ça ne sert à rien d'aller à la messe tous les dimanches si on n'a pas le cœur assez grand pour faire face à ce type de situation.

– Mais ce n'est pas toi qui vas t'en occuper, toi tu continueras tes soirées de travail là-haut, c'est ma vie qui va changer du tout au tout !

– Pas plus que si nous avions eu un autre enfant.

– Pas un autre enfant, bon sang, notre enfant !

Mary se leva d'un bond.

– Moi aussi je vais me coucher ! hurla-t-elle en empruntant l'escalier.

– Mais il est 9 heures du matin ?

– Et alors ! On en est à un truc anormal près, aujourd'hui ?

Arrivée à l'étage, elle marcha d'un pas ferme, s'arrêta au milieu du couloir, fit demi-tour, hésitante, et se dirigea vers la pièce où Lisa dormait. Elle entrebâilla la porte sans faire de bruit. L'enfant allongée sur son lit tourna la tête et la fixa sans dire un mot. Mary esquissa un sourire gêné et referma la porte. Elle entra dans sa chambre et s'allongea sur son lit, fixant le plafond en serrant ses poings pour tenter de contenir sa colère. Philip la rejoignit, il s'assit à ses côtés et lui prit la main.

– Je suis désolé, si tu savais comme je suis désolé.

– Mais non tu ne l'es pas. Tu n'as jamais pu avoir la mère, tu as sa fille maintenant ! C'est moi qui suis désolée, je n'ai jamais désiré ni l'une ni l'autre.

– Aujourd'hui tu n'as pas le droit de dire une chose pareille.

– Aujourd'hui je ne vois vraiment pas ce que je peux m'interdire de dire, Philip. Deux ans que tu fais la moue, que tu contournes la question, que tu t'éloignes de notre couple avec mille et une bonnes excuses puisque ce sont les tiennes. Ta Susan t'envoie sa fille et tous les problèmes vont se régler comme par enchantement, à un détail près : c'est une histoire qui surgit de ta vie mais pas de la mienne.

– Susan est morte Mary, je n'y suis pour rien, tu peux ignorer totalement mon chagrin, mais pas une enfant, bon sang, pas une enfant !

Mary se redressa, et sa voix emportée par la rage de l'impuissance se mit à trembler quand elle hurla : « Elle me fait chier ta Susan ! » Philip fixait le rebord de la fenêtre pour éviter de croiser les yeux de sa femme. « Mais regarde-moi bon sang ! Je voudrais que tu aies au moins ce courage-là ! »

De sa chambre où des sons indistincts lui parvenaient Lisa se retourna sous la couette et enfouit sa tête dans son oreiller. Elle y pressait son visage si fortement que ses cheveux semblaient se fondre dans la taie. Les cris étaient moins forts que les grondements de certains orages, mais la peur qu'ils provoquaient était la même. Elle aurait voulu pouvoir cesser de respirer, mais elle savait que c'était impossible, toutes les tentatives des deux précédentes semaines avaient échoué. Le ventre noué, elle mordit sa langue de plus en plus fort, comme sa mère lui avait appris à le faire : « Quand tu sens le goût du sang dans ta bouche, c'est que tu es en vie, et quand tu es en danger, tu ne dois penser qu'à une seule chose, ne pas abandonner, ne pas renoncer, rester en vie. » Le liquide tiède s'écoula dans sa gorge, elle se concentra sur cette sensation et fit le vide en elle. Les exhortations de Philip continuaient de lui parvenir du fond du couloir, parfois entrecoupées de silences. À chaque éruption de colère, elle enfouissait un peu plus son visage dans l'oreiller comme si des coulées de mots allaient l'emporter, à chaque effervescence elle fermait un peu plus les yeux, au point que parfois des étoiles scintillaient sous ses paupières.

Elle entendit la porte de la chambre d'à côté claquer et les pas d'un homme qui descendait l'escalier.

Philip se rendit dans le salon, et s'abandonna sur le canapé, les coudes sur les genoux, la tête entre les mains. Thomas attendit quelques minutes avant de rompre le silence.

– Tu fais une partie avec moi ?

– Pas maintenant mon grand

– Elles sont où les filles ?

– Chacune dans une chambre

– Tu es triste ?

Il n'y eut aucune réponse. Assis sur la moquette, le petit garçon haussa les épaules et retourna à son jeu. Le monde des adultes est parfois bien étrange. Philip s'assit derrière lui et l'entoura de ses bras.

– Tout va s'arranger, dit-il d'une voix feutrée.

Il prit une des deux manettes du jeu.

– À quoi veux-tu perdre ?

Au premier virage la Lamborghini de Thomas envoya la Toyota de son père dans le fossé.

Mary redescendit vers midi. Sans dire un mot elle alla dans la cuisine, ouvrit le réfrigérateur et commença à préparer le repas. Ils déjeunèrent tous les trois. Lisa avait fini par s'endormir. Thomas se décida à parler :

– Elle va rester ? Ce n'est pas normal si elle devient ma grande sœur, c'est moi qui étais là en premier !

Mary laissa échapper le saladier qu'elle apportait à table. Elle foudroya Philip du regard, qui ne répondit pas à la question de son fils. Thomas amusé regarda la salade répandue sur le carrelage et croqua à pleines dents dans son épi de maïs. Il se tourna vers sa mère :

– Ça peut être bien ! dit-il encore.

Philip s'était levé pour ramasser les morceaux de verre éparpillés.

– Qu'est-ce que tu trouves bien ? lui demanda-t-il.

– Je voulais bien d'un frère ou d'une sœur, mais je ne voulais pas qu'il me réveille la nuit avec des cris de bébé, et les couches ça sent mauvais ! Elle est trop vieille pour me piquer mes jouets... C'est joli sa couleur de peau, à l'école ils vont être jaloux...

– Je crois que nous avons compris ton point de vue ! reprit Mary, sans le laisser achever sa phrase.

La pluie avait redoublé d'intensité et ne laissait pas entrevoir la possibilité d'une sortie dominicale. Sans rien dire Mary composa un sandwich. Sur une tranche de pain de mie qu'elle tartina de mayonnaise, elle déposa de la salade, puis une tranche de jambon, hésita, remplaça le jambon par du poulet, hésita à nouveau, replaça la tranche de jambon sur le poulet et recouvrit le tout d'une autre tranche de pain. Elle déposa sa composition sur une soucoupe qu'elle protégea d'une feuille de cellophane et qu'elle rangea dans le réfrigérateur.

– Si la petite a faim en se réveillant, il y a une assiette pour elle au frais, dit-elle.

– Tu sors ? questionna Thomas.

– Je vais passer l'après-midi chez mon amie Joanne, je reviendrai pour ton bain, répondit-elle.

Elle monta aussitôt se changer. En sortant de la maison elle embrassa son fils, dévisageant Philip qui se tenait dans l'escalier. Le reste de la journée s'écoula comme passe un dimanche d'automne, les longues minutes ne se distinguaient les unes des autres que par la lumière du jour qui faiblissait. Elle rentra vers 17 heures et s'occupa de Thomas. Lisa dormait encore lorsqu'ils se réinstallèrent autour de la table pour dîner.

Elle prit tout son temps dans la salle de bains, attendant volontairement que Philip soit couché pour le rejoindre. Elle avait éteint la lumière en entrant et s'allongea à l'extrémité du lit. Philip laissa passer quelques minutes et brisa le silence.

– Tu as tout raconté à Joanne ?

– Oui, j'ai vidé mon sac si c'est ce que tu veux savoir.

– Et qu'est-ce qu'elle t'a dit ?

– Qu'est-ce que tu voulais qu'elle me dise ? Que c'est épouvantable !

– C'est le mot, c'est épouvantable.

– Elle parlait de ce qui m'arrive Philip, maintenant laisse-moi dormir.

Philip avait laissé la lumière du couloir allumée pour que Lisa trouve son chemin vers les toilettes si elle se réveillait. À 3 heures du matin ses yeux s'ouvrirent comme ceux d'une poupée que l'on redresse. Elle scruta la pièce plongée dans la pénombre, cherchant à comprendre où elle se trouvait. L'arbre qui se penchait contre la fenêtre secouait frénétiquement ses branches, semblant agiter des bras trop longs pour lui. Des houppes de feuilles fouettaient les carreaux comme pour en chasser les grosses gouttes ruisselantes. Elle se leva, sortit dans le couloir et descendit l'escalier à pas feutrés. Dans la cuisine elle ouvrit le réfrigérateur. Elle sortit l'assiette, souleva un coin de la feuille de cellophane, huma le sandwich et la reposa aussitôt sur la clayette.

Elle s'empara du paquet de pain de mie, en sortit une tranche, prit dans la coupe de fruits une banane qu'elle écrasa avec une fourchette en la mélangeant avec du sucre roux. Elle étala soigneusement son mélange sur le pain et dévora sa tartine avec un appétit vorace. Elle rangea ensuite chaque chose à sa place, ignora le lave-vaisselle et entreprit de nettoyer son assiette ainsi que tout ce qui restait dans l'évier.

En sortant, elle jeta un dernier regard vers la cuisine et, toujours dans la pénombre, rejoignit son lit.

Huit jours s'écoulèrent, dessinant pour Mary les contours d'une vie qui basculait dans un univers qui n'était plus le sien. Parce qu'elle avait été notifiée dès sa naissance au consulat, la nationalité américaine de Lisa n'était pas remise en cause. La lettre de Susan qui indiquait la donation définitive à Philip de la petite Lisa, née le 29 janvier 1979 à 8 h 10, dans la vallée de Sula, Honduras, de Mlle Susan Jensen et de père inconnu, avait fini par être enregistrée au terme d'une longue série de démarches fastidieuses. Bien que les collègues de Susan aient eu l'idée précieuse de faire authentifier le document par un notaire de l'ambassade américaine avant d'accompagner l'enfant jusque dans le New Jersey, Philip et Lisa passèrent la journée du lundi à déambuler dans les dédales de l'administration. Il leur avait fallu arpenter des couloirs, gravir le grand escalier en pierre blanche qui conduisait vers un immense hall aux murs recouverts de bois, un peu comme ceux du palais de la présidence dont Susan lui parlait occasionnellement. Au commencement elle avait eu un peu peur, sa mère ne lui disait-elle pas toujours que les palais étaient des lieux dangereux, emplis de militaires et de policiers ? Elle ne voulait jamais l'emmener avec elle quand elle devait s'y rendre. Le président qui habitait ce palais-là ne devait pas être un homme très important, car il n'y avait que deux soldats près du portique où il fallait déposer les sacs, comme à l'aéroport. Pour échapper à l'ennui, elle avait compté les dalles de marbre au sol, il y en avait au moins mille, cinq cents brunes et cinq cents blanches. Elle n'avait pas pu achever son calcul, l'homme derrière le comptoir avait fini par indiquer à Philip la direction à prendre, celle d'un autre escalier avec un tapis rouge et noir celui-là. Ils avaient erré d'un bureau à un autre pour collecter des papiers de couleurs différentes et puis refaire la queue devant d'autres guichets. « C'était un jeu de piste, géant, inventé rien que pour les grands », sauf qu'à voir leur mine triste, ceux qui organisaient le divertissement n'avaient pas l'air de beaucoup s'amuser. Lorsque Philip livrait les bonnes réponses sur l'imprimé, l'homme ou la femme assis derrière la vitre le tamponnait et lui soumettait un nouveau questionnaire à remplir et à remettre dans une autre salle. Ils reprenaient aussitôt un autre corridor, parfois le même en sens inverse, celui qui avait trente et une lampes accrochées au plafond, une tous les dix carreaux blancs et noirs au sol, le plus long et le plus large, empruntaient un escalier, cherchaient la grande personne qui les dirigeait vers la prochaine étape. Philip lui tendait toujours la main, mais Lisa s'obstinait à marcher quelques pas à côté ou devant lui. Elle détestait l'idée qu'on la retienne, sa mère n'avait jamais fait une chose semblable. De retour dans la voiture il avait l'air d'être content, il avait gagné. Ils repartaient munis d'une dernière feuille rose qui faisait provisoirement de lui son tuteur légal. Dans six mois, il faudrait revenir et rencontrer un juge qui octroierait la filiation adoptive définitive. Lisa se jura de demander alors ce que voulaient dire les mots « tuteur » et « filiation adoptive », mais « plus tard, pas maintenant ». À la maison Mary avait encore l'air d'être contrariée, elle avait totalement ignoré leur papier. « C'était parce qu'elle n'avait rien gagné qu'elle faisait cette tête-là, mais cela n'était pas juste puisqu'elle n'était pas venue jouer avec eux. »

Le mardi fut consacré à inscrire Lisa à l'école. Elle n'imaginait pas qu'il en existait d'aussi grandes. Susan lui avait parlé de l'université... Elle se demanda si Philip ne se trompait pas sur son âge. La grande cour était revêtue d'un sol qui s'enfonçait un peu sous les pieds. Dans un angle il y avait des échelles de toutes les couleurs, un tourniquet et deux toboggans qu'elle regarda avec insistance. Une clochette retentit alors qu'ils se dirigeaient vers le fond du préau. Rien à voir avec celle qui ordonnait de se rendre à l'abri parce que l'ouragan approchait. C'était une toute petite clarine de presque rien du tout, qui essayait bêtement de l'impressionner en tintant du plus fort qu'elle pouvait. Peine perdue, Lisa en avait entendu de bien plus vigoureuses. Quand la cloche du village sonnait la messe ou l'ordre de se regrouper sur la place, des vibrations pénétraient sa poitrine et faisaient tambouriner son cœur sans qu'elle sache pourquoi. À sa mère qui la sermonnait pour qu'elle apprenne à maîtriser sa peur, elle disait que c'était le sable en suspension dans l'air qui faisait monter les larmes dans ses yeux. Lorsque la clochette se tut en grésillant, une ribambelle d'enfants se précipitèrent au-dehors. Peut-être y avait-il quand même un danger.

Le rez-de-chaussée du bâtiment était constitué d'un préau où les écoliers s'abritaient les jours de pluie ; chez elle on ne pouvait pas toujours se rendre à l'école quand il pleuvait. Ils empruntèrent l'escalier central, au premier étage le long couloir donnait sur les salles de classe aux pupitres identiques. Lisa se demanda comment ils avaient fait pour en trouver autant ! Elle dut attendre derrière une porte jaune tandis que Philip s'entretenait avec la directrice de l'établissement dans son bureau. Elle lui fut présentée un peu plus tard, c'était une femme de grande taille qui avait coiffé ses cheveux blancs en chignon. Son large sourire ne parvenait pas à masquer son autorité. La matinée s'achevait, ils quittèrent les lieux. Philip s'arrêta devant les grilles, il s'agenouilla à hauteur de la petite fille.

– Lisa, il faut que tu répondes lorsque les gens te parlent. Je n'ai pratiquement pas entendu le son de ta voix depuis deux jours.

L'enfant haussa les épaules et enfonça un peu plus sa tête dans son cou.

À l'intérieur du MacDonald's où Philip l'emmena pour déjeuner, elle fut fascinée par les pictogrammes publicitaires suspendus au-dessus des caisses enregistreuses. Lorsqu'il s'approcha du comptoir il lui demanda ce qu'elle voulait, mais elle tourna la tête, nullement intéressée par la nourriture. Seul le grand toboggan rouge à l'extérieur du bâtiment semblait retenir son attention. Philip insista, mais Lisa resta silencieuse, le regard perdu de l'autre côté de la fenêtre. Il se baissa et du doigt attira vers lui son menton.

– Je voudrais bien que tu en fasses, mais il pleut.

– Et alors ? dit-elle.

– Tu vas être trempée.

– Chez moi il pleut tout le temps, et des pluies bien plus grosses, et si on devait arrêter de faire tout ce qu'on veut parce qu'on a peur d'être mouillé, on finirait par être mort. Ce n'est pas comme ça que la pluie te tue, tu n'as rien compris, tu ne la connais pas, moi si !

La caissière leur demanda de se ranger sur le côté s'ils ne passaient pas leur commande, d'autres clients s'impatientaient. Lisa avait à nouveau tourné la tête, contemplant la glissière comme un prisonnier fixerait la ligne d'un horizon imaginaire par-delà les barreaux de sa cellule.

– Si je me laissais glisser dessus, peut-être qu'en arrivant en bas je serais de nouveau chez moi. C'est comme ça dans mes rêves, je suis sûre que si j'y pense très fort, ça peut marcher !

Philip s'excusa auprès de la serveuse et prit la main de Lisa, ils sortirent tous les deux. La pluie avait redoublé d'intensité et déjà de grandes flaques se formaient sur le parking. Il marcha d'un pas volontaire dans chacune d'entre elles, laissant parfois l'eau submerger ses chaussures. Au bas de l'échelle, il la prit dans ses bras et la posa sur le troisième échelon du toboggan.

– Je suppose qu'il serait ridicule de te dire de faire attention, là-bas tu ne tombais jamais.

– Si !

Elle gravit les barreaux un à un, ne prêtant nulle attention aux bourrasques de vent. Il la devina heureuse, ignorante de l'instant futur, tel un animal que l'on aurait rendu à son élément naturel.

Au bas d'un grand toboggan rouge aux couleurs estompées par la noirceur du ciel, un homme trempé, bras grands ouverts, attendait une petite fille qui glissait yeux fermés, pour que son rêve devienne réalité. Et chaque fois, il la récupérait, la serrant tout contre lui, et la replaçait sur le troisième barreau de l'échelle.

Elle fit trois tentatives, puis haussa les épaules en lui prenant la main.

– Ça n'a pas marché, dit-elle, on peut y aller !

– Tu veux manger ?

Elle secoua la tête et l'entraîna vers la voiture. En montant à l'arrière elle s'approcha de son oreille.

– C'était bien quand même !

L'averse n'était pas calmée. Lorsqu'ils arrivèrent à la maison, Mary était assise dans le salon. Elle se leva d'un bond et se mit en travers de l'escalier.

– Vous n'allez nulle part comme ça, les moquettes ont déjà été nettoyées la semaine dernière et ce n'est pas la peine de recommencer tout de suite, et puis il faudrait que vous vous imbibiez de détergent pour être efficaces ! Enlevez vos chaussures et déshabillez-vous, je monte vous chercher des serviettes.

Philip retira sa chemise et aida Lisa à faire de même. Elle trouvait complètement idiot de mettre des tapis partout si on ne pouvait pas marcher dessus. Chez elle c'était bien plus pratique, le sol était en bois et l'on pouvait y faire ce qu'on voulait, un coup de serpillière et tout était propre. Mary frottait les cheveux de Philip qui séchait ceux de Lisa. Elle leur demanda s'ils étaient passés par un lavage rapide en laissant la capote ouverte, et elle leur ordonna de monter se changer. Le temps les empêcherait de ressortir, et l'enfant passa son après-midi à découvrir les lieux.

Elle avait grimpé les marches jusqu'au bureau de Philip, poussé la porte, et lui était apparue. Elle s'était faufilée derrière la grande table d'où elle le regardait rehausser les contours d'une esquisse ; elle l'abandonna pour mieux examiner la pièce. Ses yeux s'arrêtèrent sur la photographie de Susan qu'elle contempla longuement. Elle n'avait jamais vu sa mère aussi jeune et n'avait jamais constaté la ressemblance qui se dessinait au fil du temps.

– Tu crois qu'un jour je serai plus vieille qu'elle ?

Philip leva la tête de son dessin.

– Elle avait vingt ans sur cette photo, je l'ai prise au parc la veille de son départ. J'étais son meilleur ami tu sais. C'est moi qui à ton âge lui avais offert la médaille qu'elle portait toujours autour du cou, tu peux la distinguer si tu regardes de plus près. Nous n'avions aucun secret l'un pour l'autre. Arrogante, Lisa le dévisagea.

– Tu savais que j'étais née ?

Et elle sortit sans rien dire. Philip resta les yeux rivés quelques instants sur l'embrasure de la porte avant de détourner son regard vers le coffret qui contenait les lettres de Susan. Il posa sa main sur le couvercle, hésita et renonça à l'ouvrir. Il sourit tristement au cadre perché sur l'étagère et reprit son fusain.

Lisa descendit dans la salle de bains et ouvrit le placard qui contenait les produits de beauté de Mary. Elle saisit le flacon de parfum, appuya sur le pulvérisateur et huma dans l'air les effluves de vétiver. Elle fit la grimace, reposa la fiole et quitta la pièce. La visite suivante fut pour la chambre de Thomas, qui ne présentait aucun intérêt. Le coffre ne contenait que des jouets de garçon. Le fusil accroché au mur la fit frissonner, y avait-il ici aussi des soldats qui pouvaient venir brûler les maisons et tuer ceux qui y vivaient ? Quel était le danger dans une ville dont les clôtures n'étaient pas piétinées, dont les murs ne comportaient aucune trace de balles ?

Mary achevait de préparer le dîner et ils étaient assis à la table de la cuisine. Thomas qui avait été servi en premier traçait avec sa fourchette une route à deux voies dans sa purée. Il avait placé les petits pois de façon à former un convoi qui empruntait la bretelle d'accès au garage imaginé sous la tranche de jambon. Un à un ses camions verts contournaient méthodiquement le cornichon qui en soutenait la voûte, la difficulté de l'exercice consistait à éviter la forêt d'épinards, lieu de tous les dangers. Sur son set de table en papier Philip esquissait le visage de Mary au fusain, sur le sien Lisa croquait Philip en train de dessiner.

Le mercredi il l'emmena faire des courses au supermarché. Lisa n'avait jamais rien connu de pareil. Il y avait dans cette enceinte plus de nourriture qu'elle n'en avait jamais vu dans son village.

Toutes les sorties de la semaine furent prétextes à découvrir les originalités de cet univers que sa mère lui décrivait parfois comme « le pays d'avant » ; Lisa enthousiaste, parfois jalouse et apeurée, se demandait comment elle pourrait apporter des morceaux de ce monde à ceux qu'elle retrouverait chez elle, dans ces ruelles de poussière qui lui manquaient terriblement. En cherchant le sommeil elle laissait venir à elle des images qui la réconfortaient : la petite rue de terre qui séparait sa maison de l'hospice que sa mère avait fait construire ou encore les regards chaleureux des villageois qui la saluaient toujours sur son passage. L'électricien, qui ne voulait jamais accepter d'argent de sa mère, s'appelait Manuel. Elle se souvenait de la voix de la maîtresse qui venait une fois par semaine leur faire l'école au dépôt alimentaire, la Señora Cazalès. Elle leur apportait toujours des photos d'animaux incroyables. Elle sombra dans les bras d'Enrique, l'homme à la charrette, le transporteur comme tout le monde se plaisait à l'appeler.

Dans son rêve elle entendit les sabots de son âne frapper la terre sèche, elle le suivit jusqu'à la ferme, traversa les champs de colza dont les hautes tiges jaunes la protégeaient du soleil brûlant, elle arriva ainsi jusqu'à l'église. Les portes restaient entrebâillées depuis qu'une pluie en avait distordu les chambranles. Elle avança vers l'autel, de chaque côté les villageois la regardaient en souriant. Au premier rang sa mère la prit dans ses bras et la serra contre elle. Le parfum de sa peau où à la sueur se mêlait l'odeur du savon pénétra ses narines. La lumière baissa progressivement, comme si le jour se couchait trop vite, le ciel s'obscurcit soudainement. Nimbé d'une clarté opaline, l'âne entra dans l'église, avec majesté contempla l'assemblée, l'air accablé. L'orage éclata brutalement, faisant entrer les murs de l'abbatiale en résonance.

Le grondement sourd de l'eau qui dévalait de la montagne se fit entendre, les paysans s'agenouillèrent, tête baissée, joignant leurs mains pour supplier encore plus fort. Elle eut du mal à tourner son visage, comme si le poids de l'air retenait ses mouvements. Les deux battants de bois volèrent en éclats et le torrent pénétra dans la nef. L'âne fut soulevé de terre, il tenta désespérément de maintenir ses naseaux au-dessus des flots et poussa un ultime braiment avant d'être englouti. Lorsqu'elle ouvrit les yeux, Philip était à côté d'elle et lui tenait la main. Il caressait ses cheveux, lui murmurait ces douces admonestations par lesquelles on voudrait imposer le silence aux enfants quand seuls les cris pourraient les libérer de leur peur. Mais quel adulte se souvient de ces frayeurs-là ?

Elle s'assit brusquement dans son lit et se frotta le front pour en ôter les perles qui s'y étaient formées.

– Pourquoi maman n'est-elle pas revenue avec moi ? À quoi ça sert mes cauchemars si elle ne se réveille pas elle aussi ?

Philip voulut la prendre dans ses bras, mais elle s'y refusa.

– Il faut du temps, dit-il, tu verras, juste un peu de temps et tout ira mieux.

Il resta auprès d'elle jusqu'à ce qu'elle se rendorme. En retournant dans sa chambre il n'alluma pas la lumière pour ne pas réveiller Mary. Il chercha son lit à tâtons, et se glissa sous les draps.

– Qu'est-ce que tu faisais ?

– Arrête, Mary !

– Mais qu'est-ce que j'ai dit ?

– Rien justement !

Ce samedi ressemblait à s'y méprendre au précédent, la pluie lancinante était revenue frapper aux vitres de la maison. Philip s'était enfermé dans son bureau. Dans le salon, Thomas exterminait quelques extra-terrestres en forme de demi-citrouilles qui descendaient le long de l'écran de télévision. Assise dans la cuisine, Mary tournait les pages d'un magazine. Elle dirigea son regard vers l'escalier dont les marches disparaissaient dans la pénombre de l'étage ; au travers des portes coulissantes du salon elle devina le dos de son fils penché sur son jeu. Elle contempla Lisa qui dessinait en face d'elle. Tournant son visage vers la fenêtre, elle se sentit cernée par la tristesse du ciel dans cet après-midi morne et silencieux. Lisa releva la tête et surprit le chagrin qui coulait sur les joues de Mary. Elle la scruta ainsi quelques instants et la colère qui l'envahit vint déformer son visage de petite fille. Elle sauta aussitôt de la chaise où elle était perchée et se dirigea d'un pas déterminé vers le réfrigérateur qu'elle ouvrit brusquement. Elle prit des œufs, une bouteille de lait et claqua le battant. Elle s'empara d'un bol dans lequel elle commença à fouetter son mélange avec une vigueur qui étonna Mary. Elle ajouta de la même façon et sans aucune hésitation, sucre, farine et autres ingrédients qu'elle saisissait un à un sur les étagères.

– Qu'est-ce que tu fais ?

L'enfant fixa Mary droit dans les yeux, sa lèvre inférieure tremblait.

– Dans mon pays il pleut, mais pas des pluies comme ici, des vraies, qui tombent pendant tellement de jours qu'on ne peut plus les compter. Et la pluie chez nous, elle est si forte qu'elle finit toujours par trouver son chemin pour entrer sous ton toit, et elle coule à l'intérieur de ta maison. Elle est intelligente la pluie, c'est maman qui me l'a dit, toi tu ne le sais pas, mais il lui en faut encore plus, toujours plus.

La colère de l'enfant grandissait à chaque mot. Elle alluma le gaz et y fit chauffer une poêle. Elle continua, interrompue seulement d'un soubresaut.

– Alors, elle cherche comment aller plus loin, et si tu ne fais pas très attention elle finit par atteindre son but, elle se glisse dans ta tête pour te noyer, et quand elle a réussi, elle s'enfuit par tes yeux pour aller noyer quelqu'un d'autre. Ne mens pas, je l'ai vue la pluie dans tes yeux, tu as eu beau essayer de la retenir en toi, c'était trop tard, tu l'as laissée entrer, tu as perdu !

Et tout en poursuivant son monologue de rage, elle déposa sa pâte et la regarda dorer sur le feu.

– Elle est dangereuse cette pluie-là, parce que dans ta tête elle enlève des bouts du cerveau, tu finis par renoncer et c'est comme ça que tu meurs. Je le sais bien que c'est vrai, je les ai vus les gens chez moi qui sont morts parce qu'ils ont abandonné, c'est Enrique qui les transporte ensuite dans sa charrette. Maman, pour nous protéger de la pluie, pour l'empêcher de nous faire du mal, elle a un secret...

Et de toutes ses forces réunies en un geste soudain elle fit virevolter la crêpe en l'air. Dorée, elle tournoya sur elle-même, s'élevant lentement, jusqu'à venir se coller au plafond, juste au-dessus de Lisa qui la montra du doigt. Le bras aussi tendu que la corde d'un arc prête à rompre, elle hurla à Mary :

– C'est le secret de maman, elle faisait des soleils sous le toit. Regarde, dit-elle en pointant de toutes ses forces la crêpe collée au plafond, mais regarde ! Tu le vois le soleil ?

Et sans attendre de réponse elle en fit revenir une nouvelle qu'elle envoya aussitôt rejoindre la première. Mary ne savait pas comment réagir. À chaque crêpe qui prenait son envol, la petite fille dressait fièrement son index en l'air et criait :

– Tu les vois les soleils, alors tu ne dois plus pleurer, maintenant !

Attiré par l'odeur, Thomas présenta le bout de son nez à la porte. Il se figea et contempla la scène, Lisa d'abord qui dans son énervement lui faisait penser à un personnage de bande dessinée puis sa mère. Déçu, il ne vit aucune crêpe.

– Vous ne m'en avez pas laissé ?

Lisa trempa malicieusement son doigt dans la pâte sucrée et le fit tourner dans sa bouche. Elle lança un bref coup d'œil au-dessus de lui.

– Tu vas en avoir une dans deux secondes ! Ne bouge pas !

Lorsque la crêpe retomba sur l'épaule du petit garçon, il sursauta. Il regarda le plafond, et éclata immédiatement de rire, comme si le monde entier était venu le chatouiller. Lisa sentit la rage qui l'avait submergée refluer lentement, elle reposa la poêle et sourit. Elle aurait bien voulu contenir le rire qui la gagnait aussi, mais elle ne le put pas. Les éclats des deux enfants résonnèrent dans la pièce, et Mary ne tarda pas à se joindre au fou rire. Philip venait d'entrer dans la cuisine où le spectacle était des plus inattendus.

Il sentit le parfum de douceur qui embaumait la pièce et chercha lui aussi tout autour de lui.

– Vous avez fait des crêpes et il n'y en a plus pour moi ?

– Si, si, dit Mary, les yeux humides, ne bouge pas !

Adossée au réfrigérateur, Lisa riait à gorge déployée. Thomas, haletant et gémissant, s'était allongé par terre.

C'est le rire de Philip qui éveilla l'attention de Mary. Ses yeux cheminèrent de son fils à lui, de lui à Lisa, et puis inversement. Elle les contemplait tous les trois, spectatrice d'une complicité aussi soudaine qu'endiablée et à laquelle elle ne participait déjà plus tout à fait. Elle prit pleine conscience de la mélodie jubilatoire qui avait envahi sa maison et surprit la tendresse du sourire dessiné sur les lèvres de Philip qui regardait Lisa. L'expression de la petite fille était parfaitement semblable à celle de la femme de la photo posée sur l'étagère là-haut dans le bureau de son mari. Hormis la couleur de sa peau métissée, Lisa ressemblait trait pour trait à sa mère. À la croisée du regard qu'elle échangea avec Philip, Mary comprit en un instant...

Une enfant qui « pour chasser la pluie au fond des yeux » inventait des soleils sous le toit était arrivée dans sa maison, et elle ne le voulait pas. Mais elle portait en elle toutes les raisons et déraisons de l'âme d'une autre femme qui hantait depuis toujours les émois interdits de l'homme qu'elle aimait.

Philip la regarda à son tour, et son sourire se mua en tendresse. Il sortit de la cuisine, se rendit dans le garage, y prit l'escabeau qu'il rapporta sous son bras, le déplia et en gravit les marches. Perché sur la dernière il décolla une crêpe :

– Pourrais-je avoir une assiette ? On ne peut pas tous venir manger en haut, il n'y a qu'une seule échelle. Je ne sais pas pour vous mais moi je commence à avoir faim.

Le dîner s'acheva sur des échanges complices entre un petit garçon et son père, et indiscrets entre Mary et Lisa.

À la fin d'un épisode de *Murphy Brown*, ils montèrent se coucher. Dans le couloir qui les conduisait vers leurs salles de bains respectives, Mary demanda à Lisa d'aller se brosser les dents. Quand elle serait dans son lit, elle viendrait lui faire un câlin. S'ensuivit un instant de silence, elle sentit que Lisa n'avait pas bougé. Dans son dos, elle entendit la petite fille demander :

– C'est quoi un câlin ?

Mary se retourna pour lui faire face et tenta de dissimuler son trouble, mais sa voix chancela.

– Comment ça, c'est quoi un câlin ?

Lisa avait posé les mains sur les hanches.

– Eh bien oui, c'est quoi un câlin ?

– Lisa, tu dois le savoir ! Je vais venir te voir et je te ferai un baiser avant que tu t'endormes.

– Et pourquoi tu me feras un baiser ? Je n'ai rien fait de bien aujourd'hui !

Mary considéra l'enfant dans sa posture immobile, son aplomb la rendait aussi forte et fragile qu'un petit animal qui gonflerait son corps pour essayer d'intimider un prédateur. Elle s'approcha et l'accompagna jusqu'au lavabo. Pendant que Lisa se lavait les dents elle s'assit sur le rebord de la baignoire et examina le visage de la petite fille dans le miroir.

– Ne brosse pas trop fort, j'ai remarqué que tu saignes des gencives pendant la nuit, je t'emmènerai voir un dentiste.

– Et pourquoi on irait voir le docteur si on n'est pas malade ?

Lisa essuya méticuleusement les contours de sa bouche et reposa la serviette sur le radiateur. Mary lui tendit la main, elle l'ignora et sortit de la salle de bains. Mary la suivit dans sa chambre et attendit qu'elle se mette sous ses draps pour s'asseoir à côté d'elle, elle lui passa la main dans les cheveux, se pencha sur son front et y déposa un baiser du bout des lèvres.

– Dors, après-demain tu commences l'école et il faut que tu sois en forme.

Lisa ne répondit rien. Bien après que la porte fut refermée, elle resta les yeux grands ouverts à scruter la pénombre.

La première année scolaire de Lisa commença dans les silences d'une adulte encore prisonnière pour longtemps de son corps d'enfant. Personne n'entendait sa voix, à peine les professeurs quand ils lui posaient une question, ce qui était rare puisque peu d'entre eux s'intéressaient à elle, convaincus qu'elle redoublerait quoi qu'il arrive. À la maison elle ne parlait pas non plus beaucoup, répondait par des signes de tête ou quelques borborygmes qui sortaient du fond de sa gorge. Elle se serait voulue plus petite que les fourmis qu'elle nourrissait sur le rebord de sa fenêtre. Elle passait des soirées entières retranchée dans sa chambre, où elle ne faisait au fond qu'une seule et unique chose à longueur de temps : de sa vie « d'avant » elle assemblait des images, jusqu'à former d'un long trait de souvenirs un filament d'espoir sur lequel elle se promenait. De cet univers qui était le sien, elle entendait le craquement des pierres sous les roues de la Jeep qui annonçait que Susan était revenue ; surgissait alors du plus profond de sa mémoire cette odeur enivrante de la terre humide quand elle se mariait à celle des aiguilles de pin et puis parfois, comme par magie, la voix de sa mère qu'elle entendait au loin dans le bruissement des arbres.

Souvent dans la soirée c'était celle de Mary qui la ramenait ici-bas, dans un monde étranger, avec pour seule échappatoire un regard vers la pendule qui à force d'égrener des minutes finirait bien par faire passer les années.

⁂

Noël était arrivé et les toits décorés de guirlandes se découpaient dans la nuit. Dans la voiture, de retour de New York où elle accompagnait Mary venue faire quelques dernières courses, Lisa ne put s'empêcher d'exprimer son point de vue.

– On devrait envoyer la moitié de ces ampoules qui ne servent à rien chez moi, comme ça il y aurait de la lumière dans toutes les habitations.

– Chez toi, rétorqua Mary, c'est là où nous habitons, dans une petite rue de Montclair où toutes les familles ont déjà de la lumière. Il n'y a pas de mal à bien vivre, arrête de penser tout le temps à tout ce qui manque là d'où tu viens, et cesse de dire que chez toi c'est là-bas, tu n'es pas hondurienne, tu es américaine que je sache, ton pays c'est ici.

– Quand je serai majeure, j'aurai le droit de choisir ma nationalité !

– Il y a des gens qui risquent leur vie pour venir vivre chez nous, tu devrais être heureuse.

– C'est parce qu'ils n'ont pas le droit de choisir !

Les mois suivants, Philip s'évertua à recomposer une famille. Son travail l'accaparait de plus en plus et il jonglait avec chaque minute de disponibilité pour essayer de créer des moments de détente et d'amusement. Le voyage de Pâques à Disneyworld en fit partie et, malgré les altercations quasi quotidiennes entre Lisa et Mary, les vacances laissèrent l'empreinte d'un premier bon souvenir. Il lui sembla pourtant que, semaine après semaine, deux couples s'accommodaient sous le même toit, Lisa et lui d'un côté, sa femme et son fils de l'autre

***

Au début de cet été 1989, il emmena Lisa à l'autre bout de l'État de New York. Au terme d'un long et silencieux voyage, le gardien à l'entrée du campement de pêche les avait escortés jusqu'à leur petit chalet. Il avait adressé quelques clins d'œil complices à Lisa qui avait fait mine de ne rien remarquer. Sur l'autre rive du lac, la côte était canadienne. La nuit venue, les lumières de Toronto diffuseraient un halo orangé qui se réfléchirait sur le ventre des nuages. Après le dîner, ils s'installèrent sous la véranda qui surplombait l'eau tranquille. Lisa rompit le silence :

– À quoi ça sert l'enfance ?

– Pourquoi me poses-tu cette question ?

– Pourquoi les adultes répondent-ils toujours par une autre question quand ils ne connaissent pas la réponse à celle qu'on vient de leur poser ? Je vais me coucher !

Elle se leva, il la saisit par le poignet, la forçant à se rasseoir.

– Parce que cela permet de gagner un peu de temps ! Si tu crois que c'est une question facile !

– Et ça, ce n'est toujours pas une réponse !

– Parce qu'il y a tellement d'enfances différentes que c'est dur à formuler, accorde-moi un peu de temps et profites-en pour me donner ta définition.

– C'est moi qui t'ai posé la question, reprit-elle.

– Mon enfance, je l'ai passée tout entière avec ta mère.

– Ce n'est pas ce que je te demande.

– C'est son enfance dont tu veux que je te parle ! Elle y était à l'étroit, comme tous les enfants que la vie fait grandir trop vite. Comme toi, elle était l'otage de son apparence et de ce foutu sablier dont les grains ne s'écoulaient pas assez vite. Elle passait sa journée à attendre le lendemain et son temps à rêver de vieillir.

– Elle était malheureuse ?

– Impétueuse ! C'est l'impatience qui tue l'enfance.

– Alors ?

– Alors l'enfance, puisque c'était ta question, devient un parcours d'une longueur insupportable, comme pour toi en ce moment, n'est-ce pas ?

– Alors pourquoi ne peut-on pas devenir adulte tout de suite ?

– Parce que l'enfance a ses vertus. Elle nous sert à construire les fondations de nos rêves et de nos vies. C'est dans cette mémoire que tu viendras puiser tes forces, fouiller tes colères, entretenir tes passions, et bien souvent repousser les frontières de tes peurs, et de tes limites.

– Je n'aime plus mon enfance.

– Je le sais Lisa, et je te promets de tout faire pour te la colorier mais il y aura quand même quelques règles en noir et blanc.

Au lever du jour, ils s'étaient assis tout au bout du ponton. Le cœur résolu à la patience, il la supplia, alors qu'elle emmêlait le moulinet de sa canne pour la quatrième fois, de faire au moins semblant de s'amuser ; il lui rappela que c'était elle qui avait voulu une partie de pêche pour ce petit voyage entre eux. D'un claquement sec de la langue elle prononça alors les mots « À la mer ! » et ajouta aussitôt « Pas sur un lac ! » Elle laissa son fil flotter dans l'eau et contempla les vaguelettes qui semblaient toutes vouloir converger vers les piliers.

– Parle-moi de là-bas ! dit Philip.

– Qu'est-ce que tu veux que je te dise ?

– Dis-moi comment tu vivais là-bas ?

Elle marqua un temps avant de lui répondre doucement : « Avec maman. » Puis elle se tut. Philip mordit l'intérieur de sa joue. Il posa sa canne, vint s'asseoir près d'elle pour la prendre sous son bras.

– Ce n'était pas très malin ma question, je suis désolé Lisa.

– Si, puisque tu voulais que je te parle d'elle ! Tu veux savoir si elle me parlait de toi ? Jamais ! Elle ne m'a jamais parlé de toi !

– Pourquoi est-ce que tu es méchante ?

– Je voudrais rentrer chez moi ! Je ne vous aime pas assez !

– Donne-nous un peu de temps, juste un peu de temps...

– Maman dit que l'amour c'est immédiat ou que ça n'est pas.

– Ta maman était très seule, avec ses idées immédiates !

Le lendemain elle ferra un poisson si gros qu'elle faillit basculer en avant. Surexcité Philip l'entoura de ses bras pour « sécuriser » la prise. Au terme d'une lutte acharnée, un immense bouquet d'algues fut ramené sur la terre ferme, Philip le contempla désolé, puis aperçut les pommettes de Lisa se hisser. Le ponton s'embellit aussitôt d'une des vertus de l'enfance : le timbre d'un rire qui jaillit.

Il lui arrivait de faire des cauchemars. Il la prenait alors au creux de ses bras et la berçait ; alors qu'il apaisait ses nuits, il pensait à ceux qui hanteraient sa vie d'adulte. Certaines blessures de l'enfance ne cicatrisent pas, elles se font oublier, le temps de nous laisser grandir, pour mieux resurgir plus tard.

À la fin de la semaine ils rentrèrent chez eux. Thomas était content de les retrouver et ne les quitta plus. Dès que Lisa s'isolait dans sa chambre il venait la rejoindre et s'asseyait à même le sol, au pied de la fenêtre, devinant que sa discrétion était la condition de sa présence. De temps en temps elle lui adressait un regard attendri et replongeait aussitôt dans ses pensées. Quand elle était d'humeur, elle le laissait la rejoindre dans son lit et lui racontait les histoires d'une autre terre où les orages font peur, où le vent soulève une poussière qui se mélange aux aiguilles des pins.

***

L'été passa. Lisa redoubla sa classe et la rentrée marqua le début d'une adolescence obscure. Elle ne se mélangeait pas ou peu à ses camarades trop jeunes à son goût. Plongée presque en permanence dans des livres qu'elle choisissait seule, elle ne sentait jamais sa solitude.

Un jour de décembre Thomas entendit une fille traiter sa sœur de « sale étrangère », il lui porta un terrible coup de pied au tibia. S'ensuivit une course-poursuite dans les couloirs et un plaquage au sol lui fendit la lèvre supérieure. Le sang envahit sa bouche. Lisa accourut et quand elle le vit ainsi à terre, elle saisit violemment par les cheveux celle qui l'avait insultée, la repoussa vers le mur en lui envoyant un coup de poing d'une force incontrôlée. L'adolescente fit un tour sur elle-même et s'affala, le nez sanguinolent. Thomas se releva, effrayé, il ne reconnut pas le visage de Lisa. Elle proféra alors une série de menaces en espagnol, en serrant le cou de sa victime. Thomas se rua sur Lisa, la suppliant de relâcher son étreinte. Le visage tremblant de colère elle finit par abandonner, donnant un dernier coup de pied avant de quitter les lieux sans se retourner. Elle fut renvoyée quinze jours de l'école et consignée dans sa chambre. Sa porte resta fermée et elle ne laissa pas Thomas y entrer, même quand il lui apportait des fruits. Pour la première fois ce fut Mary qui ramena la paix dans la maison. La journaliste en elle vint à bout des silences de son fils qui raconta toute l'histoire. Elle prit un rendez-vous dès le lendemain avec le proviseur, exigeant la réintégration immédiate de sa belle-fille et des excuses de celle qui l'avait invectivée. Lisa ne dit rien et regagna sa classe. Plus personne ne l'injuria et Thomas promena fièrement sa lèvre gonflée et bleuissante pendant plusieurs jours.

***

Elle avait fêté ses onze ans à la fin du mois de janvier. Seules deux camarades de classe avaient répondu à l'appel du goûter d'anniversaire qu'avait organisé Mary. Le soir, la famille dîna des restes d'un buffet qui avait été à peine entamé. Lisa ne quitta pas sa chambre. Après avoir rangé la cuisine et décroché les guirlandes du salon, Mary l'y rejoignit avec une assiette. Assise au pied de son lit, elle lui expliqua qu'il lui faudrait être plus communicative à l'école pour avoir des amies.

Les premiers jours de printemps avaient attiré le soleil, mais l'air était encore glacial le matin. En cette fin d'après-midi, Joanne et Mary partageaient depuis une heure un thé dans le salon quand Lisa rentra de l'école. Elle claqua la porte d'entrée, murmura à peine un bonsoir et monta dans sa chambre. La voix ferme de Mary l'arrêta à la sixième marche. Elle se retourna, dévoilant un pantalon maculé de taches, parfaitement assorties à ses joues recouvertes de gadoue. L'état de ses chaussures ne détonnait en rien avec celui de ses vêtements.

– Tu te baignes dans les flaques de boue pour rentrer presque tous les jours dans cet état ? Je suis censée racheter une laverie pour assumer tes jeux ? demanda Mary hors d'elle.

– Je montais me changer, répondit Lisa d'un ton impatient.

– C'est la dernière fois que je te le dis, hurla Mary quand Lisa disparut au coin de l'escalier. Et tu redescendras te faire un sandwich, j'en ai assez que tu ne manges jamais rien ! Tu m'as entendue ?

Un « oui » indolent parvint du fond du couloir, suivi d'un autre claquement de porte. Mary vint se rasseoir auprès de son amie, poussant un profond soupir. Joanne, tirée à quatre épingles, rayonnante dans son tailleur beige, passa délicatement sa main sur ses cheveux pour vérifier qu'aucune mèche n'était en désordre, et sourit avec bienveillance.

– Ça ne doit quand même pas être facile tous les jours, je te plains, dit-elle.

– Oui, et quand j'en aurai fini avec elle, ce sera au tour de Thomas, qui n'aura de cesse de l'imiter.

– Avec elle, cela doit être particulièrement compliqué.

– Pourquoi ça ?

– Tu sais très bien ce que je veux dire, nous le savons toutes en ville, et nous sommes très admiratives.

– De quoi parles-tu Joanne ?

– Une adolescente est toujours difficile pour une mère, mais Lisa vient d'un autre pays, elle n'est pas tout à fait comme les autres. Ignorer ses différences et l'apprivoiser comme tu le fais, c'est admirablement généreux pour une belle-mère.

La remarque résonna dans la tête de Mary comme si un marteau avait heurté son crâne.

– Parce que les relations entre Lisa et moi font l'objet de conversations en ville ?

– Nous en parlons, bien sûr, ton histoire n'est quand même pas banale. Heureusement pour nous ! Pardonne cette dernière réflexion, ce n'était pas gentil de ma part. Non, ce que je veux dire, c'est que nous compatissons, c'est tout.

L'irritation qui avait gagné Mary à la première inflexion de Joanne avait évolué en une colère sourde. Elle fulminait. Elle approcha son visage du sien, devenant ainsi presque menaçante, et parodiant le ton emprunté de son invitée :

– Et où compatissez-vous donc, ma chérie ? Chez le coiffeur ? dans la salle d'attente de votre gynécologue, dans celle de vos diététiciens ou sur les divans de vos psy ? À moins que ce ne soit sur la table de massage pendant que tu te fais peloter ? Dis-le-moi, je veux vraiment savoir, quels sont les moments où vous vous emmerdez au point de compatir à mon sujet ? Je savais que vos vies étaient chiantes à mourir, et que les années n'arrangeraient pas les choses mais à ce point-là, et si vite !

Joanne recula, s'enfonçant un peu plus encore dans le canapé.

– Mais ne t'énerve pas comme ça Mary, c'est ridicule, il n'y avait rien de malin dans ce que je t'ai dit, tu prends tout de travers, au contraire je te témoignais l'affection que nous avons pour toi.

Mary se leva et saisit Joanne par le bras, la contraignant à se lever à son tour.

– Tu sais Joanne, ton affection aussi m'emmerde à mourir ; d'ailleurs pour ne rien te cacher vous m'emmerdez toutes à mourir, et toi la présidente de ton club de mal-baisées en particulier. Écoute-moi bien, je vais te donner un petit cours de vocabulaire, si tu concentres bien l'attention de ton tout petit cerveau sur ce que je vais te dire, tu pourras peut-être même le répéter à tes copines sans te tromper. C'est un animal qu'on apprivoise, un enfant on l'élève ! Il est vrai que quand je vois les tiens dans la rue, je suis consciente que tu n'as pas bien saisi la différence, mais essaie quand même, tu verras, tu vas beaucoup moins t'ennuyer. Maintenant tu t'en vas de chez moi, parce que dans deux minutes je te sors d'ici à coups de pied au cul.

– Mais tu as complètement perdu la tête ?

– Oui, hurla-t-elle, c'est pour cela que je suis mariée depuis si longtemps, que j'élève mes deux enfants, et qu'en plus je suis heureuse. Dehors ! Fous-moi le camp !

Elle claqua violemment la porte derrière Joanne qui dévalait l'allée. Pour reprendre son souffle et tenter de dissiper la migraine qui l'avait saisie, elle appuya son front sur le mur. Elle commençait à peine à se remettre de ses émotions quand elle sursauta en entendant les marches craquer dans son dos elle se retourna.

Lisa habillée d'un jogging impeccable entrait dans la cuisine, elle en sortit quelques instants plus tard tenant une assiette dans la main. Entre quatre tranches de pain de mie recouvertes de mayonnaise, elle s'était composé un sandwich au jambon et au poulet. Il était si haut que pour le faire tenir elle avait enfoncé dedans une baguette du traiteur chinois qui livrait des plats à domicile quand Mary ne voulait pas cuisiner. En plein milieu de l'escalier, là où elle avait été interpellée tout à l'heure, Lisa se retourna et, d'un grand sourire fier, lui dit :

– Maintenant, j'ai faim !

Puis elle retourna dans sa chambre.

*
* *

Au mois de juillet, ils partirent tous les quatre en vacances dans les Rocheuses. La montagne, où Lisa retrouvait le semblant de liberté qui lui manquait, la rapprocha de Thomas. Qu'elle escalade, grimpe aux arbres, guette les animaux ou recueille les insectes les plus variés sans se faire piquer, elle allait toujours au bout de ses forces, et provoquait la grande admiration de celui qui la considérait chaque jour un peu plus comme sa grande sœur. Mary, sans oser se l'avouer, souffrait de la complicité qui s'établissait entre les deux enfants au détriment d'un temps d'ordinaire partagé avec son fils. Tôt le matin Lisa l'entraînait pour une journée d'aventures. Elle tenait le rôle de la responsable d'un camp du Peace Corps et le petit garçon celui des différentes victimes d'un ouragan. Depuis ce soir d'orage où il l'avait rassurée une bonne partie de la nuit, protégeant le secret des tremblements qui l'avaient secouée, il avait été promu aide de camp. Le lendemain, à l'aube, alors que la terre était encore imprégnée de rosée, elle la mélangea aux aiguilles des pins et huma profondément le parfum qui s'en dégageait. Au cours du petit déjeuner elle apporta sa mixtion à Philip, clamant avec fierté et à la grande exaspération de Mary que ça sentait un peu comme ça chez elle, mais en plus bon.

Le mois passa très vite et de retour dans la banlieue de New York les deux enfants éprouvèrent une sensation de confinement. La rentrée se fit dans la monotonie des jours qui raccourcissent, quand les rouges de l'automne ne compensent plus la grisaille d'un ciel qui ne s'éclaircira que de la promesse d'un été à revenir.

***

À Noël, elle reçut un nécessaire à dessin composé de plusieurs boîtes de crayons, fusains, pinceaux et tubes de gouache. Elle entreprit aussitôt, sur une nappe en papier punaisée au mur de sa chambre, la composition d'une immense fresque.

Le tableau, qui témoignait de ses qualités artistiques, représentait son village. Elle y avait peint la place principale où dominait la petite église, la ruelle qui conduisait à l'école, le grand entrepôt dont elle avait laissé les portes ouvertes, avec la Jeep garée devant la façade. Au premier plan figuraient Manuel, la Señora Cazalès, et son âne devant son ancienne maison au bord de la falaise. « C'est notre village dans la montagne. Maman est dans la maison », avait-elle ajouté.

Mary s'était forcée à contempler « l'œuvre » et avait répondu du tac au tac sous l'œil courroucé de Philip : « C'est très bien, avec un peu de chance dans une vingtaine d'années je serai dans le tableau, ce sera plus difficile, j'aurai des rides, mais tu auras plus d'expérience dans ton coup de pinceau. Je suis sûre que quand tu en auras envie, tu y arriveras... Nous avons le temps. »

Le 16 janvier 1991, à 19 h 14, le cœur de l'Amérique se mit à battre au rythme des obus qui tombaient sur Bagdad. Au terme d'un ultimatum qui avait expiré la veille à minuit, les États-Unis associés aux principales forces occidentales entraient en guerre contre l'Irak pour délivrer le Koweït. Deux jours plus tard la Eastern Airlines fermait ses portes, la compagnie aérienne n'acheminerait plus ses passagers vers Miami, ni vers aucune autre escale. Cent heures après le début des hostilités terrestres, les armées alliées cessaient le combat. Cent quarante et un soldats américains, dix-huit britanniques, dix égyptiens, huit émiratis et deux français avaient été tués au feu, la guerre technologique avait fait périr cent mille militaires et civils irakiens. Fin avril, Lisa découpa un article du *New York Times* qu'elle apprit presque par cœur et qu'elle colla dans un grand album. On pouvait y lire qu'un cyclone s'était abattu sur les côtes du Bangladesh, tuant vingt-cinq mille personnes. À la fin du printemps, Lisa fut reconduite à la maison par une voiture de la police municipale, après avoir été interpellée en train de peindre un drapeau sur le tronc d'un arbre derrière la gare. Philip évita qu'un rapport soit adressé au juge en prouvant aux policiers, dictionnaire à l'appui, qu'il s'agissait des couleurs honduriennes et non pas irakiennes. Elle fut consignée tout le week-end dans sa chambre et Mary confisqua le nécessaire à dessin pour un mois.

L'année 1991 s'enorgueillissait des espoirs démocratiques qu'elle voyait naître : le 17 juin, en Afrique du Sud les lois sur l'apartheid étaient abolies, le 15 l'élection de Boris Eltsine à la présidence de la fédération de Russie sonnait le glas de l'URSS. Au mois de novembre, les premiers combats menés par les sept cents blindés yougoslaves qui encerclaient Vukovar, Osijek et Vinkovci annonçaient le début d'une autre guerre qui supplicierait bientôt le cœur de la vieille Europe.

*
* *

L'année 1992 naquit par un hiver glacial. Dans quelques semaines, Lisa fêterait ses treize ans. Du haut des collines de Montclair on pouvait voir New York drapée d'un manteau gris et blanc. Philip avait éteint la lumière de son bureau et il était venu rejoindre sa femme qui dormait. Il se coucha près d'elle et passa timidement sa main sur son dos avant de se retourner.

– Ton regard me manque, dit-elle dans le noir. (Elle marqua un silence et se libéra dans la confidence de cette nuit de janvier.) Je vois bien comme tes yeux s'illuminent quand tu regardes Lisa. Si seulement je pouvais recevoir de toi le quart de cette lumière. Depuis la mort de Susan ton regard vers moi s'est éteint, à l'intérieur de toi il y a quelque chose qui est mort et que je ne peux pas réanimer.

– Non, tu te trompes, je fais de mon mieux, ce n'est pas toujours facile et je ne suis pas parfait.

– Je ne peux pas t'aider Philip, parce que la porte est fermée. Le passé compte-t-il pour toi tellement plus que le présent et le futur ? C'est si facile de renoncer par nostalgie, quelle formidable douleur passive, quelle admirable mort lente, mais c'est une mort quand même. Aux premiers jours de notre rencontre tu me racontais tes rêves, tes envies, j'ai cru que tu m'appelais, je suis venue et toi tu es resté prisonnier de ton imaginaire ; et moi j'ai eu l'impression d'être chassée de ma propre vie. Je ne t'ai enlevé à personne Philip, tu étais seul quand je t'ai rencontré, te souviens-tu ?

– Pourquoi dis-tu ça ?

– Parce que tu abandonnes, et que je n'en suis pas la cause.

– Pourquoi te refuses-tu à approcher Lisa ?

– Parce qu'il faut être deux, et qu'elle ne le souhaite pas non plus. Pour toi c'est facile, la place du père était libre.

– Mais il y a toute la place du monde dans son cœur.

– C'est toi qui dis ça ? Toi qui n'as pas su malgré tout mon amour en faire autant dans le tien !

– Je te fais de la peine à ce point-là ?

– Beaucoup plus Philip. Il n'est de pire solitude que celle que l'on éprouve quand on est deux. J'ai voulu partir alors que je t'aime, quelle incroyable incohérence, quel outrage à la vie. Mais parce que je t'aime, je suis encore là, et toi tu ne me vois pas, tu ne vois que toi, ta douleur, tes doutes, tes incertitudes. Et tu n'es plus aimable, pourtant je t'aime.

– Tu as voulu me quitter ?

– J'y pense chaque matin en me levant, aux premières heures de nos journées, en te voyant avaler ton café dans les silences de tes refuges, en te regardant quand tu t'habilles de solitude, quand tu te laves du parfum de ma peau sous l'eau qui coule trop longtemps, quand je te sais si loin de nous sous ta douche, quand tu te précipites vers le téléphone qui sonne, comme si tu venais d'y entrevoir une fenêtre par où t'évader un peu plus encore. Et moi je reste là, les bras lourds d'un océan de bonheur où je rêvais de nous baigner.

– Je suis seulement un peu perdu, plaida-t-il doucement.

– Tu n'as appris aucune leçon Philip, je t'observe quand tu te vois vieillir, lorsque tu passes tes doigts sur les rides qui se forment sur ton visage. Je t'ai aimé vieux au premier jour, c'est comme cela que j'ai su que je voulais faire ma vie avec toi, parce que l'idée d'un âge sans limites à tes côtés me rendait heureuse, parce que pour la première fois de ma vie je n'avais plus peur de l'éternité, pas plus que des affronts du temps, parce que quand tu entrais en moi je sentais tes forces et tes faiblesses et que j'aimais leur doux mariage. Mais je ne peux pas inventer notre vie toute seule, personne ne le peut. On n'invente pas sa vie mon amour, il faut le seul courage de la vivre. Je vais partir quelques jours. À m'abandonner en toi je vais finir par me perdre.

Philip prit les mains de Mary dans les siennes et il les embrassa.

– C'est mon enfance qui est morte avec elle et je n'arrive pas à en faire le deuil.

– Susan est un prétexte, ton adolescence aussi. Tu peux prolonger éternellement cette partie de ta vie, tout le monde le peut. On rêve d'un idéal, on le prie, on l'appelle, on le guette, et puis le jour où il se dessine, on découvre la peur de le vivre, celle de ne pas être à la hauteur de ses propres rêves, celle encore de les marier à une réalité dont on devient responsable. C'est si facile de renoncer à être adulte, si facile d'oublier ses fautes, de mettre l'erreur au compte d'une fatalité qui masque nos paresses. Si tu savais comme je suis fatiguée soudain. J'ai eu ce courage-là, Philip, celui de t'aimer dans ta vie, qui était si compliquée, comme tu disais au début. Compliquée de quoi ? De tes tourments, de tes inachevés ? Parce que tu croyais en détenir le monopole ?

– Tu es fatiguée de moi ?

– J'ai passé tout ce temps à t'entendre, pendant que toi tu t'écoutais, mais l'idée de te rendre heureux me comblait de bonheur, et je me moquais bien des contingences du quotidien. Je n'ai eu peur ni de ta brosse à dents dans mon verre, ni de tes bruits la nuit, pas plus que de ton visage froissé au matin, mon rêve m'a fait vivre bien au-delà de ça. Moi aussi il m'a fallu apprendre à lutter contre mes moments de solitude, contre mes instants de vertige. Les voyais-tu seulement ? Je t'ai donné toutes les raisons du monde pour essayer d'admettre que ta terre tournait parfois à l'envers, mais que tu le veuilles ou non elle tourne dans un seul sens, et que tu le veuilles ou non elle te portera sur son dos et tu tourneras comme elle.

– Mais qu'est-ce qui s'est passé pour que tu me dises tout ça ?

– Rien justement. Il m'a suffi de voir ton corps qui s'éloignait un peu plus de moi chaque nuit, d'ouvrir mes yeux sur ton dos quand avant je découvrais ton visage endormi, de sentir tes mains qui glissaient lâchement sur ma peau, Dieu que j'ai haï tes « merci » quand je t'embrassais dans le cou. Pourquoi n'as-tu pas travaillé plus tard ce soir ? J'aurais tellement voulu résister encore et ne rien te dire.

– Mais, tu es en train d'essayer de me dire que tu ne m'aimes plus.

Mary quitta le lit et se retourna pour le regarder en

sortant de la chambre. Il vit les courbes de son corps disparaître dans la pénombre du couloir, attendit quelques minutes et la rejoignit. Elle s'était assise en haut de l'escalier et fixait la porte d'entrée en contrebas. Il s'agenouilla derrière elle et l'entoura maladroitement de ses bras.

– J'étais en train de te dire le contraire, dit-elle.

Elle descendit les marches, entra dans le salon et en referma les portes derrière elle.

Difficile lendemain d'une nuit qui a délivré les mots qu'on devinait sans vouloir les entendre. Blottie dans son manteau de cuir, Mary lutte sur le pas de la porte contre le froid engourdissant du matin. Les voix des enfants dans l'escalier se rapprochent, elle crie qu'elle va les attendre dans la voiture, qu'ils doivent se dépêcher, sinon ils seront encore en retard. Philip s'approche, il pose une main sur sa nuque qu'il caresse.

– Peut-être que je ne te le montre pas comme tu le voudrais, mais je t'aime vraiment Mary.

– Pas maintenant, pas près des enfants s'il te plaît, il est bien trop tôt pour faire des crêpes...

Il pose un baiser sur ses lèvres. Du haut de l'escalier Thomas se met à chanter à tue-tête : « Les amoureux, les amoureux, les amoureux ! », Lisa lui donne un coup d'épaule, et d'un ton qui se veut aussi autoritaire qu'arrogant dit : « Rassure-moi, Thomas, tu vas passer le cap des sept ans un jour, tu ne resteras pas comme ça toute ta vie ! » Sans attendre de réponse, elle descend les marches. En sortant, elle subtilise les clés dans la main de Mary et au milieu de l'allée crie : « C'est moi qui vous attends dans la voiture, ajoutant à voix basse tout en grimaçant : les amoureux ! »

Mary descendit l'allée, rangea sa petite valise dans le coffre du 4 × 4 blanc, et s'installa derrière le volant.

– Tu pars en voyage ? demanda Thomas.

– Je vais passer quelques jours avec ma sœur à Los Angeles, papa va s'occuper de vous.

Mary avait garé sa voiture dans le parking et emprunté la passerelle qui conduisait au terminal. Des travaux venaient de s'achever et la peinture luisait encore. Son avion ne décollait que dans trois heures, l'embarquement n'avait pas encore commencé. Elle était entrée dans le bar et avait pris place sur un tabouret du comptoir. De là elle contemplait les pistes. Un barman à l'accent espagnol lui servit un café au lait. Dans le silence de la salle vide elle laissait défiler devant ses yeux des tableaux du passé : le moment fortuit d'une première rencontre dans l'obscurité d'une salle de cinéma, l'inattendu des premiers mots prononcés dans la rue, la délicatesse du trouble qui grise, la confusion du sentiment quand chacun reprend le cours de sa vie sur des numéros échangés. L'attente qui a irrité l'espoir, des détails qui rappellent celui que l'on ne connaît pas encore, l'émoi du premier appel qui rend le jour suivant si différent, puis le silence qui s'installe à nouveau et le temps qui n'en finit plus de se laisser ponctuer de pensées que l'on ne veut pas deviner. Au milieu de la foule, un regard unique sur Times Square un soir de réveillon, une porte d'immeuble qui s'ouvre sur le petit matin glacial d'une rue déserte de SoHo, et de nouveau l'attente. L'intimité naissante de soirées qui s'achevaient derrière la vitrine de Fanelli's, un vieil escalier en bois dont chaque marche paraissait plus haute que la précédente quand il avait disparu au coin de la ruelle, des heures passées à observer le téléphone. Au milieu du cortège, les souvenirs de toutes les premières fois : un bouquet de roses rouges abandonné sur son palier, la pudeur des étreintes qui semble donner tant d'importance aux gestes malhabiles, une nuit fragile où l'on ne cessera de se réveiller par peur d'incommoder l'autre, et ce corps qui ne trouve plus sa position de sommeil, ou ce bras que l'on ne sait plus comment placer.

Et lorsque l'on a deviné que l'attachement reconnu prendra dans sa vie une place que l'on ne soupçonnait pas, les premières peurs : que l'autre s'en aille au matin, qu'il ne rappelle pas, peur de s'avouer simplement que se mettre à aimer c'est devenir dépendant même pour les plus indociles. Les instants qui deviennent les moments originels d'un couple : les déjeuners complices qui se succèdent, les premiers week-ends, les dimanches soir où l'autre restera quand même, acceptant de rompre les habitudes des rythmes solitaires, les bravades indécentes où l'on évoque des projets, guettant le regard de l'autre, à l'affût si sensible d'un sourire ou d'un silence. Une vie qui s'installe à deux, comme une délivrance tant attendue. Elle le revoit au fond de la nef dans cet habit de parade qui symbolise l'unicité du moment, pourquoi ne se sont-ils pas mariés en tenue décontractée, c'est comme cela qu'ils s'étaient pourtant promis de s'unir ? Ils l'étaient quand il l'avait emmenée à Montclair, visiter la maison où ils étaient maintenant installés. Là, dans l'intimité d'une salle de bains, une lamelle de papier en changeant de couleur changea celles de leur vie, lumière et odeurs d'un après-midi de peinture dans la chambre prochaine d'un bébé qui poussait dans son ventre. Son regard qui s'échappait parfois dans une mémoire qui lui restait inaccessible, l'amour qu'elle voulait lui donner pour le ramener à elle. Elle sursauta quand le serveur la sortit de sa rêverie.

– Vous voulez un autre café, madame ? Pardonnez-moi, je ne voulais pas vous faire peur.

– Non, je vous remercie, répondit-elle, je vais embarquer.

Elle avait réglé son addition et quitté la salle. Devant les guichets de la TWA, elle repéra une rangée de cabines téléphoniques, glissa une pièce de vingt-cinq cents dans la fente et composa son numéro de téléphone. Philip décrocha dès la première sonnerie.

– Où es-tu ?

– À l'aéroport.

– À quelle heure est ton avion ?

La question avait été posée d'une voix triste et douce, elle attendit quelques secondes pour lui répondre.

– Tu es libre ce soir à dîner ? Appelle une baby-sitter et réserve-nous une table chez Fanelli's, je vais échanger une semaine au soleil contre une journée de shopping. Tu t'habilleras d'un jean et de ton pull à col rond, le bleu, c'est comme ça que je te trouve le plus sexy. Je t'attendrai à 20 heures, à l'angle de Mercer et Prince.

Elle reposa le combiné. En souriant, elle emprunta la passerelle qui conduisait vers le parking.

Elle avait passé la journée à prendre soin d'elle. Coiffure, manucure, pédicure, soins du visage, tout y était passé. Elle sortit de son sac le billet d'avion qu'elle se ferait rembourser, en vérifia le prix, et s'engagea pour le salut de sa bonne conscience à ne pas dépasser la somme qui figurait dans le coin gauche de la souche. Elle s'offrit un manteau, une jupe, un chemisier en coton et acheta un pull pour Thomas.

Chez Fanelli's, elle insista pour être placée dans la première salle. Philip fut attentif pendant tout le dîner. Affrontant le vent glacial, ils marchèrent ensuite dans les rues pavées de leur ancien quartier et sans s'en rendre compte se retrouvèrent au pied de l'immeuble où ils avaient vécu. Sous le porche il la prit dans ses bras et l'embrassa.

– Il faut que nous rentrions, dit-elle, il est déjà très tard pour la baby-sitter.

– Je l'ai prise pour la nuit, elle accompagnera les enfants à l'école demain, et toi je te conduis jusqu'à l'hôtel où je nous ai réservé une chambre.

Dans la complicité des draps froissés et avant que le sommeil ne les emporte, elle se lova contre Philip et l'entoura de ses deux bras.

– Je suis contente de ne pas être partie pour Los Angeles.

– Moi aussi je suis content, répondit-il. Mary, j'ai entendu ce que tu m'as dit hier, et je voudrais moi aussi te demander quelque chose. Je voudrais que tu fasses un effort avec Lisa.

***

Cinq saisons passaient et Mary essayait de faire des efforts. Philip accompagnait les enfants le matin à l'école, Mary venait les chercher le soir. Thomas ne quittait plus sa grande sœur à qui il se dévouait. À la bibliothèque de Montclair, il consacrait ses mercredis après-midi à rechercher pour elle tout ce qui touchait au Honduras. Il photocopiait des articles de journaux qu'elle collait dans son grand cahier. Entre les pages elle faisait des dessins tantôt au fusain, tantôt au crayon noir. Lisa l'accompagnait à ses matchs de base-ball, elle s'asseyait sur les gradins et quand Thomas tenait la batte, tout le monde s'étonnait d'entendre sa voix s'élever aussi fort en signe d'encouragement. Au mois d'août, ils partirent en camp de vacances. Philip et Mary louèrent une petite villa au bord de l'eau, dans les Hamptons. Un long week-end d'hiver ils envoyèrent les enfants en classe de neige et se réfugièrent en amoureux dans un chalet au bord d'un lac gelé dans les Adirondacks. Les binômes se défaisaient peu à peu, pour se reconstituer au fil du temps : celui des parents d'un côté et celui des enfants de l'autre. Lisa changeait aussi, elle abandonnait son corps de petite fille et prenait de semaine en semaine l'apparence d'une jeune fille.

***

Elle célébra ses quatorze ans à la fin du mois de janvier de cette année 1993 et huit complices de classe se joignirent à la fête. Sa peau était de plus en plus métissée, et ses pupilles de plus en plus brillantes d'indépendance et de caractère. Mary se sentait parfois dérangée par l'émergence de la beauté de Lisa, particulièrement quand elles marchaient toutes deux dans la rue. Les regards de convoitise des adolescents et moins adolescents lui rappelaient que le temps avait passé, et elle en ressentait une forme de jalousie qu'elle refusait d'admettre. L'insolence et les reparties étaient souvent prétextes à des disputes, Lisa s'enfermait alors dans sa chambre où seul son frère avait droit de séjour et plongeait dans son cahier secret qu'elle cachait sous son matelas. Elle ne prêtait que peu d'attention à sa scolarité, faisant toujours le minimum pour obtenir la moyenne. Au désarroi de Philip, elle ne s'achetait pas de disques, pas de bandes dessinées, pas de maquillage et n'allait jamais au cinéma. Elle économisait tout son argent de poche et le confiait à un lapin en peluche bleu, qui faisait office de tirelire grâce à la discrète fermeture Éclair qu'il avait dans le dos. Lisa semblait ne jamais s'ennuyer, même quand elle restait des heures entières à contempler le vide. Elle vivait dans son monde à elle et par épisodes seulement avec ceux qui l'entouraient. Et plus les jours passaient, plus sa planète était distante.

La venue de l'été annonçait la fin des cours. Un beau mois de juin s'achevait, demain serait un jour de fête : le pique-nique de l'école. Depuis trois jours Philip, Mary et Thomas s'y attelaient.

8.

Thomas arriva le dernier à la table du petit déjeuner. Lisa n'avait rien voulu manger et Mary dut ranger la cuisine en toute hâte. Les tartes emballées dans leur papier cellophane étaient posées bien à plat dans le coffre. Philip lançait de brefs coups de klaxon pour que tout le monde le rejoigne dans la voiture. Le moteur ronronnait déjà quand la dernière ceinture fut bouclée. Il fallait à peine dix minutes pour arriver à l'école et Mary ne voyait pas la raison d'une telle impatience. Sur la route, il lançait des regards dans le rétroviseur. Son agacement était si perceptible que Mary dut lui demander ce qu'il avait ; il contint tant bien que mal son irritation et s'adressa à Lisa :

– Cela fait deux jours que nous sommes tous sur le pied de guerre pour préparer ta cérémonie de fin d'année et la seule qui a vraiment l'air de s'en foutre totalement, c'est toi.

Égarée dans la contemplation des nuages au travers de la fenêtre, Lisa ne daigna pas lui répondre.

– Tu as raison de te taire, reprit Philip, il n'y a vraiment pas de quoi pavoiser avec tes résultats. J'espère que tu comptes t'investir un peu plus l'année prochaine, sinon beaucoup de métiers te seront inaccessibles.

– Pour celui que je veux faire mes notes vont très bien !

– Eh bien voilà une bonne nouvelle, enfin un désir que tu exprimes, comme quoi il ne fallait pas désespérer ! Vous entendez, tous ? Enfin une envie !

– Qu'est-ce que vous avez tous les deux, intervint Mary, vous allez vous calmer ?

– Merci de ton soutien. Alors quel est ce job fabuleux qui t'attend les bras ouverts et pour lequel une scolarité médiocre suffit, je bous d'impatience de le savoir ?

D'un murmure, elle répondit que lorsqu'elle aurait atteint sa majorité elle s'engagerait dans le Peace Corps et repartirait au Honduras, pour y faire le même métier que sa mère. Mary, dont l'estomac s'était immédiatement noué, détourna son visage vers la fenêtre pour ne laisser filtrer aucune émotion. La voiture s'immobilisa sur le bas-côté dans un crissement de pneus. Thomas s'était tassé au fond de son fauteuil, la main crispée sur la sangle de sa ceinture. Philip se retourna, ivre de colère :

– Tu as trouvé cette idée toute seule ? C'est d'un dévouement exemplaire à notre égard ce que tu viens de dire, parce que tu crois que c'est ça la vraie générosité ? Tu crois que fuir sa propre vie est une forme de courage ? Tu vois où cela conduit ? C'est ce modèle de vie qui t'inspire ? Où sont les témoins du bonheur qu'elle a laissés derrière elle ? Tu ne repartiras jamais là-bas, tu m'entends ? Tu veux que je t'explique ce qui se passe quand on renonce à sa propre vie...

Mary serra le poignet de son mari.

– Mais tais-toi ! Tu n'as aucun droit de lui dire des choses pareilles ! Ce n'est pas à Susan que tu es en train de parler, t'en rends-tu seulement compte ?

Philip sortit de la voiture en claquant la portière. Mary

s'était retournée vers Lisa et passait sa main sur son visage aux yeux rougis par des larmes de peur, d'une voix douce et franche elle la consolait.

– Moi je suis fière de toi. Ce que tu veux faire de ta vie demandera beaucoup de courage. Tu ressembles déjà à ta mère et tu as toutes les raisons du monde de le vouloir, parce que c'était une femme remarquable.

Après un court silence elle ajouta :

– Tu as beaucoup de chance, j'aurais tellement voulu à ton âge admirer mes parents au point de vouloir être comme eux.

Mary klaxonna avec insistance jusqu'à ce que Philip reprenne le volant. Elle lui demanda aussitôt de démarrer, le ton qu'elle avait emprunté ne laissait aucune place à la discussion. Elle posa à nouveau son visage contre la vitre, une humeur sombre traversa ses yeux.

À l'école, Philip ne participa à aucune attraction, refusa de s'asseoir au moment de la remise des prix et ne dit mot au cours du repas, pas plus que pendant le reste de l'après-midi. Il n'adressa aucun regard à Lisa, refusant même la main qu'elle lui tendit en signe de paix à la fin du déjeuner. Mary tenta de le faire sourire avec ses haussements de sourcils, sans succès. Elle trouvait son attitude puérile. Elle en fit la remarque à Thomas et passa le reste de son temps à s'occuper de Lisa dont elle savait que la journée était gâchée. Sur le chemin du retour l'ambiance contrastait fortement avec celle de la fête qui venait de s'achever.

En entrant dans la maison, Philip monta aussitôt s'enfermer dans son bureau. Mary dîna en compagnie des enfants dans une atmosphère étouffée. Après les avoir bordés, elle alla se coucher seule, exhalant un profond soupir en remontant le drap sur ses épaules. Au matin, quand elle ouvrit les yeux, le lit était vide. Sur la table de la cuisine elle trouva un petit mot, il était parti travailler au bureau et rentrerait tard le soir, il ne fallait pas l'attendre.

Elle prépara le petit déjeuner et s'apprêta à affronter un étrange week-end. Au milieu de l'après-midi, elle sortit pour aller faire quelques courses, laissant les deux enfants regarder la télévision.

Dans le supermarché elle sentit monter en elle une sensation de solitude ; elle refusa de se laisser gagner par l'émotion, et fit rapidement l'inventaire de sa vie : ceux qu'elle aimait étaient en bonne santé, elle avait un toit sur la tête, et un mari qui ne se mettait presque jamais en colère, pas de quoi sombrer dans la déprime d'un de ces satanés dimanches.

Elle se rendit compte qu'elle parlait toute seule quand une vieille dame passant près d'elle lui demanda ce qu'elle cherchait. Mary lui répondit en souriant : « De quoi faire des crêpes. » Elle poussa son caddie et se dirigea vers le rayon des sucres et farines. Elle était rentrée vers 18 heures, les bras trop lourdement chargés, parce qu'elle rapiéçait souvent d'une frénésie d'achats ses griffures au cœur. Elle avait posé les paquets sur la table de la cuisine et s'était retournée vers Thomas qui jouait dans le salon.

– Vous avez été sages ?

Le petit garçon acquiesça d'un mouvement de la tête. Mary commença à déballer ses courses.

– Lisa est dans sa chambre ? reprit-elle.

Absorbé dans son jeu Thomas ne lui répondit pas.

– Je t'ai posé une question, au cas où tu ne l'aurais pas remarqué ?

– Mais non, elle est avec toi !

– Comment ça, elle est avec moi ?

– Elle est sortie, il y a deux heures, et elle a dit : Je vais voir maman !

Mary lâcha aussitôt les fruits qu'elle tenait dans ses mains et saisit son fils par les épaules.

– Comment a-t-elle dit cela ?

– Tu me fais mal maman ! Comme je viens de le dire, elle est juste sortie en disant qu'elle allait te rejoindre.

La voix de Mary trahissait son inquiétude. Elle relâcha la pression qu'elle exerçait sur lui.

– Est-ce qu'elle avait un sac avec elle ?

– Franchement je n'ai pas regardé. Qu'est-ce qu'il y a maman ?

– Continue à jouer, je reviens !

Elle gravit les marches de l'escalier en toute hâte, entra dans la chambre de Lisa, et chercha le lapin-tirelire qui trônait d'ordinaire sur l'étagère en bois blanc. Vide, il reposait sur le bureau. Se mordant la lèvre inférieure, Mary se précipita dans sa chambre, plongea sur le lit pour saisir le téléphone et composa aussitôt le numéro de Philip qui ne répondit pas. Elle se souvint que c'était le week-end et recomposa nerveusement le numéro de sa ligne directe ; il décrocha à la quatrième sonnerie.

– Il faut que tu rentres tout de suite à la maison, Lisa a fait une fugue, je téléphone au commissariat.

Philip se gara derrière une voiture de la police de Montclair. Il remonta l'allée en courant. Chez eux, il trouva Mary assise sur le canapé du salon auprès de l'officier Miller qui prenait des notes.

Le policier lui demanda s'il était le père de la petite. Philip adressa un regard à Mary et acquiesça d'un signe de tête. Le détective l'invita à se joindre à leur conversation.

Pendant dix longues minutes il les interrogea sur ce qui à leur sens pouvait avoir été à l'origine de la fugue. Avait-elle un petit ami, avait-elle rompu récemment avec lui, y avait-il eu dans son comportement des signes avant-coureurs de ce geste ?

Exaspéré Philip se leva. Ils n'allaient pas retrouver sa fille en jouant au jeu des questions et des réponses, elle n'était pas cachée dans le salon et ils avaient perdu assez de temps comme cela. Il clama qu'au moins une personne allait partir à sa recherche et sortit en claquant la porte. Le policier resta interloqué. Mary lui raconta alors la situation particulière de Lisa, et confia que son mari avait eu une altercation avec elle la veille, que c'était la première depuis que l'enfant était arrivée dans leur vie. Elle ne mentionna pas les propos qu'elle avait tenus à Lisa dans la voiture. Elle les avait voulus apaisants et redoutait désormais qu'ils n'aient provoqué le départ de l'adolescente.

L'inspecteur rangea son carnet et prit congé, invitant Mary à passer à son bureau. Il tenta de la rassurer : au pire la jeune fille dormirait dehors et reviendrait au petit matin, les fugues se soldaient généralement comme cela.

La nuit s'annonçait longue. Philip rentra bredouille, la voix nouée, pour retrouver sa femme assise à la table de la cuisine. Il prit ses mains dans les siennes en murmurant son désarroi. Il posa sa tête sur son épaule, l'embrassa et monta se réfugier dans son bureau. Mary le suivit du regard. Elle grimpa à son tour les escaliers et entra sans frapper.

– Je sens bien que tu n'arrives pas à maîtriser cette situation, et je peux le comprendre. Mais il va bien falloir que l'un de nous deux en soit capable. Tu vas rester ici, tu feras dîner Thomas et tu répondras au téléphone. S'il se passe quoi que ce soit, tu m'appelles immédiatement sur la ligne de la voiture, je vais aller voir où ils en sont.

Elle ne lui laissa pas le temps d'argumenter ; de la lucarne de son bureau il la vit redescendre l'allée en courant, la voiture disparut au coin de la rue.

La mine de Miller n'augurait rien de bon ; assise face à lui, elle ressentit une violente envie de fumer quand il alluma sa cigarette. Plusieurs patrouilles avaient inspecté les différents lieux de la ville où les jeunes avaient l'habitude de se regrouper, les quelques amis de Lisa avaient été interrogés, et la police pensait maintenant qu'elle avait pris un train ou un car pour rejoindre Manhattan. L'inspecteur Miller avait déjà envoyé un fax au central du Port Authority* de New York qui retransmettrait l'avis de fugue dans tous les Precincts** de la ville.

– Et ensuite ? demanda-t-elle.

– Madame, chaque inspecteur doit avoir en moyenne une quarantaine de dossiers similaires sur son bureau. La plupart des adolescents rentrent chez eux au bout de trois ou quatre jours, il faut prendre votre mal en patience. Nous allons continuer nos rondes dans Montclair, mais New York est en dehors de notre juridiction et nous n'avons aucun droit d'intervenir là-bas.

– Mais moi je me fous de vos frontières administratives. Qui va être personnellement en charge de retrouver ma fille ?

Miller comprenait sa détresse, mais il ne pouvait rien faire de plus. La conversation était finie, Mary était

* Unité de police responsable de tous les accès de la ville.

** Commissariats de police.

incapable de se lever de sa chaise. Miller hésita quelques secondes, ouvrit son tiroir et en extirpa une carte de visite qu'il lui tendit.

– Allez voir demain ce collègue de ma part, il est détective au Midtown South Squad, je lui passerai un appel téléphonique pour le prévenir.

– Pourquoi ne le passez-vous pas maintenant ?

Miller la regarda droit dans les yeux et décrocha son téléphone. C'est un répondeur qui enregistra la communication. Il s'apprêtait à raccrocher, mais à l'insistance de Mary, il laissa un message qui résumait les motifs de son appel. Elle le remercia chaleureusement et quitta l'enceinte du commissariat.

Elle avait roulé jusqu'au sommet des collines de Montclair, de là on pouvait voir New York s'étendre à l'infini. Quelque part au milieu des millions de lumières qui scintillaient, une jeune fille de quatorze ans se fondait dans une nuit incertaine. Mary fit tourner la clé de contact et prit le chemin de l'autoroute qui conduisait à la Grosse Pomme.

Au terminal central des bus, elle présenta à tout le personnel la photo de Lisa qu'elle gardait dans son portefeuille. Personne n'identifia l'adolescente. Elle se souvint du centre de copies où elle avait fait relier les épreuves de sa thèse quand elle habitait encore la métropole. Il était ouvert toute la nuit et elle s'y rendit aussitôt. Une étudiante de vingt ans à la chevelure bouclée était de permanence dans la boutique déserte. Mary lui expliqua l'objet de sa demande ; compatissante, la jeune fille lui offrit un café et s'installa derrière le clavier d'un ordinateur. Elle composa la mention « Disparue », inscrivit au-dessous toutes les coordonnées que Mary lui avait indiquées. Quand la feuille fut imprimée, elle l'aida à coller la photo puis en fit cent tirages. Mary ressortit dans la rue, et l'étudiante apposa une affichette sur la devanture de la boutique.

Elle roula de quartier en quartier, traversant la ville à vitesse réduite. Chaque fois qu'elle croisait une voiture de patrouille, elle l'arrêtait pour confier une affichette aux policiers dont elle sollicitait la vigilance. À 7 heures du matin elle se présenta au septième Precinct, et tendit au policier en uniforme qui tenait l'accueil la carte de visite que lui avait remise l'officier Miller. Il prit le bristol ; il lui faudrait patienter ou revenir un peu plus tard, ce lieutenant ne prenait son service qu'à 8 heures. Elle s'assit sur un banc et accepta volontiers le gobelet de café qu'il lui proposa une demi-heure plus tard.

L'officier de la police criminelle avait garé son véhicule sur le parking et emprunté l'entrée située à l'arrière du bâtiment. Il approchait la cinquantaine et ses cheveux épais commençaient à grisonner. Il monta à son bureau, déposa sa veste sur le dossier de sa chaise et rangea son arme dans un tiroir. Le voyant lumineux de son répondeur clignotait, il appuya sur le bouton en maugréant. Le premier message provenait de son logeur qui réclamait le paiement de son loyer et menaçait de prévenir son supérieur, le deuxième de sa mère qui se plaignait comme tous les jours de sa voisine de chambre à l'hôpital, le troisième et le seul qui éveilla son regard bourru émanait d'une ancienne collègue partie vivre à San Francisco peu de temps après leur rupture, ou était-ce parce qu'il n'avait pas voulu la suivre qu'ils avaient rompu ? Le quatrième et dernier avait été laissé par une de ses proches connaissances, l'officier Miller de la police de Montclair. Quand la bande se rembobina, il descendit chercher un café au distributeur situé au rez-de-chaussée : depuis quelques mois Nathalia n'était plus là pour lui en monter un avec le sien. Mary s'était assoupie et il lui tapota l'épaule. Elle ouvrit les yeux et découvrit un homme à la mine assombrie par une barbe de plusieurs jours.

– Je suis le lieutenant George Pilguez, votre visite m'a été annoncée. Vous n'avez pas perdu de temps, suivez-moi. (Mary prit son sac et le gobelet de café.) Vous pouvez le laisser là, on va vous en offrir du chaud.

Pilguez dévisagea longuement la femme qui venait de s'asseoir en face de lui. Il remarqua ses traits fatigués. Elle ne chercha pas à lui être aimable, ce qui lui plut immédiatement. Il la laissa raconter son histoire et fit pivoter son siège. Sur une armoire il saisit une trentaine de chemises en carton et les laissa choir sans ménagement sur son bureau.

– Ce sont les mineurs en fugue, uniquement ceux de la semaine dernière, expliquez-moi pourquoi je devrais donner plus d'importance à cette gamine qu'aux autres ?

– Parce que cette gamine, c'est ma fille ! dit-elle d'une voix déterminée.

Il bascula son fauteuil en arrière et finit par décrocher ce qui pouvait ressembler à l'esquisse d'un sourire.

– Je suis de bonne humeur Je vais diffuser l'avis de recherche à toutes les patrouilles et passer quelques coups de fil dans les autres Precincts de la ville. Rentrez chez vous, je vous tiendrai au courant s'il y a du nouveau.

– Je reste en ville, moi aussi je la cherche.

– Dans l'état de fatigue où vous vous trouvez, je devrais vous retirer votre permis ; je vais vous emmener prendre un vrai café, et ne discutez pas, je me rendrais coupable de non-assistance à personne en danger, suivez-moi !

Ils sortirent du commissariat. Au café à l'angle de la rue

ils s'attablèrent et elle lui raconta l'histoire d'une petite fille qui était partie du Honduras pour arriver dans sa vie un dimanche de pluie. Quand elle eut fini son récit, ils avaient partagé des œufs au plat.

– Et votre mari dans tout ça ?

– Je crois qu'il est débordé par les événements, il culpabilise à cause de l'altercation qu'ils ont eue dans la voiture.

– Oui, enfin si on ne peut plus engueuler ses mômes, à quoi ça sert d'en avoir ?

Elle le regarda, interloquée.

– J'essayais juste de vous détendre.

– Et vous, qu'est-ce qui vous a mis de bonne humeur ?

– C'est vrai que je vous ai dit ça dans mon bureau tout à l'heure, vous êtes très attentive.

– Journaliste de formation !

– Toujours en fonction ?

– Non, deux mômes comme vous dites, il faut savoir faire des choix dans la vie. Vous n'avez pas répondu à ma question.

– Je suis en train de me rendre compte à quel point je n'en peux plus de cette ville.

– Et ça vous met de bonne humeur ?

– Non, ça m'arrange. Je m'avoue parfois que quelqu'un me manque bien plus que je ne l'imaginais.

– Je ne vois toujours pas de quoi se réjouir !

– Moi si, je vais peut-être réussir à prendre une décision avant qu'il ne soit trop tard.

– Laquelle ?

– Me faire muter !

– Là où se trouve cette amie qui vous manque ?

– Je croyais que vous n'exerciez plus ?

– Retrouvez Lisa, moi non plus je n'imaginais pas qu'elle me manquerait à ce point.

– Repassez me voir ce soir si vous tenez encore debout, et faites attention en conduisant.

Mary se leva et voulut payer la note, mais il prit le ticket d'un geste bref et lui fit signe en secouant son autre main de se sauver. Elle le remercia et sortit du café. Elle arpenta toute la journée les avenues de la ville. Quand elle passa au pied de l'immeuble du *New York Times* elle eut comme un pincement au cœur. Elle roula instinctivement jusqu'à SoHo et s'arrêta sous les fenêtres de son ancien appartement. Le quartier ne cessait de changer. Dans la vitrine d'un magasin elle contempla son reflet et fit une moue agacée : « C'est pour ça que cela me semble si loin », maugréa-t-elle. Un appel passé à Philip lui confirma qu'il n'y avait rien de nouveau du côté de Montclair. Prenant son courage à l'aide d'une longue inspiration, elle avala un nouveau café chez Fanelli's, et se dirigea vers le quartier latino-américain de la ville.

L'après-midi tirait à sa fin, Lisa avait disparu depuis vingt-quatre heures et Mary sentait l'angoisse croître dans sa poitrine. La fatigue ajoutait à sa tension. Elle s'immobilisa, interdite au beau milieu d'un passage piéton, en croisant une mère et sa fille qui devait avoir à peu près l'âge de Lisa. La femme la considéra gravement et passa son chemin. Une onde de tristesse la traversa. Au début de la soirée elle prit la direction de l'hôtel de police et en route téléphona au lieutenant Pilguez.

Il lui proposa de la rejoindre au même bar. Elle arriva la première. À l'intérieur, ses yeux durent s'accommoder à la pénombre du lieu. Dans un distributeur près des toilettes, elle introduisit toute la monnaie que contenait son sac pour s'acheter un paquet de Winston.

Elle s'assit au comptoir, accepta la flamme que lui tendait le barman et inspira profondément la fumée. Sa tête se mit à tourner aussitôt, elle toussa et vacilla sur son tabouret.

Le serveur inquiet lui demanda si elle se sentait bien. Les rires saccadés et nerveux qui sortirent de sa gorge éraillée le laissèrent perplexe.

Le lieutenant Pilguez poussa la porte, elle le rejoignit dans un box. Il commanda une bière, elle hésita et prit la même chose.

– J'ai passé presque ma journée entière sur le dossier de votre fille, il ne doit plus y avoir une patrouille de New York qui ne soit au courant. Je me suis rendu dans le quartier portoricain, j'ai parlé à tous mes indics, il n'y a aucune trace de votre petite. D'un certain côté c'est plutôt une bonne nouvelle, cela veut dire qu'elle n'a pas été récupérée par des individus malfaisants et si une telle chose venait à se produire je serais prévenu sur-le-champ ; Lisa bénéficie de ma protection ce qui dans certains milieux est presque mieux que si elle était équipée d'un mouchard.

– Je ne sais pas comment vous remercier, murmura Mary.

– Eh bien ne le faites pas alors ! Écoutez ce que je vais vous dire. Il faut que vous rentriez chez vous maintenant, vous allez finir par vous foutre en l'air et cela ne sera pas très utile quand on aura retrouvé la gamine. En attendant vous pouvez nous aider.

Pilguez lui rappela que les pas de l'adolescence empruntent des chemins différents de ceux des adultes. Lisa était peut-être partie sur une impulsion, mais probablement pas au hasard. Elle devait suivre une route qui avait une logique, la sienne. La toile qui conduirait à elle était tissée du fil de sa mémoire, et il fallait fouiller dans les souvenirs pour y chercher ceux qui avaient un sens particulier. Avait-elle, au cours d'une promenade dans un parc, ne serait-ce que remarqué un arbre qui lui aurait rappelé sa terre natale ? Si tel était le cas elle serait probablement en train d'attendre sous ses branches.

– Il y a ce voyage dans les Rocheuses, dit Mary.

Sa mère s'était-elle approprié un lieu dans son enfance ? Mary songea aux collines de Montclair d'où l'on voyait la ville, mais elle y était déjà allée.

– Eh bien retournez-y ! dit Pilguez.

Se souvenait-elle d'avoir vu un drapeau hondurien, aussi petit fût-il ? Elle serait là à le contempler. Il y avait celui qu'elle avait peint sur un tronc. Y avait-il un quelconque endroit qui serait pour elle comme une passerelle tendue entre ici et là-bas ? Mary se souvint du toboggan rouge écaillé dont Philip lui avait parlé, mais il y avait si longtemps, aux tout premiers jours de son arrivée.

– Eh bien si j'étais vous je foncerais visiter tous ces lieux, elle est probablement dans l'un d'eux. (Pilguez se reprit.) Dans votre état ne foncez quand même pas trop, téléphonez-moi, et puis allez prendre un peu de repos.

Mary se leva et le remercia, avant de quitter la table elle posa sa main sur l'épaule du flic bourru.

– Vous y croyez à la piste du toboggan ?

– On n'est jamais à l'abri d'un coup de bol ! Filez !

Elle écarta l'hypothèse angoissante du train, ce moyen de locomotion étant bien trop cher pour le lapin de Lisa. Elle retourna au terminal central des bus et demanda à être reçue cette fois-ci par un responsable. Une employée la reconnut et la fit patienter sur un banc. L'attente sembla interminable. Un homme de forte corpulence la fit enfin entrer dans son bureau. La pièce était glauque, mais le personnage à la respiration haletante aimable et disposé à lui venir en aide.

Elle lui présenta la photo de Lisa et voulut savoir s'il était possible de se rendre en Amérique centrale en autocar. « Nos lignes vers le sud s'arrêtent à Mexico », répondit-il en essuyant la sueur sur son front du revers de la main. Trois cars étaient partis depuis la disparition de l'enfant. Se levant péniblement, il regarda sa montre et localisa du doigt sur la grande carte placardée au mur les positions respectives des autocars. Sur une étagère, il s'empara d'un énorme annuaire de la compagnie pour téléphoner aux étapes où les passagers iraient se restaurer lors des prochaines haltes. Elle demanda qu'on prévienne les conducteurs de contacter d'urgence le terminal de New York. Bien que ce fût mani festement un effort pour lui, il la reconduisit jusque sur le trottoir du bâtiment. Quand elle le remercia, visiblement émue, avant de disparaître sur le trottoir du terminal il ajouta qu'il ne croyait pas une seconde qu'elle ait pu, à son âge, monter à bord sans se faire remarquer par les chauffeurs ; il ajouta que, de toute façon, elle ne passerait jamais la frontière !

Pour lutter contre le sommeil, elle roulait la fenêtre ouverte, il n'était pas question de s'endormir maintenant. Il était 20 h 30 et le parking du MacDonald's était encore plein, mais le vieux toboggan rouge dormait paisiblement. Elle avait parcouru toutes les allées en criant le nom de Lisa, mais elle n'avait obtenu aucune réponse. À l'intérieur du fast-food aucun des employés à qui elle présenta la photo n'avait aperçu la jeune fille. Elle prit la route qui menait vers le haut de la ville, bifurqua sur un chemin de terre et arrêta son 4 × 4 blanc au droit de la barrière qui lui interdisait d'aller plus loin. Elle poursuivit la sente à pied et grimpa jusqu'au sommet de la colline. Dans la lumière pâle d'une fin de jour, elle continuait de hurler le nom de Lisa, mais même l'écho ne lui répondait pas. Elle eut envie de s'allonger à même la terre. Quand vint la nuit noire, elle se sentit à la limite de l'épuisement et, résignée, se décida à rentrer.

Thomas était assis par terre dans le salon ; elle lui adressa un mot tendre et grimpa aussitôt vers sa chambre. En montant l'escalier, Mary se rendit compte que le rez-de-chaussée était silencieux. Elle jeta un regard en arrière et vit que l'écran était noir. Thomas contemplait une télévision éteinte. Elle redescendit les marches, s'agenouilla à côté de lui et le prit sous son épaule.

– On ne s'occupe pas beaucoup de toi en ce moment, ma petite grenouille.

– Tu crois qu'elle va revenir ? demanda le petit garçon.

– Je ne crois pas, j'en suis certaine.

– C'est à cause de l'engueulade avec papa qu'elle est partie ?

– Non, c'est plutôt à cause de moi. Je crois que je ne lui ai pas fait une vie très facile.

– Tu l'aimes ?

– Mais évidemment, comment peux-tu poser cette question ?

– Parce que tu ne le dis jamais.

Mary accusa le coup.

– Ne reste pas là comme ça, va nous préparer deux sandwichs, je monte me changer et je redescends dîner avec toi. Tu sais où est ton père ?

– Il est parti au commissariat, il sera là dans une heure.

– Alors fais-en trois... non, quatre !

Elle gravit à nouveau les marches, prenant appui sur la rampe, et continua ainsi jusqu'au bureau de Philip.

La pièce était plongée dans la pénombre, elle effleura la lampe posée sur le bureau, il suffisait d'en toucher du bout du doigt la structure métallique pour l'allumer.

Elle se dirigea vers l'étagère et prit le petit cadre qu'elle approcha de son visage. Sur le cliché Susan rayonnait d'un sourire qui appartenait au passé. D'une voix feutrée, Mary se mit à lui parler :

– J'ai besoin de toi. Tu vois, je suis là comme une conne au milieu de cette pièce, et je ne me suis jamais sentie aussi seule de ma vie. Je suis venue te demander de l'aide. Parce que de là où tu es, toi tu la vois sûrement. Tu sais, je ne peux pas tout faire toute seule. Je comprends bien ce que tu dois penser, mais il ne fallait pas me l'envoyer si tu ne voulais pas que je m'attache autant à elle. Je te demande juste de me laisser le droit de continuer à l'aimer. Aide-moi sans crainte puisque tu seras toujours sa mère, je t'en fais le serment. Envoie-moi un signe, un tout petit signe de rien du tout, un petit coup de pouce, tu peux bien faire ça non ?

Et les larmes qu'elle avait retenues ruisselèrent le long de ses joues. Assise dans le fauteuil de son mari, la photo de Susan collée contre sa poitrine, elle posa son front sur le bureau. Quand elle releva la tête, elle contempla songeuse le petit coffre en bois qui régnait au milieu de la table ; la clé était juste à côté. Elle se leva d'un bond et dévala l'escalier.

Sur le pas de la porte d'entrée, elle dit à Thomas :

– Tu ne sors pas d'ici, tu manges ton sandwich en

regardant la télé et, lorsque papa rentre, tu lui dis que je lui téléphonerai un peu plus tard, et surtout tu n'ouvres à personne, tu as compris ?

– Je peux savoir ce qui se passe ?

– Plus tard chéri, là je n'ai vraiment pas le temps, fais simplement ce que je te dis, je te promets qu'on rattrapera le temps perdu.

Elle se précipita dans sa voiture et inséra fébrilement la clé de contact ; le moteur se mit à tourner. Elle roulait à vive allure, dépassait tout ce qui se trouvait devant elle, tantôt par la droite tantôt par la gauche, provoquant derrière elle des huées de klaxons dont elle se moquait éperdument. Dans sa poitrine elle sentait son cœur s'emballer à tout rompre, et plus les secondes s'égrenaient plus elle accélérait ; elle faillit faire une embardée mais réussit à se maintenir dans l'axe de la sortie n° 47. Dix minutes plus tard elle abandonnait sa voiture le long d'un trottoir. Elle ne répondit pas au policier qui l'interpellait et se rua à l'intérieur du bâtiment. Elle courut aussi vite que possible, gravit haletante les marches d'un escalier en colimaçon. Au bout d'un couloir, elle s'arrêta devant une porte, au travers du hublot rond elle contempla la salle, juste le temps de reprendre son souffle, puis lentement, elle poussa le battant.

Au fond du bar du terminal n° 1 de l'aéroport de Newark, seule à une table, une jeune fille de quatorze ans regardait par la baie vitrée qui donnait sur les pistes.

Mary remonta lentement la travée et s'assit face à elle. Lisa avait senti sa présence, mais elle maintenait ses yeux rivés sur les avions. Sans dire un mot, Mary posa alors sa main sur la sienne, la laissant à son silence, et sans se détourner Lisa dit :

– Alors c'est d'ici que maman est partie ?

– Oui, chuchota Mary, c'est d'ici. Regarde-moi, juste un instant, j'ai quelque chose d'important à te dire.

Lisa tourna lentement la tête et plongea ses yeux dans ceux de Mary.

– Quand je t'ai vue la première fois dans tes habits trempés et trop petits pour toi, avec ton sac et ton ballon, je n'imaginais pas qu'une si petite fille allait prendre autant de place dans mon cœur. Je croyais n'avoir jamais eu aussi peur de ma vie, jusqu'à aujourd'hui. Je voudrais que nous échangions une promesse, un secret entre nous. N'essaie plus de partir, et le jour de ta *graduation**, quand tu auras dix-neuf ans, si ce « là-bas » est toujours ton chez-toi, si tu veux toujours repartir, alors c'est moi qui te conduirai dans cet aéroport, je t'en fais le serment. Tu étais ici tout ce temps sans que personne ne te remarque ?

Les traits de Lisa se détendirent et un sourire timide se dessina à la commissure de ses lèvres.

– Non. On rentre maintenant ? dit-elle de sa petite voix.

Elles se levèrent, Mary abandonna quelques dollars sur la table et elles sortirent toutes les deux du bar. En arrivant sur le trottoir, Mary jeta par-dessus son épaule la contravention qu'elle venait de trouver sur son pare-brise. Lisa lui posa une question :

– Tu es qui pour moi ?

Mary hésita un instant et répondit :

– Je suis ton paradoxe.

– C'est quoi le paradoxe ?

– Ce soir, quand tu seras couchée, je t'expliquerai. Là,

* Équivalence du baccalauréat américain.

j'ai un peu peur de mes yeux et tu n'es pas équipée pour faire des crêpes dans la voiture !

Sur le combiné fixé au tableau de bord, elle composa le numéro de chez elle, Philip décrocha aussitôt.

– Elle est avec moi, nous rentrons à la maison, je t'aime.

Elle appela ensuite un inspecteur de police qui dans quelques jours remplirait sa demande de mutation à la criminelle de San Francisco ; la ville était vraiment belle, disait-on, il le savait d'une certaine Nathalia qui y travaillait déjà.

Quand ils rentrèrent à la maison, Thomas se précipita sur Lisa, elle le serra dans ses bras, les deux adultes la rejoignirent avec une assiette de fruits. Elle n'avait pas faim, elle était fatiguée et voulait dormir.

Dans la chambre, Mary s'assit au bord du lit et lui caressa longuement les cheveux. Elle l'embrassa sur le front et quand elle s'apprêta à sortir de la pièce elle l'entendit lui demander pour la seconde fois de la journée :

– C'est quoi le paradoxe ?

La main sur la poignée de la porte, Mary esquissa un sourire chargé d'émotion.

– Le paradoxe, c'est que je ne serai jamais ta mère, mais toi tu seras toujours ma fille. Dors maintenant, tout va bien.

9.

Il n'y eut pas de camp de vacances cet été-là. Philip, Mary, Lisa et Thomas louèrent la même maison dans les Hamptons. La saison estivale rapprocha tout le monde et de parties de bateau en barbecues, les rires et la joie de vivre avaient enfin fleuri dans leur vie commune.

Dès la rentrée, Lisa aborda sa scolarité avec une attitude nouvelle que le bulletin de classe de la fin du premier semestre traduirait explicitement. Thomas prenait un peu plus de distance avec sa sœur, l'adolescence les séparait provisoirement.

À Noël Mary expliqua à Lisa que ce qui venait de lui arriver était normal, ce sang-là n'était en rien celui d'une lutte de son corps contre une quelconque peur. Elle était simplement en train de devenir une femme, et cela n'aurait rien de simple.

En janvier, Mary organisa une grande soirée pour célébrer les *sweet sixteen** de Lisa, et, cette fois, toute sa classe répondit à l'invitation. Au printemps suivant, elle soupçonna l'existence d'un flirt dans la vie de Lisa, et lui

* Célébration du seizième anniversaire

fit une leçon approfondie sur toutes les particularités de la féminité. Lisa accorda peu d'importance aux détails physiques, mais elle tendit une oreille attentive à ce qui touchait aux couleurs des sentiments. L'art de la séduction la fascinait au point de donner lieu à de multiples conversations entre elles. Pour la première fois c'était Lisa qui les provoquait. Avide d'explications, elle recherchait la compagnie de Mary qui, réjouie de ce prétexte, distillait ses réponses avec parcimonie.

Au spleen qui s'installa en elle à l'approche des grandes vacances, Mary devina qu'un amour avait dû pousser dans le cœur de la jeune fille. Les mois d'été sont détestables quand on aime à cet âge, et la promesse de s'écrire ne comble pas ce vide que l'on découvre pour la première fois de sa vie.

Elle était allée la chercher à l'école pour passer avec elle le mercredi après-midi à Manhattan. Attablées dans le petit jardin à l'arrière du bistrot Picasso situé dans le Village, elles partageaient une Caesar's salad agrémentée de filets de poulet grillés.

– Bon, il te manque déjà alors que vous n'êtes pas encore séparés, c'est ça ? demanda Mary.

– Tu as connu ce truc-là ?

– Bien trop longtemps.

– Pourquoi ça fait mal comme ça ?

– Parce que aimer c'est avant tout prendre un risque. C'est dangereux de s'abandonner à l'autre, d'ouvrir cette petite porte sur notre cœur. Ça peut provoquer la douleur indescriptible que tu ressens. Ça peut même prendre la forme d'une obsession.

– Je ne pense qu'à ça !

– Et il n'y a aucun médicament pour ce genre de mal

de cœur. C'est comme cela que j'ai compris qu'on s'était fourvoyé sur la relativité du temps. Une journée peut être bien plus longue qu'une année entière quand l'autre vous manque, mais c'est aussi un des délices de la chose. Il faut apprendre à apprivoiser ce sentiment.

– J'ai tellement peur de le perdre, qu'il rencontre une autre fille. Il part dans un camp de vacances au Canada.

– Ça peut arriver, je comprends ta trouille. C'est détestable, mais à cet âge-là les garçons sont assez volages.

– Et plus tard ?

– Ça s'arrange pour certains d'entre eux, rares, mais il y en a !

– S'il me trahissait, je ne m'en remettrais pas.

– Si, si, j'ai testé pour toi ! Je sais que dans ton état, c'est très difficile à croire mais on s'en remet quand même !

– Qu'est-ce qu'il faut faire pour les rendre amoureux ?

– Avec les garçons, tout est dans la réserve, la distance, la part de mystère. C'est ce qui les rend fous !

– Ça, j'avais remarqué !

– Comment ça, tu avais remarqué ?

– C'est assez naturel chez moi, la réserve.

– Et puis veille à ta réputation, c'est important pour plus tard, c'est une question d'équilibre.

– Je ne comprends pas !

– Je pense que ton père pourrait me tuer s'il m'entendait te dire des choses pareilles, mais tu fais tellement plus que ton âge.

– Vas-y ! insista Lisa en trépignant.

– Si tu fuis la compagnie des garçons, tu passeras pour une sainte-nitouche et tu ne seras pas considérée par eux, mais si tu es trop souvent avec eux, tu passeras pour une fille facile et ils apprécieront ta compagnie pour de mauvaises raisons, ce qui n'est pas bon non plus.

– Ça aussi j'ai vu ! Ma copine Jenny a dû perdre l'équilibre !

– Et toi, tu en es où ?

– Assise sur le fil, j'ai réussi à me maintenir.

– Lisa, le jour où ces choses prendront plus d'importance encore dans ta vie, je veux que tu te sentes libre de me poser toutes les questions qui te traverseront l'esprit. Je suis là pour ça.

– Et toi, qui t'a expliqué quand tu avais mon âge ?

– Personne, et c'est beaucoup plus difficile dans ces conditions de ne pas avoir le vertige.

– À quel âge as-tu eu ton premier petit ami ?

– Pas au tien en tout cas, mais c'était une autre époque.

– Je trouve ça quand même un peu effrayant.

– Attends encore un peu et tu verras à quel point on change d'avis !

Après le repas, elles poursuivirent leur conciliabule dans les rues du Village, chambardant les rayons des boutiques à la mode où elles étaient entrées à la recherche de la tenue fatale qui « achèverait » le jeune homme en question.

– Tu comprends, dit Mary, on a beau dire qu'en amour l'apparence ce n'est pas ce qui compte, en matière de séduction ça joue drôlement quand même ! Le tout c'est de bien trouver son look !

Quand la vendeuse du Banana Republic rappela à une Lisa hésitante sur un fuseau noir qu'avec sa silhouette elle pouvait tout porter, et lorsque peu après, alors qu'elle était dans la cabine d'essayage, la même vendeuse dit à Mary que sa fille était absolument sublime, le sentiment qui l'envahit ne ressemblait en rien à de la jalousie, mais bien à de la fierté.

En sortant sur le trottoir, les bras chargés de paquets, Lisa embrassa Mary, et murmura à son oreille qu'il s'appelait Stephen.

– Eh bien Stephen, répliqua Mary à voix haute, c'est le début des emmerdes, tu vas passer tes vacances à te morfondre, nous allons y veiller !

***

Pendant l'été qu'ils passaient tous à nouveau dans les Hamptons, Lisa écrivait en secret deux fois par semaine au prénommé Stephen. Des lettres qui contenaient de quoi lui assurer qu'elle pensait beaucoup à lui, mais aussi qu'il y avait plein de garçons *sympas*, qu'elle passait des vacances *géniales à faire beaucoup de sport.* Elle espérait qu'il s'amusait dans son camp de vacances, et ajouta que les deux mots lui semblaient antagonistes. « Un peu de vocabulaire ne peut pas faire de mal », avait répondu Mary à Lisa qui s'était résolue à demander si « antagoniste » ne faisait pas un peu pompeux.

À la rentrée, Lisa retrouva Stephen dans sa classe et dans sa vie.

***

Au mois de novembre, le spleen refit surface et Mary apprit que Stephen partait cette fois en famille faire un stage de ski dans le Colorado. Sans consulter personne, au cours du dîner suivant, elle décida qu'il serait formidable que Lisa apprenne enfin à bien skier. L'invitation de Cindy, la sœur de Stephen, à passer les vacances avec eux tombait à point nommé. Pour Philip il n'était pas question de séparer la famille le jour de Noël, mais Mary tint fermement sa position puisque le départ était prévu pour le 27. Pour le réveillon, on se téléphonerait, il fallait bien apprendre à grandir, non ?

Son mouvement du sourcil gauche emporta probablement l'adhésion finale.

Ils ne reçurent qu'une seule carte postale, la veille de son retour, et Mary dut expliquer quotidiennement à Philip qu'il fallait s'en réjouir – c'était plutôt si elle avait écrit tous les jours qu'il aurait fallu s'inquiéter.

Ils passèrent ainsi New Year's Eve* à trois, et, bien décidée à assumer cette séparation devant les autres, Mary prépara un somptueux repas. À table, pourtant, la chaise vide la hanta pendant toute la soirée. L'absence frappait à cette petite porte ouverte dont elle avait parlé à Lisa un après-midi d'été.

Elle était revenue bronzée, heureuse et décorée de deux médailles gagnées sur les pistes. Mary vit enfin le fameux Stephen, sur les photographies de groupe, et un peu plus tard, dans la chambre de Lisa avant qu'elle se couche sur le portrait photomaton où ils souriaient tous les deux.

Pendant les deux mois qui suivirent, l'idée de renouer avec son passé de journaliste effleurait de plus en plus souvent Mary. Elle avait commencé par rédiger des chroniques « juste pour son plaisir », et par curiosité déjeuna avec le nouveau rédacteur en chef du *Montclair Times* qu'elle avait connu à la faculté. À sa grande surprise il

* Soir du réveillon

l'avait invitée à lui adresser un texte. Il lui faudrait probablement un peu de temps pour « dégripper » sa plume, mais il lui laissait choisir son sujet. Avant de la quitter, il lui promit de l'aider dans la mesure de ses moyens si elle souhaitait réellement reprendre le métier. « Et pourquoi pas ? » s'était-elle dit en rentrant chez elle.

*
* *

Philip était assis à sa table de travail et contemplait par la fenêtre le soleil qui déclinait en cette fin de journée de mai. À peine revenue de la bibliothèque municipale, Mary était montée l'interrompre dans son travail.

Quand elle entra, il leva les yeux et lui sourit, en attendant qu'elle parle.

– Tu crois qu'on peut prendre possession du bonheur à quarante ans ?

– On peut en prendre conscience en tout cas.

– Est-ce que les choses peuvent changer si tard dans la vie, est-ce que l'on peut soi-même encore changer ?

– On peut accepter de mûrir et de vivre les choses au lieu de les combattre.

– C'est la première fois depuis tout ce temps que j'ai l'impression de te sentir auprès de moi Philip, c'est cela qui me rend heureuse.

En ce printemps de l'année 1995, Mary savait que le bonheur s'était installé dans sa maison, et pour longtemps.

Elle rangeait la chambre de Lisa et comme il faisait déjà chaud, elle décida de retourner le matelas du côté été. C'est ainsi qu'elle trouva le grand cahier à la couverture noire. Elle hésita, s'installa au bureau et se mit à le feuilleter. Sur la première page une aquarelle représentait le drapeau hondurien. À chaque page sa gorge se nouait davantage. Tous les articles parus dans la presse sur les cyclones qui avaient touché la planète au cours des dernières années avaient été découpés et collés dans cet album secret, tout ce qui traitait de près ou de loin du Honduras répertorié par date. C'était comme le journal de bord d'un marin qui a quitté sa terre et rêve la nuit des journées où, revenu chez lui, il racontera à ses proches son incroyable voyage.

Mary referma le cahier et le remit à sa place. Les jours suivants elle garda secrète cette découverte et, si la famille sentit que son humeur avait changé, personne ne comprit qu'un cœur peut se faner en quelques secondes.

***

Quatre fois déjà depuis le début de l'été que, sans y prendre garde, elle avait demandé à Philip ce qu'il conviendrait de faire pour fêter comme il se doit les dix-neuf ans de Lisa. Quand il lui répondait amusé qu'ils avaient deux bonnes années pour y réfléchir, elle rétorquait, agacée, que le temps passait parfois si vite que l'on ne s'en rendait pas compte.

Ce matin après le petit déjeuner, alors que Lisa avait accompagné Thomas au terrain de base-ball, elle abordait encore ce sujet.

– Qu'est-ce que tu as, Mary ? demanda Philip.

– Rien, je suis un peu fatiguée c'est tout.

– Tu n'es jamais fatiguée. Il y a quelque chose que tu ne me dis pas ?

– C'est l'âge, que veux-tu, il fallait bien que la fatigue arrive un jour.

– Dans une trentaine ou une quarantaine d'années ton texte sera criant de vérité, là ça ne colle pas, parle-moi.

– Suis-moi, j'ai quelque chose à te montrer !

Elle l'entraîna dans la chambre de Lisa et plongea sa main sous le matelas. À son tour il tourna méticuleusement les pages de l'album.

– C'est rudement bien mis en pages, elle a un vrai sens graphique, je suis très fier, elle a du talent. Tu crois que mon travail l'influence ?

Mary serra sa mâchoire les dents pour retenir les larmes de colère qui lui montaient aux yeux.

– C'est tout ce que cela t'inspire ? Des pages entières sur les ouragans et sur le Honduras et toi tu t'intéresses à ses compétences de maquettiste !

– Calme-toi, pourquoi te mets-tu dans cet état ?

– Tu ne vois pas qu'elle ne pense qu'à ça, qu'elle est obnubilée par ce putain de pays et par ces saloperies de tempêtes ! Je croyais que j'avais réussi à lui inspirer autre chose, je pensais lui avoir donné le goût d'une autre vie. Ça va passer si vite, moins de trois ans.

– Mais de quoi tu parles ?

Comme elle ne répondait pas, Philip saisit sa main et la força à s'asseoir sur ses genoux. Il l'enserra de ses bras et lui parla d'une voix douce et posée. En sanglotant, elle posa sa tête au creux de son cou.

– Mon amour, reprit Philip, si ta mère avait été assassinée, si ceux qui ont peuplé ton enfance avaient été tués par le même meurtrier, tu ne serais pas obsédée par les serial killers ?

– Je ne vois pas le rapport.

– Les ouragans, ce sont eux les assassins qui hantent ses nuits. Qui mieux que toi connaît le besoin de chercher, de lire, d'inventorier pour mieux comprendre, c'est comme cela que tu te justifiais quand tu étais étudiante et que tu déclinais mes dîners pour rédiger tes piges. Les cyclones ont tué son enfance, alors elle les répertorie, elle les découpe et les colle sur un album.

– Tu dis cela pour me rassurer ?

– N'abandonne pas, Mary, pas maintenant, elle a besoin de toi. Lisa a bouleversé ta vie. Tu l'as su à la seconde où elle est apparue dans cette allée mais tu ne voulais pas l'admettre. Tu as lutté contre ce sentiment, et même si tu devinais le bonheur à venir, il perturbait ton ordre établi et tu le rejetais. Tu t'es laissé apprivoiser devant tant d'évidence, tu lui as ouvert ton cœur et tu as découvert jour après jour à quel point tu l'aimais, cette petite fille. Je sais que ce n'était pas facile au début, qu'il t'a fallu beaucoup de courage.

– De quoi parles-tu ?

– De ta patience et de ton humilité. Parce que l'humilité c'est de croire aussi en sa propre vie.

Il referma le grand cahier qu'il lança sur le lit, puis il regarda Mary dans les yeux et commença à déboutonner son gilet. Elle finit par sourire quand sa main se posa sur ses seins dénudés.

– Pas dans la chambre de Lisa !

– Je croyais qu'elle était presque majeure ? C'est à cause de cet album que tu étais obsédée par l'anniversaire de ses dix-neuf ans ?

– Non imbécile, dit-elle en hoquetant, c'est parce que j'avais peur que le traiteur soit fermé ce jour-là !

Plus tard dans la journée elle partagea avec lui une pensée qu'elle n'aurait jamais soupçonné avoir un jour.

– Je crois que j'ai compris ce que tu as ressenti quand

Susan est partie, c'est terrible l'impuissance quand elle est confrontée à la force des sentiments.

Le lendemain matin, de la bibliothèque où elle avait pris l'habitude de se rendre pour travailler, Mary écrivit une lettre. Elle cacheta l'enveloppe et écrivit à la plume : « National Hurricane Center, Public Affair, 11691 S.W. 117th Street, Miami, 33199 Florida ». Deux jours plus tard, quand son destinataire l'ouvrit, il put lire :

Montclair, NJ, le 10 juillet 1995,

Monsieur le Directeur des relations extérieures
du Centre national de recherches sur les ouragans,

Bien que journaliste et ayant l'intention de publier au trimestre prochain dans le Montclair Times *un article sur les ouragans et sur votre centre, c'est à titre personnel que je sollicite de votre part une prochaine entrevue. Pour que vous compreniez le sens de ma démarche, il me faut vous décrire plus précisément le contexte particulier dans lequel elle s'inscrit. [...]*

La lettre de cinq pages était signée Mary Nolton.

La réponse était arrivée dix jours plus tard :

Madame,

Votre lettre a retenu toute mon attention, nous avons pris possession depuis le mois de mai de nos nouvelles installations situées sur le campus de l'Université internationale de Floride, et il me semble que nous pourrions être en mesure de vous recevoir en compagnie de votre fille Lisa à partir du mois de septembre. Compte tenu du caractère spécifique de votre demande, il serait peut-être souhaitable que nous échangions nos points de vue sur le déroulement de votre visite, vous pouvez me contacter à mon bureau.

Je vous prie d'agréer, Madame, l'expression de mes sentiments distingués.

P. Hebert
MIC (Meteorologist in Charge)

La semaine suivante, Mary invita le rédacteur en chef du *Montclair Times* à déjeuner. Après l'avoir quitté sur le parvis de l'immeuble de la rédaction, elle se rendit à son agence de voyage et acheta un aller-retour pour Miami ; son vol partait le lendemain à 6 h 35, elle téléphona au secrétariat de M. Hebert pour confirmer qu'elle se présenterait bien à son bureau le lendemain à midi. Avec un peu de chance et beaucoup d'efficacité elle pourrait revenir le soir même.

Au petit matin, elle descendit à pas de loup, prenant garde à ne réveiller personne. Elle se prépara un café dans la cuisine en regardant le jour qui se levait, puis elle referma tout doucement la porte de la maison derrière elle. Sur l'autoroute qui conduisait à Newark, l'air qui entrait par la fenêtre grande ouverte était déjà tiède, elle tourna le bouton de la radio et se surprit à chanter à tue-tête.

Les roues de l'avion avaient touché le sol de l'aéroport international de Miami à 11 heures. Elle n'avait pas de valise et sortit rapidement du terminal. Une fois sa voiture de location récupérée, carte dépliée sur le siège avant droit, elle s'engagea sur Virginia Gardens, tourna à gauche sur la voie rapide 826, puis à droite sur Flagami West Miami, et de nouveau à gauche dans la 117e Avenue. Les indications qui lui avaient été fournies étaient justes, le bâtiment du

NHC apparut sur sa gauche. Après s'être présentée au gardien à l'entrée du campus, elle se rangea sur le parking et emprunta l'allée qui longeait le jardin. L'immeuble du NHC était en béton blanchi, on aurait dit un bunker moderne architecturalement stylisé.

– C'est exactement ce que nous voulions, chère madame ! Bien sûr quand on travaille à Miami on rêverait plutôt de façades aux grandes baies vitrées pour profiter de la magnificence du paysage. Mais avec ce que nous observons et ce que nous savons nous préférons que ce bâtiment résiste aux ouragans quels qu'en soient les désagréments architecturaux. C'est un choix que nous assumons tous très bien ici.

– C'est si effrayant que cela, un ouragan ?

– Autant qu'Hiroshima ou Nagasaki ont pu l'être.

Le professeur Hebert était venu l'accueillir dans le hall principal, il la guida jusqu'à son bureau qui se situait dans l'aile opposée. Elle y déposa ses affaires et il lui demanda de le suivre : il avait quelque chose à lui montrer avant que commence leur discussion. L'absence de fenêtres lui donnait l'impression de se promener dans les coursives d'un navire de guerre, et elle se demandait si on n'en avait pas un peu rajouté. Il ouvrit la porte d'une galerie d'exposition. Sur la gauche les hauts murs blancs étaient recouverts des prises de vue réalisées par les avions de reconnaissance du NHC. Les clichés des ouragans révélaient ces masses nuageuses aussi terrifiantes que majestueuses, qui s'enroulaient sur elles-mêmes, dévoilant en leur centre ce vide de ciel bleu que certains appellent l'œil du diable.

– Quand on voit un ouragan ainsi par en haut, on peut presque trouver cela beau, n'est-ce pas ?

La phrase d'Hebert avait raisonné dans la grande salle vide. L'inflexion de sa voix changea, devenue grave elle semblait presque sentencieuse.

– Le mur de droite remet les pieds sur terre si je puis dire, les photos montrent ce qui s'est passé en dessous. Elles rappellent à chacun d'entre nous l'importance de notre mission. Regardez ces images autant de temps que nécessaire pour comprendre de quoi nous parlons. Chacune témoigne de la puissance dévastatrice et meurtrière de ces monstres. Des morts par centaines, par milliers, parfois plus encore, des régions saccagées, des vies entières anéanties, ruinées.

Mary s'était approchée d'un cliché.

– Celui que vous regardez s'appelle Fifi, drôle de surnom pour un tueur de cette envergure. Il a frappé le Honduras en 1974, ravageant presque tout le pays, laissant derrière lui une désolation inconcevable et des centaines de milliers de personnes sans abri. Essayez un instant de vous figurer la vision cauchemardesque que représentent dix mille cadavres d'enfants, de femmes et d'hommes. Les petites photographies avec lesquelles nous entourons les grandes ne sont que quelques témoignages de ce que je vous décris, nous les avons triées mais elles restent insoutenables.

Sans voix, Mary se déplaça de quelques mètres ; Hebert pointa du doigt un autre pan du mur.

– C'est l'année 1989 que vous regardez. Allison, Barry, Chantal, Dean, Erin, Felix, Gabrielle, Karen, Jerry, Iris furent quelques-uns des tueurs de cette année-là, sans oublier Hugo qui a poussé ses vents à plus de 130 nœuds en ravageant Charleston et une grande partie de la Caroline du Sud. C'est probablement Gilbert auquel vous faites référence dans votre lettre, il a sévi treize jours en 1988, il a poussé ses vents à plus de 165 nœuds et les pluies qui ont précédé sa naissance ont été meurtrières ; nous n'avons pas les chiffres pour le Honduras, j'ai vérifié. Madame, sans vouloir me mêler de ce qui ne me regarde pas, êtes-vous sûre de souhaiter que votre fille découvre ces images ?

– Ce Gilbert ou l'un de ses cousins a tué sa vraie mère. Lisa développe dans le plus grand secret une fascination obsessionnelle pour les ouragans.

– Voilà une raison de plus pour que cet endroit lui soit insupportable.

– C'est l'ignorance qui engendre la peur. C'est pour lutter contre les miennes que j'ai voulu devenir journaliste. Elle ressent le besoin de comprendre sans savoir où chercher, alors je vais l'aider et je serai à côté d'elle pour partager ces moments, aussi pénibles soient-ils.

– Je crains de ne pas approuver votre point de vue.

– J'ai besoin de vous, professeur Hebert. Une petite fille n'arrive pas à grandir. Entendre le son de sa voix est de plus en plus rare, au point que lorsqu'elle se décide à parler, on tend l'oreille. Plus les années passent et plus je la vois s'enfermer dans le silence de la peur. Elle tremble à chaque orage, elle redoute la pluie. Quand vous la rencontrerez, vous découvrirez comme elle est pourtant courageuse, fière de nous cacher cette terreur qui ne l'a jamais quittée. Il n'est pas de semaine où je ne doive rentrer dans sa chambre la nuit pour l'aider à sortir d'un cauchemar. Je la retrouve en sueur, enfoncée dans un sommeil si trouble que je ne parviens même pas à la réveiller. Il lui arrive parfois de se mordre la langue jusqu'au sang pour lutter contre ses frayeurs. Tout le monde l'ignore, elle-même ne sait pas que j'ai compris ce secret qui la hante. Il faut qu'elle apprenne que vous existez, que nous ne négligeons pas ces monstres qui ont emporté les siens, que vous les surveillez, que vous les traquez, que des moyens sont mis en œuvre pour que la science puisse aider à protéger les populations de la folie meurtrière de la nature. Je veux qu'elle puisse regarder le ciel et trouver un jour que les nuages peuvent être beaux, je veux qu'elle fasse des rêves la nuit.

Le professeur Hebert invita Mary à le suivre, un sourire aux lèvres. Quand il ouvrit la porte de la salle d'exposition, il se retourna vers elle :

– Je ne dirai pas que nos moyens sont considérables, mais tout de même ils existent. Venez, je vais vous montrer le reste du Centre et nous allons réfléchir ensemble à ce que nous pouvons faire.

Mary téléphona à Philip, elle avait quitté le NHC bien trop tard pour rentrer le soir même. De la fenêtre de sa chambre d'hôtel à Miami Beach, elle entendait les bruits de l'agitation nocturne sous ses fenêtres.

– Tu n'es pas trop fatiguée ? demanda-t-il.

– Non, c'était riche d'enseignements. Les enfants ont dîné ?

– Depuis longtemps, nous discutions tous les trois dans la chambre de Lisa. J'ai pris l'appel dans la nôtre. Tu as dîné, toi ?

– Non, je vais descendre maintenant.

– Je déteste que tu sois dans cette ville sans moi. C'est truffé de types à la musculature de statue.

– Elles bougent beaucoup ici les statues, et je ne suis pas encore entrée dans un bar ! Tu me manques.

– Toi aussi, énormément. Tu as une petite voix.

– C'était une journée étrange tu sais. À demain. Je t'aime.

Au pied de chaque immeuble, les restaurants et les bars ouverts sur Ocean Drive, cette avenue qui longe le front de mer, diffusaient des musiques endiablées sur lesquelles les corps se déhancheraient jusque tard dans la nuit. Tous les kilomètres, un panneau indiquait : *Point de ramassage pour le transport vers les abris en cas d'alerte ouragan.* Mary prit le premier avion le lendemain matin.

Le téléphone avait sonné le soir du 11 septembre 1995, Hebert avait conseillé de se tenir prêt à la première heure le lendemain, il rappellerait avant que Lisa parte en cours pour confirmer l'évolution de ce qui n'était encore qu'une anticipation. Puis il avait raccroché, il avait à faire. À 7 heures du matin Mary entendit sa voix dans le combiné lui dire : « Prenez le premier avion, nous pensons que le baptême sera pour ce soir, des badges vous attendront à l'entrée, et je vous accueillerai dès votre arrivée. » Elle entra dans la chambre de Lisa qui s'habillait, ouvrit son placard et commença à préparer une petite valise.

– Qu'est-ce que tu fais ? s'étonna Lisa.

– Tu vas rater tes cours cette semaine, mais tu prépareras peut-être le meilleur exposé de toute l'histoire de l'école.

– Mais de quoi tu parles ?

– Pas le temps maintenant, fonce te faire une tartine dans la cuisine, nous avons un avion dans une heure, je t'expliquerai en chemin où je t'emmène.

Elle roulait à vive allure sur l'autoroute, quand Lisa lui demanda où elles allaient et quelles étaient les raisons de ce voyage imprévu. Mary répondit qu'à cette vitesse elle ne pouvait pas faire deux choses à la fois. Le temps du vol leur donnerait tout le loisir d'en discuter.

Elles traversèrent le hall de l'aérogare en courant vers

la porte d'embarquement. Mary tirait Lisa par la main, toujours plus vite. Quand elles passèrent à la hauteur de l'escalier qui conduisait à un bar perché à l'étage, Lisa réitéra sa question :

– Mais où va-t-on ?

– De l'autre côté de la vitre ! répondit Mary. Suis-moi et fais-moi confiance !

Lisa contemplait par le hublot l'océan de nuages que les ailes effleuraient, la descente vers l'aéroport international de Miami avait commencé. Mary avait feint de dormir pendant tout le vol et Lisa ne comprenait toujours pas ce qui se passait et pourquoi il fallait courir en sortant de l'avion. Aussitôt les deux valises récupérées sur le tapis à bagages, elles avaient sauté dans un taxi qui roulait déjà sur Flagami West.

– Je ne me souviens pas de l'endroit où se trouve le NHC, dit le chauffeur.

– Vous tournerez à gauche sur la 117e et l'entrée sera 2 kilomètres plus loin, répondit Mary.

– C'est quoi le NHC ? Tu es déjà venue ici ? questionna Lisa.

– Peut-être !

Très impressionnée par le badge gravé à son nom qu'on lui avait remis lorsqu'elles s'étaient présentées à la guérite, Lisa patientait dans le hall en compagnie de Mary quand le professeur Hebert apparut.

– Bonjour, tu dois être Lisa, je suis heureux de t'accueillir au Centre national des ouragans. Nous sommes une des trois branches d'une organisation gouvernementale qui s'appelle le Centre de prédictions tropicales. Notre mission est de sauver des vies et de protéger les biens des populations, en étudiant tous les phénomènes météorologiques hasardeux qui se développent dans les tropiques, nous les analysons et émettons des avis de surveillance ou des alertes quand cela se justifie. Les données que nous collectons sont destinées à notre pays mais aussi à la communauté internationale Nous ferons une visite complète du Centre un peu plus tard, les informations communiquées à midi par nos avions de reconnaissance confirment que vous ne vous êtes pas déplacées pour rien. Dans quelques instants, vous découvrirez ce qui est officiellement, depuis 14 heures, la quinzième dépression tropicale de l'année dans l'Atlantique. Nous pensons qu'elle pourrait devenir avant la fin de cette journée une tempête et peut-être même demain un ouragan.

Tout en parlant, il les avait entraînées au bout d'un long couloir. Il poussa les deux portes battantes qui s'ouvrirent sur une salle semblable à celle de la tour de contrôle d'un grand aéroport. Au centre de la pièce, une batterie d'imprimantes crachait sans discontinuer des volutes de papier qu'un homme découpait et distribuait à d'autres, tous terriblement affairés. Hebert les fit s'approcher de l'écran d'un radar. Sam, l'opérateur qui y travaillait, ne le quittait pas des yeux, recopiant sur une feuille les données qui s'affichaient dans l'angle supérieur gauche. Une large traînée se déplaçait circulairement sur le cadran , quand elle fut au sud-est il pointa du doigt la masse opaque et orangée qui se détachait nettement du fond vert. Lisa s'assit sur la chaise qui lui était réservée. Le météorologue lui expliqua comment interpréter les nombres qui défilaient devant elle. Les premiers correspondaient à la date à laquelle la dépression était née, le chiffre à côté de la lettre M au nombre de jours écoulés depuis, ceux dans la case « SNBR » à l'immatriculation du phénomène.

– Que veut dire le mot XING ? demanda Lisa.

– C'est l'abréviation de « *crossing* » et le zéro à côté signifie que la dépression n'a pas traversé les frontières américaines, pas encore en tout cas. Si ce chiffre est autre, c'est qu'il y a eu pénétration sur notre territoire.

– Et le chiffre après les trois S qui se suivent ?

– C'est notre classement officiel. L'intensité des tremblements de terre se mesure sur l'échelle de Richter et les ouragans depuis 1899 sur celle de Saffir Simpson. Si tu vois dans les heures qui viennent le chiffre 1 s'afficher devant la mention SSS, c'est que la dépression tropicale sera devenue un ouragan minimal.

– Et si le chiffre est 5 ?

– À partir de 3 on appelle déjà cela une catastrophe ! répondit Sam.

Pendant toute la visite guidée du Centre, Mary ne quitta pas sa fille des yeux. Dans le long corridor qui les reconduisait à la salle des opérations, Lisa prit sa main et murmura : « C'est incroyable. »

Elles avaient dîné à la cafétéria du Centre et Lisa voulait revenir près des écrans, voir comment le « bébé » évoluait. Toute l'équipe était réunie auprès d'Hebert qui prit la parole quand elles entrèrent dans la pièce.

– Messieurs, il est 0 h 10 en temps universel (UTC), soit 22 h 10 heure locale de Miami. À la lecture des informations adressées il y a quelques instants par les avions de l'US Air Force, nous classons officiellement la dépression n° 15 en tempête tropicale, sa position actuelle est de 11° 8′ nord et 52° 7′ ouest, sa pression est de 1 004 millibars et les vents soufflent là-bas déjà à plus de 35 nœuds. Je vous prie d'émettre immédiatement un avis de surveillance générale.

Hebert s'adressa à Lisa en pointant la tache devenue rouge qui se découpait lentement sur le grand écran incrusté au milieu du mur principal.

– Lisa, tu viens d'assister à un baptême d'un genre particulier, je te présente Marilyn. Tu pourras assister à toutes les opérations qui vont se dérouler, nous allons désormais la traquer jusqu'à sa mort que je souhaite la plus rapide possible. Nous avons réservé une pièce où vous pourrez vous reposer quand vous serez fatiguées ta mère et toi.

Un peu plus tard, elles s'étaient retirées dans ce qui leur servirait de chambre au cours des prochains jours. Lisa ne dit pas un mot, ne cessant d'adresser des regards interrogatifs à Mary qui lui souriait.

Le lendemain, le 13 septembre 1995, en entrant dans la grande salle après son petit déjeuner, elle vint s'asseoir auprès de Sam. Il lui sembla que les hommes et les femmes qui travaillaient ici la traitaient comme si elle faisait partie de leur équipe. On lui demanda plusieurs fois d'aller collecter les rapports qui sortaient des imprimantes et de les distribuer ; un peu plus tard elle dut même en faire une lecture à voix haute pendant que plusieurs météorologues recopiaient les chiffres qu'elle énonçait. Après le déjeuner, elle put lire l'inquiétude sur leurs visages.

– Qu'est-ce qui se passe ? demanda-t-elle à Sam.

– Regarde les chiffres sur l'écran, les vents soufflent maintenant à 60 nœuds, mais le pire c'est la pression, ce n'est pas bon signe.

– Je ne comprends pas.

– La dépression augmente, et plus la tempête est déprimée, plus elle amplifie sa colère, j'ai bien peur que dans quelques heures on ne dise plus elle mais lui !

À 17 h 45, Sam téléphona à Hebert et lui demanda de le rejoindre immédiatement. Il entra d'un pas vif et se dirigea aussitôt vers l'écran. Lisa fit rouler sa chaise sur le côté pour qu'il puisse s'approcher.

– Que disent les avions ? demanda-t-il.

Une voix répondit à l'extrémité de la salle :

– Ils ont repéré la formation du mur de l'œil.

– La position actuelle est de 13° nord par 57° 7′ ouest, elle remonte au nord-ouest, vers le passage du canal des Saintes, elle va heurter les Antilles françaises, sa pression chute encore, elle est tombée à 988 millibars et les vents dépassent les 65 nœuds, ajouta un météorologue assis face au terminal d'un ordinateur.

Quand Hebert se dirigea vers les imprimantes, elle vit sur l'écran radar de Sam le chiffre 1 s'afficher et clignoter, juste à la suite des trois lettres S. Il était 18 heures et Marilyn venait de devenir un ouragan de première catégorie.

Sur sa chaise, Mary remplissait des pages de notes, surveillant sa fille en permanence du coin de l'œil. Par instants, elle reposait son stylo et scrutait, inquiète, le visage de Lisa qui ne cessait de se raidir au fil des minutes. Dans la grande salle, seules les machines brisaient le silence des hommes, devenu aussi pesant qu'un ciel d'orage.

Quand Lisa fit un cauchemar au milieu de la nuit, Mary vint se coucher dans son lit et la serra contre elle. Elle épongea son front, la berça en caressant ses cheveux jusqu'à ce que ses traits se détendent. Elle implora le ciel de ne pas avoir provoqué le contraire de ce qu'elle avait tant espéré en accompagnant Lisa ici. Elle ne retrouva pas le sommeil et la veilla ainsi jusqu'au matin.

Lisa rejoignit la salle dès son réveil, elle n'avait pas voulu accompagner Mary à la cafétéria. En entrant, elle se précipita sur Sam. Il était 7 h 45 à Miami, 11 h 45 en temps universel.

– Comment est-il ce matin ? dit-elle d'une voix terme.

– En colère, il s'approche de la Martinique, il se déplace vers le nord-ouest, la pression chute encore.

– J'ai vu, dit-elle sèchement, il est toujours en catégorie 1

– Plus pour longtemps si tu veux mon avis.

Hebert venait d'entrer. Il salua Lisa et fit pivoter sa chaise vers le grand écran au centre du mur.

– Nous allons recevoir par satellite les images filmées par les avions de l'US Air Force. Tu peux sortir si tu ne souhaites pas les voir.

– Je veux rester !

La voix du pilote se mit à résonner dans la salle.

– US Air Force 985 au centre de commandement du NHC.

– Nous vous recevons UAF 985, répondit Hebert dans le micro posé devant lui.

– Nous venons de survoler le centre de l'œil, son diamètre est de 25 miles, nous allons vous transmettre les images.

L'écran s'illumina et les premières images apparurent. Lisa retint sa respiration. La petite fille qui sur terre avait tant redouté ce monstre le vit ainsi du ciel pour la première fois de sa vie. Il tournoyait majestueusement ; impérieux, irrésistiblement puissant, il enroulait autour de son œil son imposante traîne blanche. Dans les haut-parleurs, on pouvait entendre le souffle du commandant de bord. Lisa serra ses doigts sur les accoudoirs de son fauteuil. Mary arrivait à son tour, elle portait une tasse de chocolat chaud. Elle leva la tête et écarquilla les yeux, saisie par ce qu'elle voyait

– Mon Dieu, dit-elle à voix basse.

– C'est plutôt le diable que vous avez sous les yeux, répondit Hebert.

Lisa se rua sur lui, s'agrippant fermement à son poignet. Mary se précipita aussitôt et tenta de la calmer.

– Vous allez le détruire ? hurlait Lisa.

– Nous n'en avons pas le pouvoir.

– Mais pourquoi les avions ne lui larguent-ils pas une bombe dans l'œil, il faut le faire exploser tant qu'il est en mer !

Il se libéra d'elle et la prit par les épaules.

– Cela ne servirait à rien, Lisa, nous ne disposons d'aucune force capable de l'arrêter. Un jour nous le pourrons, je te le promets, c'est pour cela que nous travaillons tous ici sans relâche. Je dirige ce centre depuis trente-cinq ans, j'ai consacré toute ma vie à traquer ces tueurs. Nous avons fait beaucoup de progrès depuis dix ans. Il faut que tu te calmes maintenant, j'ai besoin de toi et pour que tu sois efficace, tu dois garder ton sang-froid. Tu vas m'aider, nous allons prévenir toutes les populations qu'il pourrait approcher, suffisamment à l'avance pour que tout le monde puisse se mettre à l'abri.

Le pilote indiqua qu'il s'apprêtait à descendre plus près du centre de l'œil. Hebert fit asseoir Lisa à ses côtés et reprit le micro. « Soyez prudents. »

Les images parfois saccadées étaient de plus en plus saisissantes. Les caméras embarquées filmaient l'incroyable cirque de nuages de près de 35 kilomètres de diamètre, dont les parois s'élevaient sur plusieurs centaines de mètres. Quelques minutes plus tard le silence fut rompu, l'avion annonçait qu'il rentrait à la base. L'écran s'éteignit aussitôt. Il était 11 heures du matin. Sam venait d'apporter une série de relevés qu'Hebert lut aussitôt. Il reposa la feuille et prit la main de Lisa, de l'autre il enclencha le bouton du microphone.

– Ici le commandement du NHC, ceci est un avis d'alerte. L'ouragan Marilyn dont la position actuelle est 14° 2′ nord par 58° 8′ ouest est en train de se diriger vers les îles Vierges américaines. Il atteindra la Martinique et la Guadeloupe dans la soirée. Toutes les mesures d'évacuation des populations vers les abris doivent être mises en œuvre dès à présent. Les navires quel que soit leur tonnage croisant dans les Antilles françaises doivent rejoindre immédiatement le port le plus proche. Les vents sont actuellement de 70 nœuds.

Il se retourna vers Sam et lui demanda de comparer leurs données avec celles des équipes du CDO de la Martinique. Puis il installa Lisa devant un poste émetteur, rédigea un message d'alerte en lettres capitales et lui montra comment changer les fréquences radio en tournant la molette.

– Je veux, Lisa, que tu diffuses ce message sur toutes les fréquences radio de cette liste, quand tu arriveras au bout tu recommenceras au début, et ainsi de suite. C'est comme cela que nous allons l'empêcher de nuire et sauver des vies. Dès que tu seras fatiguée, ta mère te remplacera, tu as compris ?

– Oui, répondit Lisa d'une voix ferme.

Elle passa ainsi le reste de sa journée à répéter sans relâche l'avis d'alerte qui lui avait été confié. Assise à ses côtés Mary tournait le bouton de la radio, et chaque fois que Lisa diffusait son message sur les ondes, elle se sentait comme libérée d'un mal, elle savait qu'elle prenait enfin sa revanche sur les ouragans.

Marilyn traversa la Martinique et la Guadeloupe au

début de la soirée. Quand le chiffre 3 s affìcha devant les trois S, Lisa refusa de faire une pause et accéléra la diffusion de ses messages. Mary ne la quitta pas une seule minute, et accepta de prendre sa relève quand elle dut laisser son poste pour quelques instants.

Mary se retourna vers Hebert, les yeux rougis par la fatigue.

– C'est épuisant, vous n'avez pas un système qui envoie automatiquement ces messages ? demanda-t-elle à Sam.

– Bien sûr que si ! répondit le professeur en souriant.

Trente et une heures après la première alerte, l'ouragan passa au-dessus de St. Croix et de St. Thomas, le 16 septembre il se dirigea vers Puerto Rico. À chacun de ses mouvements, Lisa changeait sa fréquence radio, prévenant du danger de plus en plus loin, de plus en vite. Le 17 il atteignit sa dépression maximale à 949 millibars, ses vents soufflaient alors à plus de 100 nœuds, il retourna vers l'Atlantique. À la fin de la journée les vents qui avaient atteint 121 nœuds chutèrent quand la pression remonta de 20 millibars. Le mur primaire de l'œil se désintégra au-dessus de l'océan dix heures plus tard. Marilyn mourut dans la nuit du 21 au 22 septembre.

De retour à Newark, Lisa apprit que l'ouragan n'avait fait que huit victimes, cinq à St. Thomas, une à St. Croix, une à St. John et une seule à Puerto Rico. Quand elle présenta son exposé à l'école elle fit une requête que son professeur de géographie accepta aussitôt. Chaque matin, tous les élèves de sa classe se tinrent debout pour une minute de silence... et ce pendant huit jours.

10

Lisa continuait de recevoir chaque trimestre le bulletin d'information du NHC, toujours accompagné d'un petit mot d'Hebert, qui prendrait sa retraite au mois de juillet. Avec Sam, elle entretenait une correspondance régulière ; il était même venu leur rendre visite l'hiver dernier. Il lui apprit au cours de son séjour que les météorologues du Centre demandaient régulièrement de ses nouvelles. Mary publia dans le *Montclair Times* au printemps 1996 un article très remarqué sur les ouragans, la prestigieuse revue *National Geographic* lui offrit aussitôt l'opportunité de développer un dossier complet sur le sujet qui parut en octobre.

Elle y travailla tout l'été, assistée dans sa tâche par Lisa, qui s'occupait pour elle de toutes les recherches documentaires, rédigeant des synthèses.

Presque tous les jours, elles se rendaient à Manhattan et après un déjeuner dans le petit jardin du Picasso, elles allaient s'enfermer à la Bibliothèque nationale sur la Ve Avenue. Thomas partit avec son meilleur ami dans un camp de vacances au Canada et Philip se consacra aux travaux de rénovation du petit appartement qu'ils avaient acheté comme placement dans l'East Village, ou peut-être sans trop se l'avouer pour Lisa si elle décidait un jour de poursuivre ses études à l'université de New York. Saluée pour la qualité de l'étude publiée dans la revue *National Geographic*, Mary se vit confier au début de l'année 1997 deux colonnes hebdomadaires pour une chronique libre dans l'édition du dimanche du *Montclair Times*. Lisa suivit ses pas et obtint sa tribune dans le mensuel du lycée. Peu à peu, elle s'autorisa à s'écarter des thèmes météorologiques.

*
* *

Lisa fêta ses dix-neuf ans au début de l'année suivante et Thomas ses quinze ans le 21 mars. Le mois de juin fut riche en événements. La préparation de la *Prom** justifia deux journées entières de recherches vestimentaires dans les rues du Village. Stephen vint chercher Lisa chez elle et quand Philip lui fit ses recommandations, Mary d'un regard incendiaire invita son époux à éviter de vieillir prématurément. Pour la première fois Lisa rentra au petit matin. Ce mois annonçait aussi la fin de son cycle d'études en High School et, diplôme en poche, son entrée prochaine à l'université. Elle était devenue une ravissante jeune femme, sa bouche s'était élargie, dessinant un sourire plus naturel. Ses longs cheveux tombaient sur sa peau métissée, rayonnante de beauté elle avait bien du mal à maintenir l'« équilibre ». De la petite fille qui était arrivée un jour de pluie, il ne restait plus aujourd'hui qu'un regard, une lumière intense et troublante au fond des yeux.

À l'approche de la fête qui célébrerait la graduation de

Soirée de fête traditionnelle qui précède la fin du cycle d'études secondaires.

Lisa, Mary ne pouvait s'empêcher de se sentir fragile. Le souvenir d'un serment fait un jour de retrouvailles cinq ans plus tôt, à la table d'un bar dans un aéroport, venait souvent troubler ses nuits, même si rien dans le comportement de sa fille ne laissait présager qu'il faille tenir la promesse.

*
* *

Thomas arriva le dernier à la table du petit déjeuner. Lisa avait fini de manger ses pancakes et Mary dut ranger la cuisine en toute hâte. Philip lançait de brefs coups de klaxon pour que tout le monde le rejoigne dans la voiture. Le moteur ronronnait déjà quand la dernière ceinture fut bouclée. Il fallait à peine dix minutes pour arriver au lycée et Mary ne voyait pas la raison d'une telle impatience. Sur la route, il jetait des regards dans le rétroviseur que Lisa lui retournait aussitôt. Mary essayait de se concentrer sur le programme de la journée, qu'elle abandonna, lire en roulant lui donnait mal au cœur. La voiture garée sur le parking, ils allèrent saluer les professeurs. Philip était nerveux comme une puce. Avant que Lisa ne s'éloigne pour rejoindre ses camarades de promotion, Mary la rassura, il était toujours comme cela quand il y avait une cérémonie un tant soit peu officielle. Philip insista auprès de Thomas et de Mary pour qu'ils viennent tous deux prendre place sur les gradins disposés devant l'estrade où aurait lieu la remise des diplômes. Mary fit son mouvement de sourcil, tapotant du doigt le cadran de sa montre. La cérémonie commençait dans une heure, il n'y avait pas de quoi s'alarmer et elle allait en profiter pour faire quelques pas dans le parc.

Quand elle revint, Philip était déjà assis au premier rang, il avait posé chacune de ses chaussures sur les deux chaises mitoyennes pour les réserver. En s'asseyant, Mary lui rendit son mocassin.

– Tu as une imagination débordante quand il s'agit de réserver une place ! Tu es sûr que tu vas bien ?

– Les cérémonies me rendent nerveux, c'est tout.

– Elle l'a son diplôme, Philip ! C'était avant, pendant qu'on révisait les examens qu'il fallait t'énerver.

– Je ne sais pas comment tu fais pour garder ton calme, regarde, elle est déjà sur l'estrade, elle va prononcer son discours !

– ... que nous avons appris par cœur depuis un mois, et je t'en prie, tu ne vas pas gesticuler tout le temps comme cela.

– Mais je ne gesticule pas !

– Si, et ta chaise grince. Si tu veux écouter ta fille, essaie au moins de rester un peu en place.

Thomas les interrompit : après la jeune fille qui saluait, ce serait le tour de Lisa. Philip était certes tendu, mais avant tout très fier, et il se retourna pour compter le nombre de personnes qui assistaient à la cérémonie. Il y avait douze rangées de trente sièges, cela faisait trois cent soixante spectateurs.

Est-ce quelque chose d'indistinct qui attira son regard ou bien cet éternel instinct qui le fit se retourner encore une fois ? Au fond de l'assemblée, assise au dernier rang, une femme fixait Lisa qui avançait vers le pupitre.

Ni les lunettes de soleil qu'elle portait, ni la cape légère dans laquelle elle s'était enroulée, pas plus que les marques que le temps avait laissées sur son visage ne l'empêchèrent de reconnaître Susan.

Mary lui pinça le genou :

– À moins que tu n'aies vu un fantôme, si tu veux assister à la remise du diplôme de ta fille retourne-toi, parce que c'est maintenant.

Pendant tout le temps où Lisa saluait ses professeurs, la main gauche de Philip devenue moite s'était mise à trembler. Mary la prit dans la sienne et serra fort les doigts. Quand Lisa remercia solennellement ses parents pour leur amour et leur patience, Mary ressentit un urgent besoin de crêpes au sucre.

Elle effleura sa paupière du doigt pour chasser l'émotion passagère qui traversait ses yeux, et abandonna la main de Philip.

– Qu'est-ce que tu as ? dit-elle.

– Je suis ému.

– Tu crois que nous avons été des bons parents pour elle ? demanda-t-elle d'une voix douce.

Il reprit son souffle et ne put s'empêcher de tourner une fois encore la tête. Là où il avait cru entrevoir Susan, la chaise était vide. Il balaya du regard les alentours, mais il ne la vit nulle part. Mary le ramena à Lisa qui saluait sous les acclamations, il joignit ses deux mains et applaudit aussi fort qu'il pouvait.

Il fut aux aguets tout le reste de l'après-midi. Dix fois Mary lui demanda ce qu'il cherchait, et dix fois il répondit qu'il ne se sentait pas très bien, que ce n'était que le contrecoup de l'émotion. Il s'en excusa tendrement, elle sentit qu'il valait mieux le laisser seul et s'occuper de Thomas et de Lisa, tant qu'elle était là. Philip déambulait dans le parc du lycée, faisait parfois le tour d'un arbre, saluait rapidement les gens qu'il croisait, mais... Susan n'était nulle part. À la fin de la journée il se résolut à considérer l'hypothèse qu'il avait eu une vision. Sans même se l'avouer, il priait pour que ce soit le cas. Il était 17 heures et ils marchaient tous les quatre vers le parking. C'est en s'approchant de sa voiture qu'il le vit, tout simplement coincé entre les deux portières, un tout petit bout de papier blanc plié en quatre, quelques lignes sûrement qui lui coupaient déjà le souffle alors qu'il hésitait à les lire. Il garda le secret caché au creux de sa main pendant tout le trajet du retour, et Mary ne prononça pas une parole. Quand il se gara devant la maison il prétendit avoir des affaires à récupérer dans le coffre et laissa sa famille remonter l'allée.

Une fois seul, il déplia le petit mot, qui se résumait à un chiffre accompagné de deux lettres : *7 a.m.** Il le rangea dans sa poche et remonta vers la maison.

Au cours du dîner, Lisa ne comprenait pas la raison du silence que seules quelques phrases courtes et forcées de Mary venaient interrompre par moments. Le dessert n'était pas encore sur la table lorsque Thomas déclara qu'il préférait, compte tenu de « l'atmosphère hilarante », aller dans sa chambre. Lisa regarda tour à tour Philip et Mary.

– Qu'est-ce que vous avez tous les deux à tirer cette tête d'enterrement, vous vous êtes disputés ?

– Pas le moins du monde, dit Mary, ton père est fatigué, c'est tout, on n'est pas obligé d'être toujours en pleine forme.

– C'est super comme ambiance la veille de mon départ,

---

* 7 heures au matin

reprit Lisa, je vais vous laisser, je monte faire mon sac, apres je vais à la soirée de Cindy.

– Ton avion est à 6 heures du soir, tu as le temps de le préparer demain, tes affaires vont être froissées, rétorqua Philip.

– C'est le grand chic les plis naturels, les fringues bien repassées, le côté très propre sur soi, je vous les laisse, vous aussi je vous laisse.

Elle grimpa l'escalier et entra dans la chambre de son frère.

– Qu'est-ce qu'ils ont ?

– À ton avis Lisa ? C'est parce que tu t'en vas demain, ça fait une semaine que maman tourne en rond dans la maison. Avant-hier elle est rentrée au moins cinq fois dans ta chambre, un coup elle remettait les rideaux en place, un autre elle déplaçait un livre sur tes étagères, un troisième elle tirait les draps. Je passais dans le couloir et je l'ai vue prendre ton oreiller dans ses bras et le mettre sur son visage !

– Mais je ne pars que deux mois au Canada , qu'est-ce que ça va être le jour où je vais m'installer seule !

– C'est moi qui serai seul le jour où tu partiras, tu vas me manquer cet été.

– Mais je vais t'écrire ma guimauve, et puis l'été prochain tu t'inscriras dans mon camp de vacances, comme ça on le passera ensemble.

– Pour t'avoir comme monitrice, jamais ! Allez, va faire ta valise, lâcheuse !

Philip essuyait la même assiette depuis cinq bonnes minutes. Mary terminait de desservir la table, en le regardant faire. Elle lui adressa son inimitable mouvement de sourcil. Il ne réagit pas.

- Philip, tu veux qu on en parle ?

– Mais tu ne dois pas t'inquiéter, répondit-il en sursautant, tout va très bien se passer pour elle au Canada.

– Je ne parle pas de ça, Philip.

– Alors de quoi parles-tu ?

– De ce qui te plonge dans cet état depuis la cérémonie.

Il déposa l'assiette sur l'évier et s'approcha d'elle, en l'invitant à s'asseoir.

– Mary, il y a quelque chose que je veux te dire, quelque chose que j'aurais déjà dû te dire

Elle le dévisagea, inquiète.

– Fais attention avec tes révélations foudroyantes ! Qu'est-ce que tu veux me dire ?

Il la regarda droit dans les yeux et caressa son visage. Elle devina l'émotion dans son regard et, parce qu'il s'était tu, comme si les mots qu'il cherchait à prononcer se noyaient au fond de sa gorge, elle réitéra sa question :

– Qu'est-ce que tu cherches à me dire ?

– Mary, depuis le jour où Lisa est arrivée dans notre vie j'ai compris chaque matin en me levant, à chacun de tes souffles quand je te regarde dormir, chaque fois que ton regard croise le mien ou que ta main est au creux de la mienne comme maintenant, pourquoi et à quel point je t'aime. Et de toutes ces forces que tu m'as données, de tes combats, de tes sourires, de tous tes doutes que tu dépassais, de tous les miens que tu effaçais de tes confiances, de tes partages, de tes patiences, et puis de toutes ces journées passées ensemble, l'un près de l'autre, tu m'as inventé le plus beau cadeau du monde · combien d'hommes pourront connaître cet incroyable privilège que d'aimer et d'être aimé autant ?

Elle posa sa tête sur sa poitrine, comme pour mieux entendre les battements de son cœur, peut-être aussi parce qu'elle avait passé tant de temps à guetter ces mots.

Elle entoura son cou de ses deux bras :

– Philip, il faudra que tu y ailles, moi je ne pourrai pas, je ne dois pas, tu lui expliqueras.

– Où ?

– Tu le sais très bien. Comme Lisa lui ressemble, c'était frappant ! Et puis, je devine bien où elle t'a fixé rendez-vous sur ce bout de papier que tu as caché dans ta main pendant tout le retour.

– Je n'irai pas.

– Mais si tu iras, pas pour toi mais pour Lisa.

Plus tard, quand ils furent dans leur chambre, ils parlèrent longtemps, blottis dans les bras l'un de l'autre, d'eux, de Thomas et de Lisa.

Ils n'avaient pas vraiment dormi. Ils s'étaient levés à l'aube, Mary était descendue aussitôt dans la cuisine préparer un petit déjeuner à la hâte. Philip s'habilla, et entra dans la chambre de Lisa. Il s'approcha du lit et passa sa main sur sa joue pour la réveiller en douceur. Elle ouvrit les yeux et lui sourit.

– Quelle heure est-il ?

– Dépêche-toi mon petit bout, habille-toi et rejoins-nous en bas.

Elle consulta son réveil et referma aussitôt les yeux.

– C'est à 6 heures du soir que mon avion décolle ! Papa, je ne pars que deux mois, il faut vraiment que vous vous détendiez tous les deux. Je peux me rendormir maintenant ? Je suis rentrée tard !

– Tu vas probablement prendre un autre avion. Lève-toi mon cœur et ne perds pas de temps, nous n'en avons pas beaucoup. Je t'expliquerai tout en route.

Il l'embrassa sur le front, s'empara du baluchon posé sur le bureau et sortit de la chambre. Lisa se frotta le visage, elle se leva, enfila un pantalon, passa une chemise sur ses épaules et noua ses lacets à la hâte. Elle descendit quelques instants plus tard, les yeux encore ensommeillés. Philip attendait devant la porte d'entrée, il lui annonça qu'il avançait vers la voiture et referma la porte derrière lui.

Mary sortit de la cuisine, se tenant à quelques mètres d'elle.

– J'avais préparé un petit déjeuner, mais je crois que vous n'avez plus le temps.

– Mais qu'est-ce qui se passe, demanda Lisa inquiète, pourquoi est-ce que je pars aussi tôt ?

– Papa te racontera tout dans la voiture.

– Mais... je n'ai même pas dit au revoir à Thomas.

– Il dort, ne t'inquiète pas, je lui dirai pour toi. Tu m'écriras, n'est-ce pas ?

– Qu'est-ce que vous me cachez ?

Mary s'approcha et serra Lisa dans ses bras, jusqu'à lui en couper le souffle, elle approcha les lèvres de son oreille.

– Je ne peux pas aller tout au bout de la promesse, mais j'aurai fait de mon mieux.

– Mais de quoi parles-tu ?

– Lisa, quoi que tu fasses et à chaque étape de ta vie, n'oublie jamais à quel point je t'aime.

Elle la libéra de son étreinte, ouvrit aussitôt la porte d'entrée et la poussa tendrement vers Philip qui l'attendait sous l'auvent. Hésitante et inquiète, Lisa resta immobile quelques secondes, fixant Mary du regard, cherchant à comprendre la douleur qu'elle devinait dans ses yeux. Son père la prit par l'épaule et l'entraîna.

Il pleuvait ce matin-là. Le bras tendu de Philip se prolongeait d'une main qui avait grandi, et qui était cramponnée à la sienne. Le baluchon qu'elle tenait fermement de l'autre pesait maintenant beaucoup plus lourd.

C'est ainsi que Mary la vit repartir, dans cette lumière pâle où le temps se figeait à nouveau. Ses cheveux noirs en désordre tombaient sur ses épaules, la pluie dégoulinait sur sa peau métissée. Maintenant, elle semblait à son aise dans ses vêtements. Ils descendirent le chemin à pas lents. Sous l'auvent Mary aurait voulu dire quelque chose de plus, mais cela ne servirait plus à rien. Les portières de la voiture se refermèrent, Lisa lui adressa un dernier signe de la main et ils disparurent au coin de la rue.

Sur la route, Lisa ne cessait d'interroger Philip qui ne répondait à aucune de ses questions, parce qu'il ne trouvait pas encore les mots justes. Ils empruntèrent la bretelle qui desservait les différents terminaux de l'aéroport, et il ralentit. Lisa ressentit ce mélange troublant de peur et de colère de plus en plus fort, décidée désormais à ne pas descendre de la voiture tant qu'il ne lui aurait pas fourni les raisons de ce départ précipité.

– Mais qu'est-ce qui vous prend ? Ça vous perturbe à ce point-là tous les deux mon départ ? Papa, tu vas m'expliquer ce qui se passe à la fin ?

– Je vais te déposer devant le terminal et j'irai garer la voiture au parking.

– Pourquoi Mary n'est-elle pas venue avec nous ?

Philip se rangea le long du trottoir. Il regarda sa fille au fond des yeux, prenant ses deux mains dans les siennes.

– Lisa, écoute-moi, en entrant dans le terminal, tu vas prendre l'escalator sur la droite, puis tu longeras le couloir et tu entreras dans le bar...

Le visage de la jeune fille se crispe ; à l'intense attitude de son père, Lisa comprend qu'un voile inattendu se lève sur son passé.

– ... Tu avanceras jusqu'au fond de la salle. À la table accolée à la vitre, quelqu'un t'attend.

Les lèvres de Lisa se mirent à trembloter, tout son corps fut secoué d'un immense sanglot et ses yeux s'emplirent d'un flot de larmes, ceux de Philip aussi.

– Tu te souviens du vieux toboggan rouge ? dit-il d'une voix émue.

– Vous ne m'avez pas fait ça, dis-moi que ce n'est pas vrai, papa !

Et, sans attendre de réponse, elle empoigna son sac à l'arrière et sortit de la voiture en claquant violemment la portière.

*
* *

Aéroport de Newark, la voiture vient de la déposer le long du trottoir et s'enfuit dans le tumulte des véhicules qui gravitent autour des satellites ; au travers d'un voile de larmes, elle la regarde disparaître au loin. Son énorme baluchon vert déposé à ses pieds pèse presque plus lourd qu'elle. Elle grimace et le maintient sur ses épaules. Elle sèche ses yeux, franchit les portes automatiques du terminal 1 et traverse le hall en courant. À sa droite l'escalier mécanique s'élève vers le premier étage ; malgré le fardeau qui pèse sur son dos elle grimpe les marches et s'engage d'un pas déterminé dans le couloir. Elle s'immobilise le long de la devanture d'un bar baigné d'une lumière orangée, elle regarde au travers de la vitre. En cette heure matinale, il n'y a personne au comptoir. Des résultats sportifs défilent sur l'écran d'une télévision accrochée au-dessus de la tête d'un vieux barman qui essuie ses verres. Poussant la porte en bois au large oculus, elle entre, regarde bien au-delà des tables rouges et vertes.

C'est ainsi qu'elle la revit, assise tout au fond, contre la paroi de verre qui surplombe le tarmac. Un journal plié sur la table, Susan a posé son menton sur sa main droite et laisse errer la gauche qui joue du bout des doigts avec un médaillon accroché autour de son cou. Ses yeux, que Lisa ne peut encore voir, sont perdus dans le vague d'un bitume strié de bandes jaunes où les avions roulent au pas. Susan se retourne, elle met sa main devant sa bouche comme pour retenir l'émotion qui s'en échappe au murmure d'un « Mon Dieu » ; elle se lève. Lisa hésite, emprunte la travée de gauche, s'approche d'un pas qu'elle sait garder feutré. Elles se contemplent face à face, les yeux rougis, sans savoir ce qu'il faudra se dire. Susan voit le gros sac que traîne Lisa. Sous la table, le sien est identique. Alors Susan sourit.

– Tu es tellement jolie !

Immobile et silencieuse, Lisa la dévisage et sans la quitter du regard, elle prend place, lentement Susan fait de même. Elle voudrait caresser la joue de sa fille mais Lisa recule brusquement.

– Ne me touche pas !

– Lisa, si seulement tu savais combien tu m'as manqué.

– Et toi, sais-tu seulement que ta mort a habillé ma vie de cauchemars ?

– Il faut que tu me laisses t'expliquer.

– Qu'est ce qui peut expliquer ce que tu m'as fait ? Mais toi tu peux peut-être m'expliquer ce que je t'avais fait pour que tu m'oublies ?

– Je ne t'ai jamais oubliée, ce n'est pas à cause de toi Lisa, c'est à cause de moi, de mon amour pour toi.

– C'est ta définition d'aimer de m'avoir abandonnée ?

– Tu n'as pas le droit de me juger sans savoir Lisa.

– Parce que toi, tu avais le droit de ce mensonge-là ?

– Il faut au moins que tu m'écoutes Lisa !

– Mais toi, tu m'entendais quand je t'appelais la nuit dans mes cauchemars ?

– Oui, je crois.

– Alors, pourquoi tu n'es pas venue me chercher ?

– Parce qu'il était déjà trop tard.

– Trop tard pour quoi ? Cela existe « trop tard » entre une mère et sa fille.

– Il n'y a que toi Lisa, qui peux décider de cela maintenant.

– Maman est morte !

– Arrête de dire ça, je t'en prie.

– Pourtant c'est une phrase qui m'a marquée, c'est la première que j'ai prononcée en Amérique.

– Si tu préfères je vais te laisser, mais que tu le veuilles ou non, je t'aimerai toujours...

– Je t'interdis de me dire ça aujourd'hui. C'est bien trop facile. Alors vas-y « maman », dis-moi que je me trompe, dis-moi comment. Et je te supplie d'être convaincante.

– Nous avions reçu un avis de tempête tropicale et la montagne était trop dangereuse pour une petite fille de ton âge. Tu te souviens, je t'avais raconté que j'avais failli y mourir au cours d'un orage ? Alors je suis descendue dans la vallée te confier à l'équipe du camp de Sula, pour te mettre à l'abri du danger. Je ne pouvais pas laisser les gens du hameau seuls.

– Mais moi tu le pouvais !

– Mais tu n'étais pas seule !

Lisa se mit à hurler.

– Si ! Sans toi j'étais bien plus que seule, comme dans le pire des cauchemars, à en crever parce que ton cœur va exploser dans ta poitrine.

– Ma petite fille, je t'ai prise dans mes bras, je t'ai embrassée et je suis remontée. Au milieu de la nuit Rolando est venu me réveiller. Des pluies diluviennes s'abattaient sur nous et les maisons commençaient déjà à vaciller. Tu te souviens de Rolando Alvarez, le chef du village ?

– Je me suis souvenue de l'odeur de la terre, de chaque tronc d'arbre, de la couleur de toutes les portes des maisons parce que la moindre parcelle de ces souvenirs était tout ce qui me restait de toi, tu peux le comprendre cela, ça peut t'aider à deviner l'ampleur de ce vide que tu as laissé ?

– Nous avons conduit les villageois jusqu'au sommet, sous une pluie battante. Au cours du voyage, dans l'obscurité, Rolando a glissé le long de la paroi, je me suis jetée à terre pour le retenir, et je me suis cassé la cheville. Il s'est agrippé à moi, mais son poids était trop important.

– Moi aussi j'étais trop lourde à porter pour toi ? Si tu savais comme je t'en veux !

– Dans la lumière d'un éclair je l'ai vu sourire, « Occupe-toi d'eux doña, je compte sur toi » ont été ses derniers mots. Il a lâché ma main pour ne pas m'entraîner avec lui dans le ravin.

– Ton bel Alvarez ne t'avait pas demandé de t'occuper

un tout petit peu de ta propre fille dans toute cette sublime dévotion, pour qu'elle aussi puisse un peu compter sur toi ?

Le ton de Susan monta brutalement.

– Il était comme mon père Lisa, comme celui que ma vie m'a enlevé !

– C'est toi qui oses me dire une chose pareille ? Tu ne manques pas d'air ! C'est à moi que tu as fait payer l'addition de ton enfance. Mais qu'est ce que je t'avais fait maman ? À part t'aimer, dis-moı bon sang ce que je t'avais fait ?

Au petit matin, la route avait disparu avec le flanc de la montagne. J'ai survécu plus de deux semaines sans aucune communication possible avec le monde extérieur. Les débris que la coulée de boue avait charriés jusque dans la vallée nous avaient tous laissés pour morts auprès des autorités qui n'ont envoyé aucun secours. Alors je me suis occupée de tous ceux qui ont peuplé ton enfance, j'ai géré l'urgence, celle des blessés, des femmes et des enfants au bord de l'épuisement et qu'il fallait aider à survivre.

– Mais plus jamais de ta petite fille qui t'attendait terrorisée dans la vallée.

– Dès que j'ai pu redescendre, je suis partie immédiatement à ta recherche, il m'a fallu cinq jours de plus pour arriver. Quand j'ai enfin atteint le campement, tu étais déjà partie. J'avais laissé des instructions précises à la femme de Thomas, qui gérait le dispensaire de la Ceïba. S'il m'arrivait quelque chose, ils devaient te conduire auprès de Philip. En arrivant, j'ai appris que tu étais encore à Tegucigalpa que tu ne partirais que le soir pour Miami.

– Alors, pourquoi tu n'es pas venue me chercher ? cria Lisa, redoublant de violence.

– Mais je l'ai fait ! J'ai aussitôt sauté dans un car. Et puis en chemin, j'ai pensé au voyage que tu allais entreprendre, à sa destination, à la destinée tout court Lisa. Tu t'envolais vers une maison dont tu partirais le matin pour étudier dans une vraie école avec la promesse d'un vrai futur. Le destin m'a demandé de choisir immédiatement pour toi, parce que sans que je l'aie provoqué, tu étais en route pour une autre enfance, dont les paysages ne seraient plus ceux de la mort, de la solitude et de la misère.

– La misère pour moi c'était que ma mère n'était plus là pour me prendre dans ses bras quand j'avais besoin d'elle ; la solitude, tu n'as pas idée de celle que j'ai vécue les premières années passées sans toi ; la mort c'était la peur d'oublier ton odeur ; dès qu'il pleuvait je sortais en cachette pour ramasser de la terre humide et la sentir, pour me souvenir des odeurs de « là-bas », j'avais tellement peur d'oublier celle de ta peau.

– Je t'ai laissée partir pour une vie nouvelle au sein d'une vraie famille, dans une ville où une crise d'appendicite ne risquait pas de te tuer parce que l'hôpital serait trop loin, où tu pourrais apprendre dans des livres, t'habiller d'autre chose que de vêtements rapiécés pour mieux les agrandir au fur et à mesure que tu poussais, où il y aurait des réponses à toutes les questions que tu me posais, où tu n'aurais plus jamais peur de la pluie quand elle tombe la nuit, et moi qu'un orage t'emporte pour toujours.

– Mais tu avais oublié la plus grande peur de toutes, celle d'être sans toi, j'avais neuf ans maman ! Je me suis tant de fois mordu la langue.

– C'était ta chance à toi, mon amour, pas la mienne, et mon seul remords était de laisser derrière toi une mère qui n'a jamais vraiment pu, ou vraiment su en être une.

– C'était de m'aimer dont tu avais si peur maman ?

· Si tu savais comme ce choix a été difficile.

- Pour toi ou pour moi ?

Susan recula pour regarder Lisa dont la colère se muait en tristesse. La pluie qui était entrée dans sa tête ruisselait abondamment sur ses joues.

– Pour nous deux je suppose. Tu comprendras plus tard Lisa, mais en te découvrant sur cette prestigieuse estrade, si belle dans ta robe de cérémonie, en voyant ceux qui sont désormais ta famille assis au premier rang, j'ai compris que pour moi, la paix et la tristesse pouvaient être sœurs, au moins l'instant d'une réponse que j'ai enfin trouvée.

– Papa et Mary savaient que tu étais en vie ?

– Non, pas jusqu'à hier. Je n'aurais pas dû venir, je n'en avais probablement plus le droit, mais j'étais là, comme chaque année pour t'apercevoir derrière les grilles de ton école, quelques minutes seulement, sans que tu ne le saches jamais, juste pour te voir.

– Moi, je n'ai pas eu ce privilège de savoir, pour quelques secondes au moins, que tu étais en vie. Qu'en as tu fait de cette vie maman ?

– Je ne regrette pas Lisa, elle n'a pas été facile, mais je l'ai vécue et j'en suis fière, la tienne sera différente. J'ai commis mes erreurs, mais je les assume.

Le barman mexicain vint déposer devant Susan une coupe qui contenait deux boules de glace à la vanille, recouvertes de chocolat chaud saupoudré d'amandes effilées, le tout copieusement arrosé de caramel liquide.

– Je l'avais commandé avant que tu n'entres. Il faut que tu goûtes ça, dit Susan, c'est le meilleur dessert du monde !

– Je n'ai pas faim.

Dans le hall du terminal, Philip n'en finissait plus de faire les cent pas. Rongé par l'inquiétude, il ressortait parfois sur le trottoir, restant toujours dans l'axe des portes automatiques. Trempé par la pluie, il revenait alors auprès du grand escalator, taquinant les premières marches d'une incessante ronde d'impatience.

Susan et Lisa commençaient à s'entendre. Elles continuèrent ainsi, plongeant à coups de griffes dans le passé, dans l'intimité d'un long moment hors du temps où les chagrins de Lisa et de Susan se fondaient dans le même espoir inavoué que tout ne serait peut-être pas trop tard. Susan commanda une nouvelle glace que Lisa finit par goûter.

– Tu voulais que je reparte avec toi ? C'est pour cela qu'ils m'ont amenée ici ?

– C'est à Philip que j'avais donné rendez-vous !

– Et selon toi, qu'est-ce que je dois faire ?

– Comme moi à ton âge : tes propres choix !

– Je t'ai manqué ?

– Tous les jours.

– Lui aussi il te manquait ?

– Ça, c'est mon histoire.

– Tu veux savoir si tu lui as manqué ?

– Ça, c'est son histoire.

Susan décrocha la chaîne autour de son cou et la présenta à Lisa.

– C'est un cadeau pour toi.

Lisa contempla le petit médaillon, et referma délicatement dessus les doigts de sa mère.

– C'est toi que cette médaille protège depuis toujours, moi je vis ici, j'ai ma famille pour ça.

– Prends-la quand-même, ça me ferait tant plaisir.

Dans un élan d'un amour infini, Susan se pencha vers Lisa et la prit dans ses bras. Au creux d'une délicieuse étreinte elle murmura à son oreille : « Je suis tellement fière de toi. » Le visage de Lisa s'éclaira d'un sourire fragile.

– J'ai un petit ami. Peut-être que l'année prochaine on s'installera à Manhattan, près de la fac.

– Lisa, quels que soient tes choix, je t'aimerai toujours, à ma façon, même si ce n'était pas celle d'une maman.

Lisa posa sa main sur celle de Susan et, dans un sourire de tendresse incontrôlable, finit par lui dire :

– Tu sais quel est mon paradoxe ? Je n'ai peut-être pas été ta fille, mais toi tu seras toujours ma mère.

Elles se promirent d'essayer au moins d'échanger quelques lettres. Peut-être même qu'un beau jour, si elle venait à le désirer, Lisa irait la voir. Et puis elle se leva, fit le tour de la table et prit sa mère dans ses bras. Elle posa sa tête sur son épaule et huma le parfum d'un savon qui réveillait tant de souvenirs.

– Il faut que j'y aille maintenant, je pars pour le Canada, dit Lisa. Tu veux redescendre avec moi ?

– Non, il n'a pas voulu monter, et je crois que c'est bien ainsi.

– Tu veux que je lui dise quelque chose ?

– Non, répondit Susan.

Elle se leva et se dirigea vers la sortie. Quand elle arriva près de la porte Susan l'appela :

– Tu as oublié la médaille sur la table !

Lisa se retourna et lui sourit :

– Non, je t'assure, je n'ai rien oublié, maman.

Et la porte au gros hublot se referma derrière elle.

Le temps perdait ses marques et Philip son calme. Un sentiment de panique était venu à bout de sa patience, il s'engagea sur l'escalier roulant. Il vit sa fille à l'endroit où les deux rampes se croisaient, lui montait, elle descendait et lui souriait.

– C'est moi qui t'attends en bas ou toi qui m'attends en haut ? demanda Lisa à portée de voix.

– Ne bouge plus, je fais le tour et je te retrouve tout de suite.

– Ce n'est pas moi qui bouge, c'est toi !

– Attends-moi en bas, c'est tout ! J'arrive !

Le rythme de son cœur s'accéléra, il bouscula quelques passagers pour se frayer un chemin alors que le mouvement de l'escalier mécanique les éloignait encore l'un de l'autre. À l'endroit où les marches s'aplatissent pour disparaître sous la glissière, il releva la tête. Sur le palier d'étage, il se trouvait face à Susan.

– Je t'ai fait attendre ? demanda-t-elle, un sourire ému au lèvre.

– Non.

– Tu es là depuis longtemps ?

– Je n'en ai plus la moindre idée.

– Tu as vieilli Philip.

– C'est gracieux, je te remercie.

- Non, je te trouve très beau.

– Toi aussi.

– Je sais, moi aussi j'ai vieilli, c'était inévitable.

– Non, je voulais dire que toi aussi tu étais très belle.

– C'est surtout Lisa qui est merveilleusement belle.

– Oui, c'est vrai.

– C'est étrange de se retrouver ici, dit Susan.

Philip jeta un regard inquiet en direction du bar.

– Tu veux que...

– Je ne crois pas que ce soit une très bonne idée. Et puis la table risque d'être prise, reprit-elle en esquissant un nouveau sourire.

– Comment en sommes-nous arrivés là, Susan ?

– Lisa t'expliquera peut-être, ou peut-être pas ! Je suis désolée Philip.

– Non tu ne l'es pas !

– C'est vrai, tu as probablement raison. Mais sincèrement je ne voulais pas que tu me voies hier.

– Comme le jour de mon mariage ?

– Tu as su que j'étais venue ?

– À la seconde même où tu es entrée dans l'église, comme j'ai compté chaque pas que tu faisais en arrière.

– Philip, il n'y a jamais eu de mensonge entre nous.

– Je sais, juste quelques excuses et quelques prétextes qui se confondaient entre eux.

– La dernière fois que nous nous sommes vus ici, cette chose si importante dont je t'avais parlé dans ma lettre – elle inspira profondément –, ce que j'étais venue te dire ce jour-là, c'est que j'étais enceinte de Lisa et...

Le haut-parleur qui résonna dans le hall recouvrait la fin de sa phrase.

– Et ? reprit-il.

Une hôtesse annonçait le tout dernier appel pour l'embarquement du vol de Miami.

– C'est mon avion, dit Susan, « Last Call »... Tu te souviens ?

Philip ferma les yeux. La main de Susan effleura sa joue.

– Tu as gardé ton sourire à la Charlie Brown. Descends vite, va la rejoindre, tu en meurs d'envie, et moi je vais le rater si tu restes planté devant moi.

Philip prit Susan dans ses bras et déposa un baiser sur sa joue.

– Prends soin de toi Susan.

– Ne t'inquiète pas, j'ai du métier ! Allez ! Sauve-toi !

Il s'engagea sur la première marche. Elle l'appela une dernière fois.

– Philip ?

Il se retourna.

– Susan ?

– Merci !

Ses traits se détendirent.

– Ce n'est pas moi qu'il faut remercier, c'est Mary.

Et avant qu'il ne disparaisse de son champ de vision, elle gonfla exagérément ses joues pour lui souffler un baiser au creux de la main, lui laissant pour dernière image cette mimique de clown.

***

Dans le hall de l'aéroport, quelques voyageurs étonnés regardaient une jeune fille aux bras grands ouverts, qui attendait un homme trempé, au bas d'un grand escalier mécanique, dont les couleurs s'estompaient dans la mémoire commune d'un vieux toboggan rouge.

Il la serra tout contre lui.

– Tu es tout mouillé, il pleuvait tant que ça dehors ? dit-elle.

– Un ouragan ! Qu'est-ce que tu veux faire ?

– Finalement, mon avion ne part que ce soir ! Ramène-moi à la maison !

Lisa prit la main de Philip et l'entraîna vers la porte.

Du haut de la passerelle, le visage de Susan s'embellit de tendresse en les voyant tous deux quitter l'enceinte du terminal.

Sur le combiné fixé au tableau de bord de la voiture, Philip composa le numéro de la maison, Mary décrocha aussitôt.

– Elle est avec moi, nous rentrons, je t'aime.

***

Le 22 octobre, Sam prévint le nouveau directeur du NHC qu'une dépression suspecte se formait en mer des Caraïbes. Quatre jours plus tard, le chiffre 5 s'inscrivit sur son écran devant les trois fameuses lettres S.

Le plus puissant des ouragans du siècle, large de 280 kilomètres, poussait ses vents à plus de 360 km/h en direction de l'Amérique centrale.

Susan était repartie depuis quatre mois. Thomas était entré au lycée, Lisa et Stephen vivaient leurs premières semaines à l'université. Elle emménagerait bientôt dans le petit studio de Manhattan. Philip et Mary parlaient parfois de quitter Montclair pour revenir s'installer à New York.

Mitch aborda les côtes honduriennes le 30 octobre à la tombée du jour. Dans la nuit, les deux tiers du pays furent détruits, quatorze mille quatre cents personnes trouvèrent la mort ..

... En cette même nuit, à quelques milliers de kilomètres de là, « de l'autre côté du monde », dans le bar d'un aéroport, un barman mexicain qui finissait son service passait un dernier coup d'éponge sur une table accolée à la vitre.

Merci,

pour leur présence ou leurs conseils,

à Bernard Barrault, Kamel Berkane, Antoine Caro, Guillaume Gallienne, Pauline Guéna, Philippe Guez, Katrin Hodapp, Lisa et Emily, Danièle et Raymond Levy, Lorraine Levy, Roseline, Jenny Licos, Colette Perier, Aline Souliers, et à Susanna Lea et Antoine Audouard,

pour leur généreuse aide documentaire,

à Dany Jucaud, au détective Lucas Miller du NYPD, à M. Huc et à toute l'équipe du Centre des ouragans (CDO).

À PARAÎTRE DANS LA COLLECTION SUCCÈS DU LIVRE

Octobre 2005

L'Accroc, Carol Higgins Clark – 9,00 €
Une intrigue indémaillable où se mêlent suspense et humour noir

En attendant minuit, Claude Michelet – 9,00 €
Le combat quotidien d'une femme dont le mari est parti à la guerre

Coluche par Coluche – 9,00 €
L'humour et la verve légendaires du grand comique français

Les Diamants de la guillotine, Pierre Combescot – 12,00 €
Toute la vérité sur l'affaire du collier de la Reine

L'Oubliée de Salperwick, Annie-Sanerot-Degroote – 12,00 €
Affrontant les lourds secrets de sa famille, Flore part en quête de son identité

La Vallée des larmes, Sonia Marmen – 12,00 €
Une jeune fugitive trouve l'amour dans les bras d'un Highlander contrebandier

Novembre 2005

L'Art de la compassion, Sa Sainteté le Dalaï-Lama – 9,00 €
Les clés d'une vie meilleure

Histoire d'amour, Janine Boissard – 9,00 €
Il lui promet la lune, elle la décrochera pour lui

Passionnément, à la folie, Jayne Ann Krentz – 9,00 €
Une rencontre explosive entre deux héros que tout sépare

La Maîtresse des Quatre-Vents, Robin Lee Hatcher – 12,00 €
Une histoire d'amour passionnée dans un ranch du Montana

Miroir de sang, Olivier Descosse – 12,00 €
Au plus profond de la folie humaine

La Palombe noire, Alain Dubos – 12,00 €
L'amour et la guerre bouleversent le quotidien d'une petite métairie

Décembre 2005

Dans l'enfer des tournantes, Samira Bellil – 9,00 €
Pour briser la loi du silence…

L'Agence, Lorraine Fouchet – 9,00 €
Il est toujours possible d'oser le bonheur

Les Enfants du Pas du Loup, Marie-Bernadette Dupuy – 9,00 €
Un grand amour au fil de l'eau

Le Ciel de Luna, Barbara Samuel – 12,00 €
Une histoire poignante sur le pouvoir rédempteur de l'amour

Grande avenue, Joy Fielding – 12,00 €
Quatre amies voient leur vie tourner au cauchemar

Du côté de Pondichéry, Dominique Marny – 12,00 €
Chronique exotique et sensuelle sous le second Empire

Aubin Imprimeur
LIGUGÉ, POITIERS

Reproduit et achevé d'imprimer en août 2005
N° d'édition 05117 / N° d'impression L 68756
Dépôt légal, septembre 2005
Imprimé en France

ISBN 2-7382-2027-4